八丁堀春秋

花家圭太郎

集英社文庫

目次

八丁堀春秋

第一章　初　音

一

「んっ？　啼《な》いたか」

盤上に打ち下ろそうとした小山田采女《おやまだうねめ》の手が、途中でハタと止まった。その指の間に那智黒《なちぐろ》が光る。

「この二、三日、ときどき庭にきては啼いております」

手嶋屋惣兵衛《てしまやそうべえ》がそう言って膝《ひざ》を起こし、そのまま立って行って障子《しょうじ》を開けた。と、たちまち座敷を冷気が襲う。如月《きさらぎ》初旬、春はまだ浅い。

ややあって、再び庭にホーッと流れ、鋭くケキョケキョケキョと切り裂いた。その声につられたか、采女の腰が浮く。

「どうだ、きておるか」

采女が広縁《ひろえん》に立つ惣兵衛の耳許《みみもと》にささやいた。

「はい、あのあたりに」

惣兵衛が広大な庭の一角を占める梅林を指差した。いずれも見事な老梅である。薄紅色の花びらがあるかなきかの形して、淡い春を震えている。と、そのあたりに三たび、ホーッホッケキョと立った。

「おお、よい声じゃ」

采女が顎《あご》を突き出して聞き惚《ほ》れる。が、声はそれっきり。気まぐれな鳥である。

「今年の春は足が遅いのう。年寄りにこの寒さはこたえるわ」

采女が独り言を洩《も》らしながら庭の三方へ目を移してゆく。いつ見ても見事な庭である。正面の瓢箪池《ひょうたんいけ》はほどよくくびれ、そのくびれに石橋が架かり、両端に一対の石灯籠《いしどうろう》が立つ。池の周りを大小とりどりの青石、磯石が取り巻き、所々《しょしょ》に磯渡りが走る。そして山水から抜け出たような松が点々と水面に覆いかぶさり、随所に深い翳《かげ》を落とす。その翳の一つから番《つがい》の鴨《かも》がひょいと出て、ゆったりと中島《なかのしま》を目指してすべってゆく。

ここは向嶋《むこうじま》・小梅村《こうめむら》、手嶋屋の別邸である。江戸の大店《おおだな》の多くは大川の東側、人家のまばらな本所《ほんじょ》、深川、向嶋あたりに別邸を構えるのが常である。それは、火事の多い冬場に妻子を匿《かくま》うためであり、万一店《たな》を焼失したときは即座に別邸を解体し、その材で店を再建するためでもある。手嶋屋は江戸十組《とくみ》の一つ、薬種商《やくしゅしょう》二十五人衆の一人で、日本橋本町《ほんちょう》三丁目に店を構え、薬と砂糖を商《あきな》う豪商である。

「惣兵衛どの、庭は観《み》るものにあらず、感ずるものというが、まことこの庭はゾクゾクと感じて参るのう」

遠く竹林のあたりに視線を投げながら、采女が言った。

「いえいえ、さほどの庭ではありません。そのゾクゾクは寒さのせいでございましょう」

惣兵衛がしゃらっと受け流す。二人の間にカラカラと笑声《しょうせい》が立ち、冷気とともに広縁を流れてゆく。この離れ座敷は渡り廊下で母屋《おもや》とつながっているが、やや高台にある。それだけに広縁に立てば、庭の姿は眼下一望と言っていい。

「小山田さま、手前《てまえ》もなにやらゾクゾクして参りました。風邪をもらわぬうちになかへ入りましょう」

惣兵衛が肩をつぼめて促す。水底《みなそこ》のような光りの淡い早春の昼下がりである。

二

「はて、どちらの手番であったかのう」

「たしかこのあたりが打掛《うちか》け……これこれ、小山田さまの手番でございます」

二人が盤上を睨《にら》みながら、先刻まで戦わした囲碁《いご》の跡をたどってゆく。

くれようか」

「なるほど、猪口才《ちょこざい》な白が攻め入ってきたところじゃな。どれ、ひとつ返り討ちにして
そう言って采女が黒石をつまんだ。しかし、なかなか放たない。それどころか、「ふうう」と肩で息を吐《つ》き、ポイッと石を碁笥《ごけ》に戻してしまった。それほど離しい局面ではない。が、鶯《うぐいす》の初音《はつね》と庭の姿に心を奪われたか、どうにも気分が盤上の戦いにそぐわない。それは惣兵衛も同様らしく、二人はこの一局に一刻《いっとき》（二時間）余も要した。

「二目《にもく》、足りません。恐れ入りました」

つくった盤面から顔を上げ、惣兵衛が軽く一礼を落とした。囲碁の腕はわずかに惣兵衛のほうが上だが、このところ分《ぶ》が悪い。

「小山田さま、まさかどこぞで手解《てほど》きを受けておられるなぞということは」

惣兵衛がチロリと上目《うわめ》を遣《つか》いながら言った。

「ほほう、何ゆえそのように思われたのじゃな」

「小山田さまの囲碁は変わりました。前は攻め一方でしたのに、近頃は地《じ》にも辛《から》くなり、とんと勝てなくなってしまいました」

「ほほほ、さすがに惣兵衛どのはご慧眼《けいがん》。実はのう、わしは毎日が手解きなのじゃよ」

「えっ、毎日？　で、お師匠さんはどこのどなたでございましょう」

「師匠はわしじゃよ」

「はあっ?」

采女はとぼけた老人である。北町奉行所・定町廻《じょうまちまわ》り同心《どうしん》を致仕《ちし》隠居してからというもの、いよいよその癖《へき》が高じている。二つ年下の惣兵衛も堅物《かたぶつ》老人というわけではないが、しばしば采女のとぼけにひっかかっては地団駄踏む。

「実はのう惣兵衛どの、わしはこのところ毎日、おしゅんに囲碁の手解きをしておるのじゃよ」

目玉を白黒させている惣兵衛に、采女がとろりと放った。

「えっ、おしゅんさんに、でございますか」

「んん。近頃はだいぶ打てるようになってきたわ」

おしゅんは采女が惣兵衛に頼み込んで、五年ばかり手嶋屋に奉公していたわけありの女である。そのおしゅんと采女が夫婦《めおと》の暮らしに入ったのは昨秋のこと、いまは神田松《まつ》枝町《えちょう》に小店《こだな》を張り、細々と小間物を商っている。そこの段取りをつけたのはむろん、惣兵衛である。が、松枝町界隈《かいわい》では、誰も二人のことを夫婦とは思っていない。おしゅん二十二、采女五十七なのだから無理もない。

「ですが小山田さま、囲碁は上手《うわて》と打つのが上達のコツと申します。おしゅん……いや、おしゅんさんのような初心者に手解きしたとて、大して強くなるとも思えませんが」

「そこじゃよ、惣兵衛どの。わしもそなたの言うように聞いていたし、思ってもいた。

しかし、そうとも言えぬ。人に手解きするということは、いままで見えていなかったものが見えてくるということでもあるのじゃ」

「何が見えてくるのでございましょう」

間髪《かんはつ》を容《い》れず惣兵衛が問う。とぼけは許さぬ、その構えである。

「んん、なんと言ってよいか。惣兵衛どの、わしが囲碁の手解きを受けたは五つか六つ、その頃じゃ。落着きのない悪戯《いたずら》坊主であったそうな。おふくろさまがそれをいたく気にされてのう。で、囲碁を習わせたならば、すこしは碁盤の前に座っているに違いないと踏んだか、わしを師匠のところへ連れて行ったのじゃ。それが若い女師匠でのう、なんでも京の公家の出とかいう触込みだった」

「なんと、女師匠にお公家さま、でございますか」

「まことのところはわからぬ。が、その女師匠のからだがのう、えも言われぬほどに匂い立つのじゃ」

「えっ、女師匠のからだ?」

「ほほほ、何を勘違いされておるのじゃ。わしは五つ六つの童《わっぱ》ぞ。匂い立ったは匂袋じゃよ」

「あっ、匂袋、ねえ。これはこれは」

惣兵衛がしきりに首筋のあたりを掻《か》く。チッ、またひっかかってしまったか……なんとも忌々《いまいま》しい惣兵衛である。が、采女はそ知らぬ顔でつづけてゆく。

「で、その匂いに魅《ひ》かれ、わしとしては珍しく真剣に通い、真剣に教わった。そのときの匂い、いや、師匠の言葉はいまでも憶《おぼ》えておる。囲碁というものは、守っては攻め、攻めては守る、その繰り返し、とのう」

「なるほどねえ。五つ六つの子供に、よい教えでございます。しかし小山田さま、それにしてはすこしばかり守りを疎《おろそ》かにしておられるのでは」

「それじゃよ、惣兵衛どの。こう言ってはなんじゃが、わしはあれよあれよという間に強くなり、八丁堀の大人衆と打っても勝てるようになった。それも、大抵は相手の石を仕留《しと》めてじゃ。そうなると師匠の教えなぞふっとんでしまい、ひたすら相手の石を殺すこと、それだけが喜びとなってのう。まったく品のない攻め碁となっていまに至っておるのじゃよ」

「いえいえ、品がないなぞとはとんでもない。小山田さまのはどこまでもまっすぐな攻め碁。むしろ潔《いさぎよ》い、気持ちのよい囲碁でございます」

「ほほほ、それはまた痛烈な皮肉。したが惣兵衛どの、わしはいままでそれで通してきたし、とくに改めようとも思わぬが、まさかおしゅんにそのような囲碁を教えるわけにいくまい。で、近頃は師匠のことを思い出しながら教えておるのじゃが、教えることは教わることでもあってのう。わしの囲碁は変わるかもしれぬ」

「いえ、すでに変わっております。きょうの囲碁がなによりの証《あかし》。ズンと凄《すご》みが加わりました。なるほど、見えてくるものがあるとは、そのことでございましたか」

「んっ、んん、それもないではないが。のう惣兵衛どの、齢《とし》をとるということは、けっこう危ないことではあるまいか」

「はあっ？　いったいなんのことでございましょう」

「まっ、ありていに言えば、齢に智恵が追いついてこないということじゃ」

「ほほ、それならば同感。手前なぞはまさにそれ、この齢になっても何ひとつものになっておりません」

「それそれ。わしの一生とて囲碁とおんなじよ。子供のときのまんま。いたずらに齢を重ねただけじゃ。それを一端《いっぱし》に構えて、いまどきの若い者は頼りない……なんぞと言っておる。危ない、危ない」

采女が神妙に首を振る。その心は惣兵衛にも伝わってゆく。長いつき合いの二人である。

三

離れ座敷はすでに囲碁から茶にかわっている。

「ふうう、よい茶じゃ。生き返るわ」

采女が最後をツッーッとすすって言った。

「もう一服、いかがでございましょう」

惣兵衛が促す。

「ありがたい。このようなよい茶はめったに味わえぬ。羨《うらや》ましいのう」

おそらく大名でもおいそれとは味わえまい……そんなことを思いつつ、采女が茶碗を置いた。江戸は商人《あきんど》の世となって久しい。

「羨ましいのは手前のほうでございますよ、小山田さま」

「何が羨ましいのじゃ」

「こう申してはなんでございますが、まるで娘のような若い女子《おなご》と夫婦暮らし。そのうえ、囲碁の相手までしてもらえる。羨ましい、羨ましい」

「ほほ、娘とはまた手厳しい。だが惣兵衛どの、囲碁の相手をしておるは、わしのほうぞ」

「同じことでございましょうに」

「いやいや、そうではないのじゃ。そなたも知っての通り、おしゅんは働き者。しかし女子の髪飾りや袋物なぞ、そうそう売れるというものでもあるまい。客足もポツリポツリといったところ。それがおしゅんにはどうにも手持ち無沙汰《ぶさた》のようでのう。ときどき溜息《ためいき》を洩《も》らしておる。で、わしが囲碁の相手をしておるというわけよ」

「小山田さま、商いのほう、思わしくありませんので。まさか、その、暮らし向きが立たないなぞということは」

惣兵衛が茶筅《ちゃせん》の手を止めて言った。采女に小間物商いをすすめたのは惣兵衛である。それが思わしくないとあっては面目《めんぼく》が立たない。それでなくても、惣兵衛は采女に深い恩義がある。

「いやいや、その心配はまったくない。あれでおしゅんはなかなかの商い上手。このような旨《うま》い茶は無理でも、晩酌には事欠かぬ。それがまた毎日のたのしみでのう。おしゅんもだいぶ呑《の》めるようになったわ。ほほ、ほほ」

采女が相好《そうごう》を崩しながら茶碗を掌《たなごころ》に包み込む。

「囲碁だけでなく晩酌の相手も、ですか。これはますます羨ましい。手前も小山田さまのような果報にあやかりたいものでございます」

「果報？　あれは果報というより、瓢箪から駒であろうよ」

「はあっ？　いったいなんのことで」

「そなたも知っての通り、おしゅんは母親に死なれて独りぼっち。そしてそなたの店《たな》へ奉公に上がったのがたしか十六のとき。無理もないが、あれは暗い顔をしておった。それが気になってのう。で、町廻りの折り折りにそなたの店へ立ち寄り、おしゅんに声をかけておったのじゃ」

　そこは惣兵衛もよく知っている。が、どのように声をかけたかまでは知らない。しかるにおとぼけ同心・小山田采女は、こともあろうに「おしゅん、早くお店に馴《な》れ、一人前になるのじゃ。一人前になったら、わしがいつでも嫁御に迎えてやるからの」と、とんでもない声をかけていたのである。

　むろん、おしゅんの気を引き立てようとてのことであったが、そのたびにおしゅんは目をまるくし、耳朶《じだ》を朱《しゅ》に染めて逃げ出すのが常だった。が、やがておしゅんも采女の戯言《ざれごと》に馴れたか、「はい。早く嫁御に迎えてくださいませ、小山田さま」と、まぜっ返すようになった。

　采女が安堵《あんど》したことは言うまでもない。おしゅんのまぜっ返しは、ようやく店奉公にも馴れ、あすに向かって踏み出したことを意味していたからである。それはまた、「娘を頼みます」と言って死んだおしゅんの母親に対して、その約束を果たしたことでもあった。以後、采女の戯言はぴたりと止まった。

「それがどこでどう間違えたか、こうなってしまった。まさに冗談からまこと、瓢箪から駒であろうよ」

「ですが小山田さま、おしゅん、いえ、おしゅんさんにとっては、はじめからまことのことだったのでございましょうよ。あのときおしゅんさんはきっぱりと、先約がありますから、と断ったのですから」

「あのとき? おお、あのことか」

手嶋屋に奉公して五年ばかり経《た》った頃、おしゅんに縁談が持ち上がった。おしゅんの縹緻《きりょう》と奉公ぶりに惚れ込んだ木瀬屋の後家が、跡とり息子の嫁にと申し入れてきたのである。木瀬屋は大伝馬町《おおでんまちょう》で木綿《もめん》を商う大店で、おしゅんにとっては夢のような縁談と言ってよかった。が、おしゅんはそれをあっさりと蹴《け》った。そのときの衝撃を惣兵衛はいまも忘れない。

「おしゅん、木瀬屋さんはなにぶんにも老舗《しにせ》じゃ。こう言ってはなんじゃが、身分が違いすぎる。そこで、おまえを手嶋屋の養女に直して嫁に出そうと思うが、どうじゃな」

その日、手嶋屋惣兵衛はおしゅんを居間に呼び、縁談話を告げた。と、おしゅんの顔がみるみる蒼《あお》ざめてゆく。

「旦那さま、それは困ります。おしゅんには先約がございます」

「なにっ、先約? それは、言い交わした男でもおるということか、おしゅん」

「はい。言い交わしました。たしかに言い交わしました」

「なんということじゃ。で、誰なのじゃ、その相手は」

惣兵衛としても問わずにいられない。采女に連れられて初めて奉公にきたとき、おしゅんはまだおぼこい娘にすぎなかった。それが言い交わしたとなれば、相手は奉公人の誰かに相違あるまいからである。しかし、おしゅんの口から出た男の名は、なんと「八丁堀の旦那、小山田さま」だった。

惣兵衛ははじめ、おしゅんが嫁に行きたくない口実として、采女の名を口にしたものと勘ぐった。だが、そうではなかった。むろん、采女の戯言を真に受けてのことでもなかった。おしゅんにも惣兵衛同様、采女に対する深い思いがあったのである。しかし、惣兵衛はいまもってそのことを采女に話していない。

「のう、惣兵衛どの、わしは過《あやま》ったかもしれぬのう」

「何が、でございましょう」

「そなたに言われるまでもなく、おしゅんはまるで娘……のような若い女子。若い女子にはその、もそっと別の暮らしや倖《しあわ》せがあってよいはず。いかに瓢簞から駒とは申せ、わしは罪つくりなことをしたかもしれぬ」

采女がいつになく沈んでゆく。惣兵衛があわてる。

「小山田さま、罪つくりなぞとはとんでもない。すべてはおしゅんさんの望み、本心でございますよ」

「本心？　なんのことじゃ」

問い返されて惣兵衛がうろたえる。しかし、采女を相手にごまかしは利《き》かない。といって、おしゅんとの約束もある。茶碗を弄《もてあそ》びながら惣兵衛が迷う。

「小山田さま、ここだけの話としていただけましょうか」

「ほほ、どうやらそなたとおしゅんの間には、なんぞ密約でもあるようじゃのう。まあ、よい。ここだけの話として聞こう」

「実はその、おしゅんさんはなにもかも知っておりました。知ったうえで、小山田さまとの暮らしを望んだのでございます」

「なにもかも? ますますわからぬ。いったいなんのことじゃ、惣兵衛どの」

「ですからその、なにもかも。小山田さま、おしゅんさんは母親のこと、知っていたのでございますよ」

「なにっ、知っていた」

　采女の言葉尻が上ずった。

四

　小山田采女がおしゅんの母おふさにかかわったのは、かれこれ七、八年ばかり前のことである。夏の名残りがうっすりと汗に浮く秋口のその日、采女はいつものように小者《こもの》を連れて見廻りに出た。見廻りといっても、持ち場の各町自身番に声をかけながら、通りを流して行くのが定町《じょうまち》廻りの日々のつとめである。

その日は両国広小路で踵《きびす》を返し、八ツ半（午後三時）をまわった頃、芳町《よしちょう》を抜け、親父橋を渡り、堀江町の木戸を入ったところで、「町内はきょうも無事であるか」と自身番に声をかけた。が、いつもなら即座に「へぇーい」と返ってくる返事がない。通り過ぎようとした采女の足がハタと止まった。そこへ、「おっ、お待ちくださいませ」となかから声がかかった。書役《かきやく》の卯之助《うのすけ》と五兵衛《ごへえ》店差配《だなさはい》長八が、膝隠しの衝立《ついたて》から身を乗り出している。

「何か、あったか」

采女が駒つなぎ越しに問う。と、卯之助が泳ぐように出てきて、落縁《おちえん》に膝を落とすなり畳み込んだ。

「たっ、大変なことになってしまいました。いまも大番屋へ走ったものか、小山田さまの見廻りを待ったものか、やっ、やきもきしてたところでございます」

「何事じゃ」

采女が玉砂利を踏んでなかに入り、落縁に腰を下ろした。

「実は、長八さん差配の五兵衛店店子《たなこ》おふさが、その……空巣を働きまして、いましがた自訴《じそ》してきたところでございます」

「何を盗んだのじゃ」

「金です。大金です。十一両です」

「十一両……だと。で、その金は？」

「そのままそっくり預かってございます」

「ふうむ。で、どこで盗んだのじゃ」

「神田横大工町《よこだいくちょう》の棟梁《とうりょう》重兵衛の家からだそうでございます」

「して、何ゆえ盗んだのじゃ」

「それが、魔が差してつい、と申し立てております」

「ふむ、魔が差して十と一両か。で、それはただの流しか。それとも、そのおふさと棟梁とはなんぞつながりでもあるのか」

「そこは長八さんにお訊《き》きくださいませ」

　そう言って卯之助が立ち、長八に席を譲った。落縁といっても三尺に六尺（約一・八米《メートル》）、とても三人は座れない。

「おふさは手前《てまえ》差配の長屋に暮らす後家でして、気立てといい身持ちといい申し分のない、近所でも評判の女子《おなご》でございます。とても他人《ひと》さまの金に手をつけるなぞ、思いも及びません。小山田さま、やはり魔が差したのでございましょうか」

「かもしれぬ。それよりもおふさと棟梁、つながりはあるのか」

「これはとんだことで……。実は、おふさの亭主は大工でして、重兵衛棟梁の下で働いておりました。ところが、十と何年になりましょうか、建前《たてまえ》のときに足をすべらせて屋根から落ち、打ちどころが悪くあっけなく死んでしまいました。おふさは若い身空で後家を立て、まだ乳呑児《ちのみご》だった娘を立派に育て上げました。健気《けなげ》な女子でございます。とても他人さまの金に手を伸ばすような女子ではありません」

「娘がおるのか」

「はい。おしゅんと申しまして十五になります。これがまた評判の孝行娘で、近頃は一人前に母親の仕事を手伝っているようでございます」

「おふさは何をしておるのじゃ」

「仕立て仕事でございます。おふさは手先が器用でして、亭主を亡くしてからというもの、針一本で暮らしを立てて参りました。その後楯《うしろだて》となったのが重兵衛棟梁の女房おきぬ。おきぬはやさしい女子で、なにくれとなくおふさ親子の面倒を見ておりました。自分の知り合いや隣近所はもとより、実家にまで押しかけ、仕立て仕事をとってきてはおふさに渡していたようでございます」

「ほほ、なさけ深い女子よ。で、どこなのじゃ、そのおきぬの実家は」

「おきぬは浅草門前の町火消し『を』組の頭《かしら》佐治《さじ》の娘でございます」

「なるほど。火消しの娘に棟梁の女房か。道理でのう」

「ですから、を組の半纏《はんてん》や火事装束の類《たぐい》は、みんなおふさがおきぬの肝煎《きもい》りで仕立てたものでございます。小山田さま、おふさはそのような恩を仇《あだ》で返すような女子ではありません。何かの間違いではないでしょうか」

長八の話は結局そこへ落ちてゆく。己《おの》れの店子から罪人を出したくないのは当然だが、それだけでもないような口ぶりである。

「したが、盗んだ金を揃《そろ》えての自訴とあれば……。まあ、そこは本人に訊くしかあるまい。おふさは、そこか」

采女が奥へ顎をしゃくった。

「はい。大人しく控えております」

「そうか」

采女が雪駄《せった》を脱ぎ、落縁を踏んだ。堀江町の自身番は九尺二間と狭い。手前が畳敷き三畳、奥が一段低い板敷き三畳で、壁も総板張りである。そこが容疑の者を留めたり、取り調べたりする場である。

五

采女が畳三畳、板三畳を仕切る腰高障子《こしだかしょうじ》を開けた。と、こざっぱりとした身形《みなり》の女が床に手を揃え、神妙に畏《かしこ》まっている。その頭上に采女が「おふさか」と放った。か細い声が「はい」と返って、その頭がいよいよ下がってゆく。

「北の小山田じゃ。そのように硬くならずともよい。二、三、尋ねるだけじゃ」

そう言って采女が胡坐《あぐら》を落とした。

「そなた、横大工町の棟梁重兵衛宅から十一両盗んだというが、まことか」

「はい。とんでもないことを致しました。恐ろしいことを致しました。どんなお咎《とが》めでもお受け申します」

いきなり「どんなお咎めでも」ときて、采女の心がたたらを踏む。

「で、盗《と》ったのはいつじゃ」

「きょうの昼頃でございます」

「そのとき、重兵衛宅には誰もおらなんだのじゃな」

「はい。留守でございました」

「そなた、何ゆえ重兵衛宅を訪ねたのじゃ」

「仕立てものが出来上がりましたので、お届けに上がりました」

「では、留守を知らなかったわけじゃな」

「はい。知りませんでした」

「したが、留守ならば戸締りをしてあったはず。それはなかったのか」

「いえ、ありました。でも、先さまが留守のときは、裏から入って台所の板の間に届けておく決まりになっておりました」

「ふむ。して、金はどこにあったのじゃ」

「床の間の手文庫にありました」

「そなた、それを知っておったのか」

「はい。知っておりました」

「なぜじゃ」

「おかみさんからお代をいただくとき、何度か見かけました」

「そなた、金に困っておったか」

「いえ、とくに困っていたわけではありません」

「ならば、何ゆえ盗んだのじゃ」

「お許しくださいませ。つい、つい魔が差してしまいました」

相変わらずか細い声だが、おふさの受け答えに淀《よど》みがない。それがかえって心にひっかかる。采女が攻め口を変えた。

「のう、おふさ。重兵衛の女房にはなにかと世話になっておるそうじゃのう」

「はい。口では尽くせないほどお世話になっております。おかみさんの親切がなければ、私たち親子は生きてこられませんでした」

「その恩義にそなた、盗みをもって報いたか」

采女の言葉尻が張った。と、おふさのからだがビクッとはじけ、そのまま横ざまに崩れた。やがて、圧《お》し殺した嗚咽《おえつ》が板の間を流れてゆく。

ややあって、采女が「のう、おふさ」と、その波打つ肩のあたりに声をかけた。と、われに返ったたか、おふさが濡《ぬ》れた面《おもて》を上げ、黒く張った眸《ぼう》をひたと采女に据えて言った。

「小山田さま、私は悪い女でございます。恩知らずの女でございます。死んでお詫《わ》びするしかありません。どうぞ重いお仕置《しおき》を。お頼み申します」

「死んで詫びる？　おふさ、それほどの罪でもあるまいよ」

「いいえ。私は十両を超えるお金を盗みました。たしかに盗みました」

そのとたん、采女の脳裡《のうり》に稲妻が走り、その光りが一瞬、おふさの心底《しんてい》を照らして過ぎた。采女がさらに攻め口を変えてゆく。

「ところでおふさ、先ほどの手文庫のことじゃが、そこにあった金は十一両がすべてか。それとももっとあったか」

「もっとありました」

「ではそなた、そのなかから十一両だけ盗ったのじゃな」

「はい。十一両、たしかに盗りました」

「何ゆえあり金すべて、盗らなかったのじゃ」

「そっ、そのような恐ろしいこと」

「恐ろしい？　おふさ、十両以上盗めば打首《うちくび》ぞ。知っておろうが」

「はい。そのように聞いております」

「ならば、十一両も百両も同じであろうが」

「そっ、そのような……」

「おふさ、そなた数えて盗ったな。死罪になるよう、きっかりと十一両」

「いっ、いいえ。そのような、数えてなぞおりません。ただ夢中で、魔が差して、そしてひと握りふところにして……あとで見たらそれが十一両だったのでございます」

おふさは動揺を隠しきれない。それを見逃す采女でもない。采女は年季を入れた定《じょう》廻《まわ》りである。おふさの心底などとっくに見抜いているが、その由《よ》ってきたる所以《ゆえん》がわからない。采女のゆさぶりがつづく。

「あわれよのう、おふさ。そなたのひと握りがいますこし、せめて九両止まりであったなら、死罪も免《まぬか》れたであろうに」

「仕方ありません。それが悪心を起こした報い、天罰でございましょう。天罰は受けるしかありません」

「そなた、どうしてそのように死にたがるのじゃ。なんぞわけあってのことか」

采女がそろりとさぐりを入れる。が、おふさはそれを言下にはじき返す。

「とんでもありません。死にたいなぞと、そのようなこと、とんでもないことです」

「おお、それでよい。安堵した。どんなに辛くとも生きてゆかねばならぬ。それが人の道じゃ。したが安心せい、おふさ。そなたに死罪はない。毛頭ない」

「えっ？　それはまた、なぜでございましょう」

「十両盗めば首がとぶ……それはのうおふさ、夜盗、押込み、ぶったくりなぞに限っての話じゃ。昼間の空巣狙いはのう、狙われたほうにも不用心ありということで、罪が軽いのじゃ。十両が二十両でも首がとぶことはない。ましてそなたのように、盗った金をそっくり持っての自訴とあれば、どんなに重くても敲《たた》き止まりじゃ。裁くはむろん御奉行だが、案ずることはない」

「そっ、それは困ります」

「困る？　おいおいおふさ、首がつながって何が困るのじゃ」

「小山田さま、生き恥は、生き恥だけはお許しくださいませ。どうぞ、おなさけをもって、死罪を……。この通り、拝み申します」

おふさが掌《て》を合わせ、身をよじる。語るに落ちたと言っていい。

「よほどの事情があるようじゃのう、おふさ。無理にとは言わぬが、そなたが死にたい、いや、生きておられぬその事情、話してみる気にならぬか」

采女が水を向ける。が、氷はまだ融けていない。

「そのような事情なぞ、何も、ありません」

「そうか。だがのう、おふさ、生き恥は免れても死に恥は残ろうぞ。死んでゆくそなたには痛くも痒《かゆ》くもあるまいが、残った死に恥を背負ってゆくは誰ぞ。そなたの娘じゃ」

采女の言葉尻がビリッと張った。と、おふさの顔がみるみる色を失ってゆく。そして「あああァ」と声を絞り、そのまま突っ伏した。板の間をまた嗚咽が流れてゆく。

しばらくあって、采女がおもむろに口を開いた。

「おふさ、十五になるそうじゃのう、そなたの娘。よい年頃じゃ。しかし、そなたがあくまでも死罪にこだわれば、娘は一生、大罪人の子として生きてゆかねばならぬ。辛かろうぞ。それだけではない。己れの店子《たなこ》から大罪人を出したとあっては、差配の長八も名主の五兵衛も、ただではすまぬ。そのあたり、思案の届かぬそなたでもあるまい」

采女が情理を尽くす。が、おふさの背中はいよいよ波を打つばかりで、その波に情理が流されてゆく。これ以上は無理か……采女が肚《はら》をくくった。

「おふさ、もうよい。泣くな。ひとまず家に帰れ。長八にも卯之助にも口止めしておく。そなたも娘に悟られるなよ。何事もなかったように、わかるな、おふさ」

采女が諭《さと》すように言った。そのとたん、おふさの背中の波がぴたりと止まり、スッと面《おもて》が上がった。黒々と潤んだ眸《ぼう》が不審を宿し、なぜ帰ってよいのか、と問うている。

「よいのじゃ。娘も心配しておろう。早く帰ってやれ。今夜は何も考えず、ゆっくり眠るがよい。朝になれば、智恵も思いもまた新たとなろう。さあ、早く帰ったがよい」

采女が促す。おふさがそれに何か返そうとするが、口は動くものの言葉にならない。

そのもどかしさに耐えかねたか、おふさがいきなり頭を下げ、逃げるように板の間を出てゆく。

六

おふさを帰したあと、采女の動きは素早かった。小者の彦七《ひこしち》を横大工町の自身番に走らせ、何か訴えがなかったかどうか、何か訴えがあってもこの一両日はひとまず伏せ、北の小山田まで急報せよ、と手を打った。

と同時に木戸番を走らせ、捨吉《すてきち》、米松《よねまつ》、甚助《じんすけ》の三人を呼び寄せた。いずれも采女が手《て》札《ふだ》を与えた腕利《うでき》きの岡《おか》っ引《ぴき》である。その三人に大小とりまぜて金を持たせ、三方へ放った。聞き込み探索には不意の金が要《い》る。そこを怠ると岡っ引が暴走する。采女の配慮にぬかりはない。

こうして手配りをすませたところで、例の十一両をふところにして自身番を出た。目指すは重兵衛宅である。日暮れが近い。

「大工の棟梁重兵衛か」

木戸を入ろうとした男に、采女がうしろから声をかけた。振り返った男は四十がらみ、精悍《せいかん》な顔つきである。

「これは、八丁堀の旦那。わっしに何か御用で」

十手《じって》は見せずとも、八丁堀はひと目でそれとわかる。巻羽織《まきばおり》に着流し二本差し、髷《まげ》は小銀杏細刷毛《こいちょうほそばけ》と、武士と町人の間をゆくのが粋《いき》な八丁堀風である。が、むろん粋だけではない。ときには町人姿に身をやつし、探索にあたらねばならないからでもある。

「ちょいと訊きたいことがあるのじゃ。邪魔してよいか」

「へい。それじゃあ、なかへ」

重兵衛につづいて采女が木戸を入る。が、家の戸口は閉まっている。

「旦那、きょうは女房のやつが留守してましてねえ。ちょいと待っててくだせえ。裏から入《へえ》ってすぐに心張《しんば》りをはずしますから」

「それじゃがのう、棟梁。実はこのあたりに空巣狙いが出没しておるようなのじゃ。すまぬがその裏手も見せてくれぬか」

「へえ、空巣ですかい。なるほど、合点《がってん》しました。どうぞ、こっちへ」

重兵衛が先に立って軒を伝ってゆく。

「旦那、ここが裏手。なかは台所になっております」

「ここの戸締りはどうなっておるのじゃ」

「いまお目にかけます。見ててくだせえよ、旦那」

そう言うなり、重兵衛が屈《かが》んで、敷居の横の小さな穴に釘《くぎ》のようなものを差し込んだ。と、コトリと音がして、戸板が三寸ばかりひとりでに開いた。その戸を引きながら、

「この通りでございます」と、重兵衛がやや得意げに言った。

「ほほ、これはこれは。大したものじゃのう、大工の技というものは。で、この仕掛けを知っておるのは家の者だけか」

「もちろん。といっても、わっしと女房の二人っきりですがね」

「そなた、子は？　ないのか」

「とっくに諦《あきら》めております」

「それはちと淋《さび》しいのう。ところで、ちょいとなかを覗《のぞ》いてもよいか」

采女が台所に顎をしゃくった。

「へい、どうぞ」

重兵衛が一歩退いて采女をなかに入れる。薄暮も手伝ってなかは仄暗《ほのぐら》い。采女がしばし目を閉じ、それからおもむろに見開く。暗がりを見据える同心の心得である。

物の形が戻ってきた。土間に踏み台、その上に板敷きが広がる。広い流しに竈《へっつい》が二つ。土間には大小とりどりの樽《たる》、桶《おけ》、甕《かめ》の類が並び、壁の所々《しょしょ》に棚が下がっている。

「二人暮らしにしては広い台所じゃのう、棟梁」

「なあに、ときどき大工どもが押し寄せてきますんで、そのためでございますよ」

「なるほど、そのわけか」

そう言いながらも、采女の眼は板の間を舐《な》めるようにすべってゆく。が、おふさが届けたという仕立てものは、影も形もない。むろん、盗っ人が正体のばれるようなものを置いてゆくわけもないが、自訴となれば遅かれ早かれ正体は知れる。そのあたり、おふさは何を考えていたのか。采女の思案はいまだ宙に浮いたままである。

「それじゃあ旦那、向こうを開けますんで、どうぞ表のほうにまわってくだせえ」

「おお、そうか。では」

采女が台所を出てゆく。


「棟梁、藪《やぶ》から棒で相すまぬが、ちょいと床の間の手文庫を見てくれぬか」

采女が表の式台に腰を下ろすなり、言った。

「旦那ァ、どうしてそんなことをご存知で」

「わけはあとじゃ。ともかく見てくれ」

重兵衛が怪訝《けげん》な顔つきで奥へ消えてゆく。が、ほどなく「ああっ」と甲張《かんば》った声が走り、乱暴な足音がそれにつづいた。

「だっ、旦那、盗《や》られてます」

重兵衛が蓋《ふた》のない手文庫を持って戻るなり、その場にへたりこんだ。見ると、封印が破られ小判が散っている。

「棟梁、いくら盗られたのじゃ。数えたか」

采女が問う。と、はじかれたように重兵衛の手が手文庫に伸び、小判を一枚一枚数えてゆく。

「十四枚、しかねえ。十一両も盗られちまった」

「では、この手文庫にあったは封印一つ、二十五両。それに間違いないな」

「へい。いま鎌倉河岸《かまくらがし》のほうで建前をしておりますが、二十五両はその前金でした」

「棟梁、盗《と》られた十一両はここにある」

采女が重兵衛の前に袱紗《ふくさ》をトンと置き、端をつまんで開いた。山吹色が重なっている。

「こりゃあ。旦那、いってえどういうことで」

「そのことじゃが、いま内密に探索中でのう、詳しいことは言えぬ。が、この十一両がそなたの金であることはたしかじゃ。まずはこれを納めてくれ。で、この一両日中は騒ぎ立てずにおいてもらいたい。女房どのにも内緒に頼む。探索に障《さわ》るのじゃ。わかってくれるな」

「そりゃあ、金さえ戻りゃ文句はねえ。ねえが、なんとなく腑《ふ》に落ちねえ」

「そこじゃ。この一両日で必ずや腑に落としてみせる。それまで待ってくれ」

「承知しました。そのことはともかく、この十一両、ありがとさんでござんした」

重兵衛が十一両を手文庫に戻し、袱紗を畳んで采女に返す。采女がそれをふところに入れ、「邪魔をしたな、棟梁」と言って腰を上げた。

外はすでに日が落ち、夕闇《ゆうやみ》が迫りつつある。あとは三人の報《しら》せを待つしかないか……

そんなことを思いつつ、采女が帰路を急ぐ。

七

その夜、いつもなら酔いを枕《まくら》に白河夜舟《しらかわよぶね》のところを、采女は酒も呑まずに手先の帰りを待った。五ッ半（午後九時）過ぎ、浅草に放った捨吉が戻ってきた。

「捨、ご苦労だった。で、何かつかめたか」

「へい、おきぬはたしかに実家。今夜は泊まりのようです」

「泊まり？」

「旦那、おきぬはちょくちょく実家にきては、泊まっていくようですぜ」

「ほう、重兵衛と夫婦仲でも悪いか」

「いえいえ、そこはいたって円満。なにしろ、おきぬのほうから惚れて一緒になったといいやすから」

「にもかかわらず、その亭主を放ってちょくちょくとは、いかなることじゃ」

「それとなく近所をあたったところ、そのわけが三つばかりありやした。一つは例のおふさ。おきぬは仕立てものの仲立ちで、しょっちゅう実家に出入りしてるようです。で、二つめが親父の佐治。これがなにかにつけておきぬを呼び寄せるんだそうで。して、三つめが、どうもおきぬは妹の子を狙ってるんじゃねえかと、そんな噂《うわさ》がとんでおりやす」

「妹の子？　なんのことじゃ。捨、もそっと筋立てて話せ」

「あっ、こりゃあ……」

捨吉がポンと己れの額《ひたい》を叩《たた》いた。

おきぬは佐治の娘で、二つ下に妹が一人の二人姉妹である。佐治は小さい時分から義《ぎ》侠心《きょうしん》の強いおきぬが気に入りで、いずれ婿《むこ》をとって跡目《あとめ》をと考えていた。が、おきぬが十九のとき、家の建増《たてまし》にやってきた大工の重兵衛に惚れ、「一緒になれないなら死ぬ」と言ってきかない。佐治は泣く泣くおきぬを嫁に出し、妹のおみねと小頭《こがしら》の政吉《まさきち》を娶《めあ》わせ、跡継ぎとした。

以来十余年、おきぬは子に恵まれず、おみねは二人の男の子につづいて昨年は女の子にも恵まれ、おりきと名づけた。そのおりき欲しさに、せっせと人形やおもちゃを運ぶおきぬである。が、いくら妹でも、おいそれと切り出せる話ではない。そんな姉の心を知りつつも、初めての女の子だけに、おみねもふんぎりがつかない。

「なるほど、そのわけであったか。厳しいのう、いずこの空の下も」

そう言って顎を突き出した采女の脳裡を、「子はとっくに諦めております」と言った重兵衛の淋しげな横顔が流れて過ぎた。

「捨、浅草方面のこと、相わかった。ご苦労だった。向こうで彦と酒でも呑め」

「へい、御馳《ごち》になりやす」

捨吉が一礼を落として采女の居間を出てゆく。と、入れ替わりにおふくが入ってきて膝を落とした。おふくは彦七の娘で、いったん嫁《か》したが出戻ってきて、父親ともども采女の屋敷に住み込んでいる。が、二年前に妻を亡くした采女にとって、家政を一手に切り盛りしてくれるおふくは、いまや家刀自《いえとじ》も同然である。

「旦那さま、そろそろお酒をお持ちしましょうか」

「これ、おふく、そのようにわしを惑わすな。あと二人、甚助と米松が戻るまでは我慢じゃ。わしは呑まぬぞ」

采女が力む。おふくが笑いをこらえる。

采女は酒なしに夜を過ごせない。だが手先を放った以上、酔いながら報せを受けるわけにはいかない。岡っ引の信頼を失えば、定廻りはつとまらない。

「そんなことよりおふく、今夜は遅くなろう。先に休むがよい」

「旦那さま、私は宵っ張りなぞ平気の平左衛門です」

「ほほ、さようか。ところで、伊織《いおり》は寝たか」

「いいえ、若さまはまだまだ学問中です」

「学問中? 何をしておるのじゃ」

「難しいお書物を読んでおられます」

「ほう。まさか色草子ではあるまいな、おふく」

「旦那さま、若さまはそんなもの、読みません。旦那さまとは違います」

「ほほほ、わしとは違うか。それはよいことじゃ。だがおふく、若いうちはからだを鍛えねばのう。稽古《けいこ》には通っておるのか」

「はい。そちらのほうは学問以上に大丈夫です」

「なぜわかるのじゃ」

「稽古着です。毎日、汗でびっしょりになっています」

「なるほど、そのわけか」

采女が顎を突き出して腕を組む。感に触れては顎を突き出す、それが采女の癖である。

「旦那さまは若さまの評判を知らないのですか」

「知らぬ。どんな評判じゃ」

「まあ、呆《あき》れた。若さまの剣術はもう八丁堀で一番。大人でもかないません。その評判です」

「ほほほ、大人でもかなわぬか。まっ、悪い評判でなければそれでよい」

伊織は十六、血はつながっていないが、采女のたった一人の倅《せがれ》である。奉行所へ見習いに上がる日も近い。

「旦那さま、誰か帰ってきたようです」

おふくがそそくさと立って行く。

海賊橋《かいぞくばし》で鉢合わせたと言って、甚助と米松が同時に戻ってきた。

「二人とも、ご苦労ご苦労。まずは米松から聞こう。あれからおふさに、なんぞ変わったことはなかったか」

「へい、何もありません。あの親子、何事もなかったように晩めしを食い、それから一刻余り針をつかい、寝てしまいました。ひょっとして娘の寝入ったところを動き出すかもしれねえと、しばらく遠くから見張っておりましたが、なんの動きもねえ。で、差配の長八にあとを頼んで、いったん報せに戻って参りました」

さすがに米松の手際にぬかりはない。

「で、おふさの評判はどうじゃ」

「旦那、それなんですがね、どうも気に入らねえ」

「なんぞあったか」

「いえいえ、それがねえから気に入らねえんで。誰もが口を揃えて褒《ほ》めるばっかりで、悪く言う者が一人もいねえ。あの縹緻《きりょう》で浮いた話もとんとねえ。旦那、そんなことってありますかねえ」

岡っ引の偏見ではない。誰もが正邪善悪をまるごと抱えて生きている、というのが手先稼業で得た米松の実感である。

「なるほど、そこが気に入らぬか」

「へい。ただ、あの長屋に出入りする煮豆売りの婆《ばあ》さんが面白いことを言ってましてね。おふさは後家を立てたんじゃねえ。かわいそうに、世間が寄ってたかって立てさせたんだ、ってね」

「ふふ、寄ってたかってか。若後家の　頼りになって　やりたがり……というヤツだな。そんなところにはまったら、おふさも身動きとれまいて」

采女の瞼《まぶた》の裏を、黒々と潤んだおふさの眸《ぼう》が流れてゆく。それにしても、おふさには後家の危うさがまるでなかった。その一点に采女の心がひっかかっている。が、いまはそこにこだわっていられない。

「甚助、待たせた。横大工町はどうであった」

「へい。重兵衛夫婦の仲は申し分ねえようです。ただ、女房のほうが人の世話好き、外《そと》出《で》好きで、ちょくちょく家を空けるのが玉に疵《きず》。きょうもどっかへ出かけて帰《けえ》ってこねえ。で、重兵衛のほうですが、湯の帰りに近くのめし屋で半刻（一時間）ばかり呑んで、それから家に帰りました」

「では、とくに変わったこともなかったのじゃな」

「いえ、実はそれからがおかしいんで。間もなく提灯《ちょうちん》を片手に出かけ、通町《とおりちょう》筋を日本橋のほうへ向かったはいいが、今川橋の上でぱったりと足が止まって動かねえ。しばらく思案にくれてたと思ったら、今度はあっさりと引《ひ》っ返《けえ》しちまって……」

「なに、引っ返した？　で、どこへ行ったのじゃ」

「ですから引っ返して家に戻り、そのまま明かりを消して寝ちめえましたよ」

「ふうむ、寝たか。何かあるな、甚助」

「へい、あっしもなにやら臭《にお》ってならねえ」

「そのあたりを突っつけば、何か出るかもしれぬ。よしっ、あとはあすじゃ。二人ともご苦労だった。さっ、酒としよう。捨も彦も向こうで呑《や》っておる。わしらも行こう。酒じゃ、酒じゃ」

采女が鶏を追い立てるように二人を煽《あお》り、居間を出てゆく。

八

八丁堀の朝は与力《よりき》、同心《どうしん》の朝湯通いから始まる。小者に浴衣《ゆかた》の入った風呂敷包みを持たせ、それぞれに近場の町湯へ繰り出してゆく。采女の定《じょう》の湯は亀島町《かめしまちょう》の千歳湯《ちとせゆ》である。毎朝ゆったりと女湯につかってくる。

八丁堀の旦那衆に限って、朝は無銭で女湯に入れる。それは、女湯から男湯の世間話に耳を傾け、世情をさぐるため、との建前からである。が、むろんこじつけにすぎない。男湯は朝から混むが、女湯は空《す》いている。たまに朝帰りの芸者が入ってくるぐらいで、女湯が混むのは昼過ぎから暮れ方にかけてである。その朝の空きを狙うのが八丁堀の旦那衆である。

朝湯から戻れば髪結《かみゆい》がまわってくる。これも無銭、毎朝のことである。むろん、この日髪日剃《ひがみひぞ》りにもこじつけはある。客の集まる髪床《かみどこ》は噂や評判の吹き溜《だ》まりと言ってよく、それを髪結から聞くことによって市中の事情を知る、との建前である。が、本音は毎日、粋な八丁堀風でありたいがためであろう。

采女の屋敷にまわってくる髪結は、北島町・吉床《よしどこ》の吉三である。屋敷から一丁（約百九米）と離れていない。その吉三に髪、髭《ひげ》をあたってもらい、おふくに見送られ、月代《さかやき》も青々と采女が木戸門を出てゆく。いつもよりすこし早出である。

おふさの一件はきょう中に埒《らち》を明ける、その思いが采女の足を速める。いつもは雪駄の尻鉄《しりかね》がチャラーリ、チャラーリと尾を曳《ひ》くのに、きょうはチャッ、チャッと乾いた音を刻んでゆく。そのうしろに御用箱を背負った彦七が、小走りながらついてゆく。

江戸橋を渡り荒布橋《あらめばし》を渡り、小網町《こあみちょう》を抜ければ堀江町である。そこの自身番に彦七を残し、采女が一人でおふさの長屋へ向かう。

「ご免。おるかな」

采女が「おはり　おしたて」と書かれた腰高障子に声をかけた。と、二、三歩下駄の音がして、入口が開いた。きょうもおふさの眸《ぼう》は黒々と深い。

「邪魔をするぞ」

采女が土間を踏んでうしろ手に障子を閉めた。おふさが踏み台を踏んでなかへ上がる。しなやかな脹脛《ふくらはぎ》が白く覗く。采女の目がうろたえる。

「お待ちしていました」

おふさが膝を折り、指を突いた。その瞬間、これは埒が明く……と、采女の勘がささやいた。

「一人か。娘はどうした」

「遣いに出しました」

「そうか。しかし、ここはちとまずい。外に出られるか」

割り長屋の壁は壁の用をなさない。おふさがこくりと頷《うなず》いた。

堀江町はその名の如く、日本橋川から深く切れ込んだ堀の入江に沿って、南北に細長く延びる四丁の町である。その入堀に架かる親父橋の手前を右手に折れ、采女とおふさが堀端を流して行く。初秋のやわらかい風が柳をそよがせて過ぎる。

「そこらでよかろう」

采女が堀端に並ぶ作業小屋のあたりに顎をしゃくった。小屋の裏手に横積みされた材木に腰を下ろし、二人がしばし眼下の水に見入る。さざ波が金波銀波をはじいて目に痛い。

「どうだ、おふさ。すこしは話す気になったか」

「はい。なにもかもお話し致します」

おふさからきのうの頑《かたく》ながころりと落ちている。やはりひと晩おいてよかった、その思いが采女の心を領《りよう》してゆく。

「小山田さま、今度のことはみんな、私のふしだらが招いたことでございます」

「ふしだら?」

「はい。私のここには子がいます」

おふさが両手を腹に当て、静かにさすった。その瞬間、采女はすべてを合点した。おふさが盗みを働いたわけも、死にたがるわけも、そして後家の危うさを免れているわけも。

「さようであったか。そなた、身ごもっておったか。重兵衛の子じゃな」

そのとたん、おふさの眸が黒々と張って采女にすわった。が、その張りも弱々しく萎《しぼ》んでこくりと頷く。

「おふさ、差し支えないところだけでよい。経緯《いきさつ》を話してみよ」

一年前のその日も、暦は初秋を告げていたが、じっとりと汗ばむような残暑だった。出来上がった仕立てものを抱え、おふさが横大工町へ急ぐ。だが重兵衛宅は留守だった。裏手へまわると戸が開いている。「おかみさん」と声をかけてなかに入ったおふさに、重兵衛の声が返ってきた。

「おお、おふさか。おきぬはいねえよ。おれもたったいま、昼めしを食いに普請場《ふしんば》から戻ってきたところだ。で、何か用かい」

「いえ、これをお届けに上がっただけです」

おふさが風呂敷包みを板の間に置いた。

「そうかい。そりゃあご苦労さん。ところでおふさ、急いでいるかい」

「いえ、とくには。何か」

「すまねえがちょいとめしを……。なあに、水漬《みず》けでいいんだ。ササッとつくっちゃくれめえか」

「おやすいご用ですとも。棟梁、居間のほうでお待ちください。すぐにお持ちしますから」

「そうかい。すまねえな」

大工の集まりや酒盛りのたびに、おきぬに乞われて手伝いにきているおふさにとって、ここはわが家も同然の勝手である。塩押しの瓜《うり》と茄子《なす》を切り、鯊《はぜ》の佃煮《つくだに》を小皿に盛って居間へ運ぶ。

「おお、できたか。すまねえ、すまねえ」

そう言って重兵衛が煙草盆《たばこぼん》の灰落としにトンと煙管《きせる》を打ちつけた。

おふさがうつむいてめしを盛る。

そしてとんでもないことが起きた。

おふさの白い項《うなじ》に心を乱したか、あるいは汗に融けて漂うおふさの匂いに迷ったか、重兵衛のなかの男が暴発した。いきなり背後から抱きすくめ、圧し倒し、嵐《あらし》のようにおふさの肌を汚《けが》して過ぎた。

女は男の暴発を解するようにできていない。その懸絶《けんぜつ》を埋めるのが涙である。横ざまに崩れるおふさの視界に、飛び散ったためし、転がった碗、ひっくり返った煙草盆がただ無意味にとび込み、やがてかすみ、膨《ふく》れ上がり、そしてポトッと落ちた。

おふさがわれに返ったのは、ふっとおきぬの影が脳裡を流れたそのときである。こんなところをおきぬに見られてはいけない、いや、見せてはいけない。その思いにはじかれ、おふさが泳ぐように居間を出てゆく。

その後、おふさは慎重に重兵衛を避けた。仕立てものを届けても、留守のときは裏へまわらずそのまま引き返したし、しばしばおしゅんにも届けさせた。しかし重兵衛は違った。ちょくちょく遣いをよこしてはおふさを誘う。が、おふさはその誘いに乗らなかった。そしてある日、おしゅんが近所で重兵衛とすれ違った。

「おっ母さん、棟梁のおじさん、家《うち》へきた?」

「いいや、誰もこないよ」

「ふうん。いま、そこの角でおじさんと会ったけど、難しい顔してたから声かけなかった」

「そうかい。きっとこのあたりに用事でもあったんでしょうよ」

とは言ったものの、おふさは動悸《どうき》が耳まで達し、背筋を冷たいものが落ちてゆく。そして肚をくくった。

それから間もなく、おふさは重兵衛の誘いに応じ、心に匕首《あいくち》を秘めて出合茶屋《であいぢゃや》へ向かった。これ以上つきまとうなら、洗いざらいおきぬにぶちまける……その匕首である。が、重兵衛の掻《か》き口説きを前にして、匕首はついに抜かれることなく、逆におふさの消し炭に火がついた。ずぶずぶと二人の逢瀬《おうせ》がつづく。そしておふさが身ごもった。

到底産める子ではない。世間が許さない。おしゅんが許さない。なによりもおきぬに義理が立たない。おふさは悩み、へとへとになり、死のうと決め、何度も樹の下に立ち、川っ縁《かわっぷち》にも立った。が、死ねなかった。

　そして思いついたのが「死罪」である。

九

　あわれな話よ……入堀に放った采女の視界を、泥鴨《どろがも》の一隊がよぎってゆく。

「おふさ、そなたが身ごもったこと、重兵衛は知っておるのか」

　泥鴨から目を切って、采女が問う。おふさが静かに顔を左右に振った。

「なにもかも一人の胸に畳み込んで、死ぬつもりであったか。だがおふさ、そなたが死ねば、娘は悲しもうぞ」

「それでも、ふしだらな母親を持つよりは苦しまずにすみます。あの子はまっすぐに育ちました。いえ、育てました。その私がふしだらでは、一生あの子は私を憎みます。憎むも地獄、憎まれるも地獄です」

　おふさの言葉尻が暗く切なく沈んでゆく。

「そうでもあるまいぞ、おふさ。いまは十五でも、そのうち娘も大人になってゆく。齢とともに、そなたのこともわかってくれよう」

「小山田さま、娘だけではないのです。私のふしだらでいちばん苦しむのはおかみさん、おきぬさん。あんなに世話になっておきながら、私は、私は鬼です。そこがいちばん……どんなことがあっても、死んでもおきぬさんを苦しめるわけには」

おふさの言葉尻がまたくぐもってゆく。そして黒い眸《ぼう》から溢《あふ》れた涙がふた筋、ツツーッと流れて落ちた。

「もうよい、おふさ。腹の子は産め。万事、わしが段取りをつける」

「えっ」と声を呑んで、おふさの顔が傾《かし》ぐ。両の眸が不審を宿して采女に吸いつく。

「実はのう、おふさ。さる大名家が針子《はりこ》を求めておるのじゃ。そなたはそこへもぐりこめ。で、そこで子を産むのじゃ。その子はわしが引き取る。それでよかろう」

采女がこともなげに言った。しかし、おふさはそれについていけない。まるで雲をつかむような話である。いきなり大名がとび出してはそれも無理はない。が、采女の話にも嘘はない。

大名家といえども、表沙汰《おもてざた》にできないもめごとや厄介事は起きる。そのとき頼りにされるのが八丁堀である。とりわけ定廻りは江戸市中の事情に通じているだけに、重宝がられる。大名家が密かに陰扶持《かげぶち》を与え、定廻りに誼《よしみ》を通じておくのも、お家安泰のためと言っていい。采女にもそうした大名家が数家ある。

「小山田さま、どうして私のような者がお大名さまのところへ、どうしてそのようなところで子が産めるのでしょうか」

おふさの不審がいよいよつのってゆく。が、采女もみなまでは答えられない。

「実は、その大名家とわしは、なんと言ってよいか、まあ、別懇《べっこん》の間柄なのじゃ。多少の無理は聞き届けてもらえよう。で、そなたには針の腕がある。それをもってつとめればよい。腹の子は、わしが外につくった子としておく」

「えっ、外に。それでは奥方さまが」

「わしの妻《さい》はとっくに、いや、二年前に死んでおるわ」

「まあ。それでは、小山田さまが子を、乳呑児をお育てなさると」

「心配致すな、おふさ。わしのところにとて女子手《おなごで》はある。通いの婆さんまで含めれば四人もおる。案ずることはない」

「でも小山田さま、お子さまは？」

「十六になる倅が一人おる。が、わしの実の子ではない。そなたの腹の子同様、わけありの子じゃ。わしら夫婦は子に恵まれなかったのじゃ。わけありの子があと一人ふえたとて、わしはどうもない」

「小山田さま、私のような者になぜそこまで」

「おいおい、おふさ。わしは町方《まちかた》ぞ。江戸の安心と倖せにつとめるのがわしの役目じゃ。で、そなたの安心はこの際、大名屋敷に身を寄せることじゃ。大名奉公となれば、八方に言いわけも立とう。また、世間の目も大名屋敷までは届かぬ。して、そなたの倖せは、とりあえずその身を軽くして、何事もなかったように娘と暮らすことじゃ。しばらくは娘と別れて暮らさねばならぬが、なあに、娘も十五、案ずることはない。わしもときどき見廻ってやろうぞ」

采女が言葉を切ったとたん、おふさがいきなり両手で顔を覆った。そして激しく泣きじゃくる。

「泣くな、おふさ。このぐらいのことに負けてはならぬ。どこまでも生き抜くのじゃ」

「小山田さま、この通り、この通りでございます」

「おふさ、そのように拝むな。わしは仏ではない。まだ生きておる」

采女がしきりに首筋のあたりを掻く。

きょうの采女は忙しい。おふさの次は重兵衛である。采女の足が鎌倉河岸へ向かった。重兵衛の普請場はすぐにわかった。甘酸っぱい木の香《か》が鼻孔《びこう》をくすぐる。

「旦那、こんなところまで。何か急なご用でも」

重兵衛が首にかけた手拭《てぬぐ》いで汗を拭《ふ》きながら言った。

「おめえ昨夕《ゆんべ》、腑に落ちねえと言ったじゃねえか。それを落としにきたのよ。まっ、ついてきな」

采女が先に立つ。が、あとにつづく重兵衛は、采女がすでにきのうの采女でないことに気づいている。言葉つきがまるで違う。しかし、それが定廻りである。武家言葉、町人言葉はもとより、ときに伝法《でんぽう》、ときにべらんめえとつかい分けなければ、探索などできるものではない。定廻りにとって、発する言葉は相手の心をさぐる武器であり、返ってくる言葉は相手の心を映す鏡である。

「ここらでよかろう」

采女が河岸稲荷《いなり》の前で足を止めた。

「重兵衛、おめえの家に入った空巣、わかったぜ」

「えっ、そりゃあいってえ」

「おめえが睨んだ通りの女よ」

「ええっ。わっしが」

「しらばっくれるんじゃねえ。おめえ昨夜《ゆんべ》、その女に会いに行ったじゃねえか。もっとも、今川橋のあたりで思い直したみてえだが」

「そっ、そんなこと、どうして」

「重兵衛、八丁堀を甘く見ちゃいけねえぜ」

「とんでもねえ。そんな気なぞ、これっぱかしもねえ。それより旦那、おふさは……あっ、いや、その女はいってえどうなりますんで」

「ふふ、語るに落ちたか、重兵衛。おれはまだ、おふさとは一言も言ってねえぜ」

「そりゃあその、ただ……。旦那ァ、どうなりますんで」

「間違いなく、コレよ」

采女が己れの首筋にトンと手刀《てがたな》を立てた。重兵衛の日焼けした顔がみるみる蒼ざめてゆく。

「そんなあ。まさかそんなあ」

「十両盗めば打首。それが御定法《ごじょうほう》よ」

「旦那ァ、そりゃあんまりだ」

「馬鹿野郎、何を言いやがる。元はといや、てめえがおふさを手籠《てご》めになんぞするから、こんなことになるんだ」

采女の怒声がビリッと張った。と、重兵衛がへなへなと膝から崩れて落ちた。へたりこんで、うなだれて、しばし動かない。

「旦那、あの金はおふさが盗ったものじゃありません。わっしが罪ほろぼしに遣《や》ったものでございます」

うなだれたまま、重兵衛が蚊《か》の鳴くような声で言った。

「それは通るめえよ、重兵衛。おふさはあの金を持って、自訴してきたんだぜ」

「自訴？」

「その心、おめえにわかるか。おふさはずうっと、おめえの女房おきぬに、すまねえ、申しわけねえ、義理が立たねえ、その思いで苦しんできたんだ。何度も死のうとしたが死にきれねえ。で、思いあまってお上の打首にすがったのよ。その心、あわれと思わねえかい」

「ああ、すまねえ。おふさ、すまねえ」

重兵衛が身を投げ出して地べたを叩く。

「旦那ァ、お願《ねげ》えだ。助けてくだせえ。おふさを助けてくだせえ」

重兵衛が頭の上に掌《て》を合わせ、声を絞る。

「勝手を言うな、重兵衛。ただし、あの金は一度も盗まれたことがねえ。騒ぎもねえ。訴えもねえ。そうなりゃ話は別よ」

「ねえ。そんなものはいっさい、ねえ。誰も騒ぎ立てねえ。訴えもしねえ。ですから旦那、おふさを、おふさを助けてくだせえ」

「ほう。いっさい、ねえ……か。それならこの一件、なかったことにするしかあるめえ」

「あっ、ありがてえ。旦那、こっ、この通りです。この恩は一生、忘れるもんじゃありません」

きょうはよくよく拝まれるめぐり合わせの采女である。

「ただし重兵衛、おふさとはすっぱり切れろよ。二度とおふさに近づくんじゃねえ。近づけばおふさが死ぬ。おふさが死ねばおきぬも死ぬ。死なねえまでも、死んだように生きていくしかねえ。そのあたり、わかるな」

「わかります。おふさには金輪際《こんりんざい》、近づきません。すっぱりと、切れます」

「それでよい。話は終わった。戻ってよいぞ、重兵衛」

「へい。旦那、わっしはなんと言ってよいか、ありがとさんでござんした」

重兵衛が深々と頭を下げ、立ち上がり、二度三度と腰を折りながら去ってゆく。その背に采女がいま一度、「重兵衛」と声をかけた。重兵衛がギクリと振り返る。

「おめえ、子が欲しくなったら、いつでもおれのところに言ってきな。世話してやるぜ。実は、おれも子がなかったのよ。で、十と何年前になるか、貰子《もらいご》してな。いまじゃすっかりおれの子よ。不思議なもので、だんだんおれに似てくる。悪くねえもんだぜ、貰子《めえ》も。その気になったらいつでもきな」

「へい。そんなことまで……ありがとうございます、旦那。そのときは、せっかくお頼み申します」

「おお、よいとも」

「それじゃ、わっしはこれで」

重兵衛が一礼を残して去ってゆく。そのうしろ姿をしばらく見送って、采女がくるりと北へ踵《きびす》を返した。きょうはまだまだ忙しい。目指すは下谷《したや》七軒町、三味線堀の佐竹屋敷である。采女は羽州秋田二十万石の佐竹家から盆二十両、暮れ三十両の陰扶持をもらっている。

采女の配慮と奔走で、万事まるくおさまるかに見えた。が、おふさにいまひとつ、運がなかった。佐竹屋敷に奉公してひと月余り経ったその日、おふさに初めて出番が許された。すこしせり出してきた腹をきつく締め、おふさがいそいそと竹門を出てゆく。おしゅんに会いたい、早く会いたい……おふさの心が逸《はや》る。その心が不幸を招いた。間もなく堀江町というのに、すこしでも近道をと逸り、杉ノ森稲荷を突っ切ろうとしたことが不慮の因《いん》となった。

事は、十人ばかりの悪童が、物置小屋の軒にぶら下がった雀蜂《すずめばち》の巣に、いっせいに竹槍《たけやり》を突っ込んだことから始まった。たちまち蜂の大群が襲う。悪童が蜘蛛《くも》の子を散らして逃げる。だが、一人だけ躓《つまず》いて転び、逃げ遅れた。そこを猛然と蜂が襲う。五つばかりの男の子が、凄《すさ》まじい悲鳴をあげて地べたを転げまわる。

はじかれたようにおふさが走り、男の子の上に身を躍らせ、包み込むように覆いかぶさって顔を伏せた。しかし、蜂の群れは容赦なくおふさの頭、首筋、背中を襲った。男の子はかろうじて助かったが、おふさは動けない。

その日の夕方、采女が長八の知らせを受けて駆けつけたとき、おふさは虫の息だった。

「おふさ、しっかりせい」

采女の声に、おふさの目がうっすりと開いた。

「小山田さま、娘を、おしゅんを頼みます」

「わかった。案ずるな。しっかりせい」

その言葉に安心したか、おふさが静かに目を閉じた。そして二度とその目は開かなかった。

その年が暮れて間もなく、采女は十六になったばかりのおしゅんを、手嶋屋惣兵衛に託した。そのおしゅんもいまは二十二、采女の女房である。

十

手嶋屋別邸の離れ座敷に夕闇が迫りつつある。障子が急速に明るさを失っていくが、采女も惣兵衛もそれに気づかない。

「惣兵衛どの、おふさがおしゅんにわが身の恥をさらすわけがない。いや、さらしたくないばっかりに死のうとしたのじゃ。それを、なぜそれをおしゅんが知っておったのじゃ」

采女は腑に落ちない。おふさとのかかわりを順繰りに追ってみても、思い当たるふしはない。もし、おしゅんが知っていたとしたら、おふさは取り越し苦労をしたことになる。が、親が子を過《あやま》つはずもない。

「小山田さま、おしゅんさんは見てしまったのですよ」

「なにい、重兵衛とのことをか」

「いえいえ、そんな。小山田さまのことですよ」

「わしのこと?」

「小山田さまがおふささんの長屋を訪ねたその日、ちょうど遣いから戻ったおしゅんさんは、二人が出て行くところを見てしまったのです。小山田さまが八丁堀の旦那だということは、子供でもひと目でわかります。こっそりとあとをつけたくなった気持ちもわかります。そして、小屋のなかに隠れて、みんな聞いてしまったのです」

「なんと。では、すべてを知っていながらあのとき、奉公に出るおふさを逆に励まし、笑顔で見送った、というか」

「母親が助かる道はそれしかない、小山田さまの言う通りにするしかない、子供心にもそう思い、小山田さまに掌《て》を合わせたそうでございますよ」

「ほほ、それはまたほろ苦い」

それにしてもおしゅんは気丈だった。なにかといえば涙ぐむおふさとは逆に、「おっ母さん、わたしのことは心配ないよ。火の始末も戸締りもきちんとするし、おまんまもちゃんといただくよ。おっ母さんこそ無理しないで。からだ、こわさないで」と励ますおしゅんだった。それがなにもかも知ったうえでのこと、となれば、なおいじらしい。

「でも小山田さま、その別れが本当の別れになってしまったのですから、母もあわれ子もあわれ。気の毒な親子でございます」

「そうよのう。まさか蜂なんぞにのう」

そのことを思うと、いまも采女の心は痛む。あのときおしゅんは、おふさの亡骸《なきがら》にしがみついて剝《む》き出しに泣いていた。いつまでもいつまでも。

采女にとって、昔のことはとかくほろ苦さがつきまとうが、おふさの一件もその一つである。

「ですから、おしゅんさんには母親の分まで倖せになってもらわないと。そうでございましょう、小山田さま」

「んん。しかし、おしゅんが母親のことを知っていたとはのう。それをおしゅんと示し合わせてわしには内緒。水くさいのう、惣兵衛どのも」

「それは違います。おしゅんさんが手前に打ち明けたのは、縁談が持ち上がって仕方なくのこと。本当はなにもかも胸にしまったまま、小山田さまの許へ行きたかったのでございますよ」

「んっ、ちと呑み込めぬが……」

「小山田さまがおふささんにしてあげたことは大変なことでございます。それをおしゅんさんが知っていたとなれば、娘として深い恩と義理を感じなければいけません。ですが、そのことが顕《あら》わになれば、まるで義理で結ばれたような夫婦になってしまいます。それではおしゅんさんの心にそぐわないし、なによりも、小山田さまの心に負担をかけてしまいます。おしゅんさんはそこを恐れ、手前に口止めしたのでございます」

「なんと。おしゅんめ、ほろ苦いことを」

顎を突き出した采女の口が「へ」の字に曲がってゆく。あのときおしゅんは、「小山田さまは私を嫁御に迎えてくださると言いました。たしかに言いました」の一点張りだった。が、心のうちにはさまざまの思いを抱《いだ》いていた……そういうことか。近頃、おしゅんはだんだんおふさに似てくる。とろりとした頤《おとがい》といい、深みをたたえた黒い眸《ぼう》といい、おふさにそっくりと言っていい。その黒い眸が「へ」の字の先にチラつく。

「小山田さまを前にこう申してはなんですが、齢の差は埋めようがありません。で、本当にそれでよいのかと、何度も念を押しましたが、おしゅんさんの心はとうとう動きませんでした。女房のやつも、私がおしゅんちゃんでも小山田さまのところへ行きます……そう言いまして、それで決まりです」

「なに、お内儀《ないぎ》までひっぱり出して、か？　惣兵衛どの、それではわしがきまり悪かろうが」

「いえいえ、女房のやつも喜んでおりますよ。あとはおしゅんさんが倖せになるだけ。大事にしてあげてくださいまし、小山田さま」

「倖せかどうか、そこはわからぬが、わしなりに大事にしておるつもりじゃよ。ほれ、囲碁の相手をしたり、酒を酌《く》み交わしたり」

「それだけでなく、おつとめのほうもしっかりと」

「なにっ。ふっ、これはこれは」

「さて、それではそろそろ酒に致しましょうか」

おとぼけ采女に一矢《いっし》報いたか、惣兵衛がニッと残して中座してゆく。つくねんと残された采女が、薄暗がりのなかで一人首筋を掻く。


やがて、「雨戸を閉めさせていただきます」と下男風の声がかかり、離れの周りががたつきはじめた。つづいて下女が明かりや酒肴《しゅこう》を次々に運んできて、采女と惣兵衛の酒盛りが始まった。

「惣兵衛どの、これは?」

炭火の上でポコポコと煮立つ鍋《なべ》を目で差し、采女が問う。

「品川でございます」

「なに、鰒《ふぐ》か。まさか、大事あるまいな」

「それは食べてみないことにはなんとも」

「おいおい、死ぬときはそなたもいっしょぞ」

「いいえ、手前はあらかじめ薬を呑んでおきましたから」

「なにぃ。わしには薬なしか」

「小山田さまも呑まれますか」

チロッと見上げた惣兵衛の目が揶揄《やゆ》を含んでいる。ふふ、惣兵衛め、そのテできたか
……采女がチッと肚に舌を打つ。

「そなた、いま申したばかりではないか。おしゅんを大事にせよ、おつとめに励めよと。死んではそれができまいぞ」

「なるほど。では、これを」

惣兵衛がツイッと湯呑みを差し出す。采女がそれをクイッと呑み干す。

「なんだ、これはただの水ではないか」

「いえいえ、それは長命寺の般若水《はんにゃすい》でございますよ」

「ほほう、これが噂の般若水か」

長命寺はこの別邸の近くにある。その昔、三代将軍家光の食当たりを治した水と伝えられているが、真偽のほどは定かでない。

「小山田さま、そのようなものなぞ呑まなくても大丈夫でございますよ。この鰒はその大七《だいしち》の板前がさばいたもの。手前は何度も試しております。どうぞ安心してお召し上がりください」

それを早く言わぬか、采女がギロッと睨む。この向嶋界隈は通人《つうじん》たちの遊び場で、名立たる茶屋、料理屋が少なくない。大七もその一つで、鯉《こい》料理が評判である。

「ふふふ、惣兵衛どの、どうやらきょうはわしの負けのようじゃ。いずれこの仕返しはたっぷりとさせてもらうとして、まずはこれ、これが先じゃ」

采女の箸《はし》が鰒に逸《はや》る。鰒は、不覚の死を嫌う武家にとっては悪食《あくじき》だが、諸民にとっては寒さしのぎの薬喰いである。が、一尾五百文（約一万円）と高い薬で、おいそれと諸民の口には入らない。

「旨い。これは旨い」

采女が息を吹きかけ吹きかけ、鰒の身を口に運ぶ。

「小山田さま、この味はとても命にかえられません。鰒汁を　食わぬたわけに　食うたわけ……それが鰒でございますよ」

「ほほほ、まさにそれじゃ。それにしても旨い。おしゅんにも味わわせてやりたかったのう」

「小山田さま、この寒さはまだまだつづきましょう。鰒もまだまだ。次はおしゅんさんといっしょにお出かけくださいませ」

「そうじゃのう。ほほ、おしゅんめ、顎を落とさねばよいが」

この夜、鰒に誘われたか、二人の酒盛りが常になくはずんだ。いつもならそのまま酔い潰《つぶ》れて泊まるところだが、きょうの采女はおしゅんのいじらしさが頭にこびりついて離れない。五ッ半（午後九時）をまわった頃、「さて、そろそろ帰るとするか」と、唐突に采女が言った。「えっ、お泊まりのはずでは」と、惣兵衛が驚く。

「そのつもりで、おしゅんにもそう残してきたが、やはり惣兵衛どのの言わるる通りよ。わしとおしゅんの齢の差は埋めようがない。しかし、共に過ごす時は埋めようもあろう。今夜はその手始め。帰っておしゅんを驚かせてやりたいのじゃ」

「ほほほ、それなら引き止めようもありません。いえ、ぜひそうなさってくださいませ。ただ、寒さと夜道には十分お気をつけて」

「なあに、たっぷりと鰒に温《ぬく》めてもらったのじゃ、心配ない。惣兵衛どの、きょうは初音も聴いたし、鰒も馳走になった。よい一日じゃった。この通り、礼を申す」

「いえいえ。それではすぐに頭巾《ずきん》と提灯を用意させましょう」

惣兵衛がひと足先に座敷を出てゆく。采女がほろ酔いの足に任せ、行きつ戻りつ廊下を渡り、玄関へ出た。と、手嶋屋の新造《しんぞう》おしまが控えている。

「小山田さま、本当にお帰りでございますか。だいぶ夜も更《ふ》けて参りました。ご無理をなさらずお泊まりくださいませ」

「これはお内儀、相すまぬ。実はのう、急におしゅんが恋しくなってしまったのじゃ」

采女が照れ隠しの一発を放った。と、おしまが目をまるくして、「まあ、おほほ……」と口許を隠す。

「それというのものう、お内儀。きょうはそなたの主人《あるじ》どのにたっぷりと若い女子《おなご》の話を、それも真《しん》に迫る話ばかり聞かされたからよ。まさかお内儀、主人どのが若い女子を囲っておるなぞということは、あるまいの」

「まあ、主人《うち》がですか。ほほほ、まさか」

「いやいやお内儀、気をつけたがよい。主人どのが若い女子にぞっこん執心なことだけはたしかじゃ」

おしまとて采女のとぼけはとうに心得ている。「まあ」と驚いてはみせるものの、その目は笑っている。が、傍《かたわら》に立つ惣兵衛の顔は渋い。ほん、いずれどころか、もう始まっているわ……采女の仕返しに惣兵衛が苦《にが》る。

「ではご両所《りょうしょ》、世話になり申した。わしは若い女房どののところへ戻るが、ご両所はいまからとっくりと話し合われたがよかろうぞ」

采女が最後のとぼけを放って玄関を出てゆく。惣兵衛とおしまがどちらからともなく目を見合わせ、ククッと吹き出す。

采女が提灯を片手に、発句《ほっく》をひねりながらふらりぶらりと流してゆく。定廻りの退屈しのぎに、いつの間にか身についた癖である。といって、習ったわけでも学んだわけでもない。そのときどきの思いに、ちょこんと季の詞《きことば》をくっつけただけの、ただの我流である。したがって、いっこうに上達しない。が、それでいい。

提灯の灯《ひ》が水戸家下屋敷の長い塀に沿って流れ、源兵衛橋を渡り、大川橋の半ばでふっと止まった。

できた、采女が呟《つぶや》く。

ほろ苦き　昔のありて　初音かな

俳諧《はいかい》もどきを二度ばかり口ずさんで、采女が足を速める。

提灯がずんずん遠ざかってゆく。

第二章　月おぼろ

一

足の遅かった春も、いつしかまろんで梅が桜にかわった。

「のう、おしゅん。すこし遅いと思わぬか」

采女《うねめ》が盤上を睨《にら》むおしゅんにとろりと放った。

「もうすこし、もうすこし待ってください。このままでは私の石が取られてしまいます」

「いやいや、そうではない。囲碁《いご》ではない。手嶋屋のことじゃ」

「手嶋屋さん？　何か……」

おしゅんが碁盤から顔を上げて問い返す。

「ほれ、桜になったら向嶋《むこうじま》へ招く。大七の鯉《こい》料理を馳走《ちそう》する。そう言ったではないか」

「はい、たしかに。私も長命寺の桜餅《さくらもち》がたのしみです」

「であろう。なのに、桜はもう七分どころじゃ。嵐でもきたらたちまち散ってしまうわ。手嶋屋にしてはちと手際が悪い。そう思わぬか」

「そうですねえ。忘れてしまったのでしょうか」

「まさか、それはあるまいと思うが」

二人の心がすっかり囲碁を離れたところへ、「ごめんなさんしよ」と店先《たなさき》に声がかかった。すかさず「はあい」とおしゅんの返事がとぶ。お客さんよ、おしゅんが采女の鼻先にほっこりと笑みを落として居間を出てゆく。

「まあ、お六さん。いらっしゃいまし」

「はい、こんにちは。おしゅんちゃん、わたしゃまた櫛《くし》をなくしてしまいましたよ」

「まあ、またですか。それは困りましたねえ」

「なになに、それほどでも。年寄りにとっちゃ、櫛がなくなるのは縁起のよいことなんですよ」

「どうしてですか」

「櫛はほれ、苦と死……そんなもの、わたしゃごめんですよ。なくなってよかったと思ってますよ。けどねえ、いくら年寄りでもあれがないとねえ」

「お六さん、今度のは大丈夫ですよ。うちのはもう櫛ではないですから苦も死もありません」

「えっ、苦も死もない櫛？　なあに、それ」

「はい。ただの髪梳《かみす》き、梳《くしけず》りです。つかえばつかうほど苦も死も削られて長生きできます。ですから安心して梳ってください」

「まあ、梳り……苦死削り。おお、おお、そうこなくっちゃ。あんたは若いのによいことを言うねえ。すっかり気に入りましたよ、その梳り。一つ、くださいな」

「ありがとうございます」

よほど気に入ったか、巾着《きんちゃく》を取り出す間も「梳り、苦死削り」と、老婆《ろうば》の呪文《じゅもん》がつづく。

「はい、はい、ありがとう。おしゅんちゃん、あんたは年寄りにやさしいねえ。せっかくお父っつあんを大事におしよ」

老婆がうしろ手を組んで出てゆく。お父っつあんじゃないよ、旦那さまだよ……おしゅんの心が翳《かげ》る。その翳りのなかへ、不意に手嶋屋のおしまが入ってきた。

「まあ、ご新造《しんぞ》さま。おいでなさいませ」

「しばらくだねえ、おしゅんちゃん」

「申しわけありません、ご無沙汰《ぶさた》ばかりで」

「仕方ありませんよ、お店《たな》があるんだもの。はい、これお砂糖。すこしだけど黒と白、半分ずつね」

「まあ、お砂糖」

おしゅんが目を剝《む》く。無理もない。砂糖は薬も同然の扱いで、薬種商《やくしゅしょう》が一手に商う。その値も高く一斤《きん》（六百瓦《グラム》）二、三百文（約五千円）は下らない。

「いいんですよ。きょうは小山田さまにお願いがあってきたんですから。いらっしゃる？」

「はい。狭いところですけれどお上がりくださいませ」

おしゅんが砂糖の包みを押し戴くように受け取り、先に立つ。が、居間に采女の姿はない。放り出された膝掛《ひざか》けの上で、猫がまるく眠っている。おしゅんが「旦那さま、手嶋屋のご新造さまがお見えです」と声をかけながら、ひと間きりしかない座敷と台所の土間を覗《のぞ》くが、どこにもいない。

「出かけたのかしら。いままでいたのに。タマ、おまえ知らないかい」

呼びかけられた猫の耳がかすかに動く。が、起き上がろうとはしない。そこをおしまがさらった。

「ほほ、かわいい猫だこと。タマというのかい」

おしまが膝の上に抱き、喉《のど》のあたりをくすぐる。大人しい猫である。

「旦那さまがすぐそこの玉池稲荷《たまいけいなり》から拾ってきて、タマと名づけたんです。あっ、ご新造さま、これです。煙草《たばこ》です」

おしゅんが碁盤の上に置かれた煙管《きせる》をひょいと取り上げ、おしまの前にかざした。それは「煙草を買ってくる」という采女の合図である。

「煙草が切れて買いに行ったんです。じき、戻ります。そこの岩本町ですから」

「まあ、よくわかること。心が通い合っているのねえ」

なぜかおしまがしみじみとした口調で言った。おしゅんの心にかすかな違和と含羞《はじらい》が走る。

「囲碁をしていたのね。おしゅんちゃんは偉いわ。ちゃんと囲碁ができるんだもの」

「いいえ、私のはただの笊碁《ざるご》です」

「笊?」

「笊で水を掬《すく》うような役立たずの碁です」

「ほほほ、それを笊碁というの。でも、ちゃんと役に立っているわ。小山田さまのお相手ができるんですもの」

「私ね、ご新造さま。ここへ越してきたばかりの頃、店商《たなあきな》いのことなんにも知らなかったものだから、いつきてくださるかもわからないお客さんを一日中、そこの店先に座って待っていたんです。そうしなければいけないものだと思っていたんです。その間は旦那さまのお世話ができないし、旦那さまも退屈だからタマを抱いて裏口を出たり入ったり、それがとても辛くって。でも、あるときお遣《つか》いの行き帰りにほかのお店を二、三、覗いてみたら、店先に誰もいないんです。お客さんのほうが声をかけて、そしたら出てくるんです。助かりました。それからです。旦那さまの退屈しのぎになればと囲碁を教わって、いまはたのしくて仕方ありません」

「やっぱり偉いわ、おしゅんちゃんは。女子《おなご》はいくつになってもそのようにつとめなければダメね。どんなに長く連れ添った夫婦でも、狎《な》れ合って手を抜けばたちまちこわれてしまう。そんなものかもしれないわねえ」

おしまの物言いが淋《さび》しい。これは何かある……おしゅんのなかに燻《くすぶ》っていた違和がはじけた。おしまが供《とも》も連れず、一人できたのからしておかしい。手嶋屋ほどの身代《しんだい》になれば、新造の外出《そとで》には下女なり小僧なりの供がつく。それがない。が、そこはおしゅんの問えるところではない。

「まあ、私ったらこんなところに座り込んで。ご新造さま、客間のほうへどうぞ。すぐにお茶をお持ちしますから」

「そうかい。それじゃ移ろうかね、タマ」

おしまが猫を抱いて客間へ移ってゆく。やや遅れておしゅんが台所に立つ。

二

「手入れの行き届いたよいお庭ねえ」

茶菓を運んできたおしゅんに、おしまが首だけよじって言った。庭先に向いたままの膝の上で、タマが喉を鳴らしている。

「いいえ、あんまり狭くって庭ともいえません」

おしゅんの言う通りたしかに狭いが、丹精《たんせい》の偲《しの》ばれる庭である。庭はその家の心、主人《あるじ》の心を映す。椿《つばき》、躑躅《つつじ》、満天星《どうだん》などが形よく叢《むら》をつくり、そこへ楓《かえで》、海棠《かいどう》、百日紅《さるすべり》など、背の低い木々がほどよく配されている。年中を通じて色の絶えない姿と言っていい。

「お手入れは小山田さまが」

「はい。私の手伝いは草むしりだけです」

「まあ、ほほほ」

「でも、困るんです。旦那さまは外へ出かけるたびに、必ず何か買ってきてしまうんです。これ以上はもう無理です。狭くなる一方だし、庭の形も悪くなってしまいます。この間もそう言いましたら、今度はあれです」

おしゅんが庭の右手を指差した。長い板を渡した台の上に、松や梅、木瓜《ぼけ》や皐月《さつき》などの鉢植えがずらりと並び、溢《あふ》れた鉢が地面にまで広がっている。

「ほほほ、面白いこと。おしゅんちゃんに叱《しか》られて今度は鉢植え、小山田さまらしいわ」

「でも、このままだと庭中が鉢だらけになってしまいます。ご新造さま、この道楽は已《や》まないものなのでしょうか」

「おしゅんちゃん、このくらい大目《おおめ》大目。博打《ばくち》道楽や女子《おなご》道楽とはわけが違うんだから」

そう言うなり、おしまがふっと視線を庭先へ転じた。連翹《れんぎょう》の叢がこんもりと黄金色《こがねいろ》に燃え立ち、そこをさわさわと風が渡ってゆく。その風に煽《あお》られたか、おしまの心にもさざ波が立つ。

「ねえ、おしゅんちゃん。このあたりはその昔、向こう岸が霞《かす》むほど大きな池だったんですってねえ」

「はい、そのように聞きました。不忍池《しのばずのいけ》よりも広かったそうです。その池で水洗いができるので、藍染屋《あいぞめや》さんが軒をつらねて紺屋町《こんやちょう》をつくり、本当の名前は桜ケ池だけど、藍染の池とも呼んだそうです」

「桜ケ池? お玉ケ池じゃないの」

「それはお玉さんが死んでからのことだそうです」

「お玉さん？　お玉ケ池って、その人の名前だったの？　で、どうして死んでしまったの、そのお玉さん」

「池のほとりに茶見世《ちゃみせ》があって、お玉さんがそこで働いていたのでお玉の茶屋と呼ばれていたそうです。ところがそのお玉さんが大層の縹緻《きりよう》よしで、二人の男の人からいちどきに思いを寄せられ、あちら立てればこちら立たずと思いあぐねた末、とうとう池に身を投げてしまったのです。その心をあわれんで祀《まつ》ったのがそこの玉池稲荷。お玉ケ池と呼ばれるようになったのは、そのあとのことなのだそうです」

そのお玉ケ池も遠い昔に埋め立てられ、いまは玉池稲荷と藍染川がその名残りをとどめるにすぎない。

「そうなの。それでお玉ケ池なの。なんだかあわれな話ね。でも、おしゅんちゃんはよく知ってること」

「いえ、みんな旦那さまの請《う》け売りです」

「でも、一人の女子に二人の男、一人の男に二人の女子。世の中さまざまね。切ないね」

おしまの横顔を屈託の影がよぎる。むろん、おしゅんはそれを見逃さない。

「ねえ、おしゅんちゃん。小山田さまが戻るまで、私の愚痴を聞いてもらおうかしら」

おしまがふっきるように言った。と、タマがいきなりおしまの膝を蹴《け》ってとび出し、一瞬縁側に立ち止まって耳をそばだて、そして逸散《いっさん》に庭をよぎって消えた。

「まあ、どうしたのかしら、いきなり」

「ご新造さま、どうやら旦那さまが帰ってきたようです」

「まあ、タマはそれで」

「はい。タマは旦那さまの足音がわかるんです。それでいつもあのように迎えに行くんです」

「ほほほ、迎えに。かわいいこと。お玉ケ池のお玉さんは二人に思われて気の毒だったけど、玉池稲荷のタマは小山田さま一人で倖《しあわ》せね。ほほほ」

おしまの喉がコロコロと転がってゆく。

タマを抱いて裏口を入り、台所の土間を抜けようとした采女に、「お戻りなさいませ」と声がかかった。

「おお、おしゅん、どうした」

「手嶋屋のご新造さまがお見えです」

「ふふふ、やっときたか。噂《うわさ》をすればなんとやらじゃのう、おしゅん。さあて、花見じゃ花見じゃ」

采女がタマをおしゅんに押しつけ、いそいそと居間を上がってゆく。その話ではないと思うけど……おしゅんの小首が傾《かし》ぐ。

「さあ、タマ、ひとりで遊んでおいで。旦那さまのお茶を淹《い》れるから」

おしゅんがそろりとタマを土間に下ろした。タマがうらめしそうに「ミャー」と残して土間を消えてゆく。

三

「待たせたのう、お内儀《ないぎ》」

客間に入るなり、采女が喜色を浮かべて放った。その着座を待って、おしまが「いきなりお邪魔申しまして相すみません」と指を突いた。

「かまわぬ、かまわぬ。それよりも先《せん》だっては雑作《ぞうさ》をかけた。旨《うま》かったのう、あの鰒《ふぐ》は。ちと心配したがこの通り、何事もない。惣兵衛どのも無事であろうの」

「はい。無事は無事なのですが。実は小山田さま、その主人《あるじ》のことで気がかりがありまして、それでご相談と申しますか、お願いに上がったのでございます」

「惣兵衛どのがなんぞしたか」

采女が問い返すところへ、おしゅんが茶を持って入ってきた。それをひと口すすり、采女が話を継いでゆく。

「まさかお内儀、鰒の毒に害《や》られたわけではあるまいな」

「いいえ、それはまったく。ただ」

おしまが言い淀《よど》む。そこを察したか、おしゅんの膝が立つ。

「いいのよ、おしゅんちゃん。あなたにも聞いてもらいたいの。ここにいて」

おしまに制され、立ちかけたおしゅんの膝がまた沈んだ。

「実は小山田さま、とうとう小山田さまが申された通りになってしまいました」

「んっ、なんのことじゃ」

「この間、主人《うち》が若い女子に執心だから気をつけるようにと、そう申されたではありませんか」

「お内儀、あれは戯言《ざれごと》、冗談であろうが」

「その冗談がまことになってしまったのです」

「まこと？　まさか」

「そのまさかです。若い女子を、それもとびっきりの美形とか……囲ってしまいました」

おしまが目を瞬《しばた》きながら萎《しお》れてゆく。おしゅんは驚きのあまり、声も出ない。が、采女は合点がいかない。大店《おおだな》の主人が女子を囲うなど珍しくもないが、惣兵衛に限ってはあり得ない。というより、許されていないはずである。そのあたりは采女と惣兵衛の信義にもかかわってくる。その点、惣兵衛は律儀《りちぎ》な商人《あきんど》と言っていい。

やはりあり得ぬ、采女が肚《はら》に断を下した。その刹那《せつな》、ふっと惣兵衛のいたずらっぽい顔が脳裡《のうり》をかすめた。なるほど、惣兵衛め、あのときの仕返しにそのテできたか……采女の口許《くちもと》がかすかにゆるむ。

「ふふふ、お内儀。大方は惣兵衛どのの入れ智恵であろうが、わしは担《かつ》がれぬぞ。とびっきりの美形を囲ったなぞと、まさか花見の余興でもあるまいに」

采女がニタリと放った。と、おしまがきょとんと顔を立て、しきりに口を動かす。その口が言葉になる前に、おしゅんが「旦那さま」と執《と》り成《な》した。その黒々と張った眸《ぼう》が、ご新造さまの話は本当です、ちゃんと聞いてあげて、と訴えている。

「お内儀、いまの話、まことのまことか」

「まこともまこと。このような恥、小山田さまにしかお話しできません」

「なんと。で、その囲っておること、どうしてわかったのじゃ」

「それはすぐにわかりますよ。私たちがひと冬を越して本町に戻ったあと、その女子を向嶋の寮へ引き入れて、そのうえお店の奉公人を呼んで世話させているのですから」

「向嶋？　奉公人？　お内儀、それでは囲っておることになるまいが」

「えっ、なぜでございましょう」

「女子を囲うときは女房の眼、家の者の眼を憚《はばか》り、人知れず人知れぬところに囲うものじゃ。惣兵衛どのはまるでおおっぴらではないか」

「でも、奉公人には口止めしたそうでございます」

「それもひとまず、とりあえずのことよ。おそらくお内儀に心配をかけまいとしたか、あるいはなんぞ、いまは話せぬ事情あってのことであろう。惣兵衛どのとて人の口に戸は立てられぬことぐらい、百も承知よ。現にお内儀、そなた知っておるではないか。奉公人の口から出たことであろう」

「はい。向こうから戻った下女たちが私の顔を避けるものですから質《ただ》したところ、あっさりと白状しました」

「そういうものよ。こうしたことは隠し果《おお》せるものではない。それゆえ、人知れぬところに囲って下女なり婆《ばあ》さんなりをつけるのが常道よ。惣兵衛どのがその常道をはずしたのは、端《はな》から囲うための女子ではなかったからじゃ」

采女がまるでわが事のように断じた。むろん、そう断ずるだけの根拠はある。が、その根拠は采女と惣兵衛の隠し事にかかわっている。とてもおしまやおしゅんに語れることではない。それだけに采女の断にも力が入る。

「それでは小山田さま、向嶋の女子はいったいどのような事情の……何者なのでしょうか」

「そこはわしにもわからぬ。なんぞわけありの女子ではあろう。で、惣兵衛どのは向嶋へ行ったきりか」

「いえ、向こうへ行ったりこっちへ戻ったり、その繰り返しです」

「なんだ、それでは本人に訊《き》けばよいではないか」

「イヤですよ、小山田さま。この齢《とし》になってそんな悋気《りんき》がましいこと」

「なんの。いくつになろうと悋気は女子の証《あかし》。たまにはその証、立ててみられよ。惣兵衛どののもまんざらであるまいぞ」

采女がやんわりと揶揄《やゆ》を放った。と、おしまの「小山田さま」と、おしゅんの「旦那さま」が同時に襲う。采女があわてて、「いやいや、冗談冗談。相わかった、お内儀。惣兵衛どののこと、その女子のこと、わしに任されよ」と引き取った。

「まあ、ありがとうございます、小山田さま。ああ、よかった。よかったわ、おしゅんちゃん」

よほど気がかりであったか、おしまが安堵《あんど》の涙を薬指で潰《つぶ》してゆく。いつの間にかタマが采女の胡坐《あぐら》の上でまるくなっている。

四

おしゅんの酒がすすまない。途中でふっと酒杯《しゅはい》を止めては、ホッと吐息を洩《も》らす。いつもはおしゅんの笑声《しょうせい》が小鈴のように転がるのに、今宵の晩酌は勝手が違う。

「おしゅん、そのように落胆致すな。桜はいまからが見頃よ。手嶋屋の招きはふっとんでしまったが、なあに、わしらだけでも花見はできる。さっそくあしたにでも出かけるとしよう。長命寺のあたりへのう。一日ぐらい店《たな》を閉めたとて、どうもあるまい」

采女がひょいと銚釐《ちろり》を持ち上げ、おしゅんに促す。おしゅんがそれを酒杯に受け、白い喉を覗かせてツーッと呷《あお》った。

「旦那さま、長命寺じゃないの。花見もどうでもいいの。ただ、ご新造さまがお気の毒で」

「そこはわしが引き受けたのじゃ。案ずることあるまい」

「それはそうですけど。でも、ご新造さまがうちへ相談にくるまで、どんなに思い煩《わずら》ったか、そこを思うとどうしても」

「おしゅん、それはおしまの早とちりよ。取り越し苦労よ。あの手嶋屋が女子を囲うなぞ、あり得ぬわ」

「だけど、いきなり女子を寮に引き入れて、そのわけも知らされなかったら、誰だって気を揉《も》みますよ」

「それはそうかもしれぬが、妾《めかけ》とか、囲うとか、そういう話ではないのじゃ」

「旦那さま、確かめてもいないのに、どうしてそういう話でないとわかるの」

「んっ、それは……わしと手嶋屋のつき合いは長いのじゃ。確かめずとも明らかよ。そなたとて五年も奉公しておったのじゃ。手嶋屋の人柄ぐらい、わかっておろうが」

「はい、それはよくわかっています。でも、こういう話は世間にいっぱいあるし。まさかだらけだもの」

「なんだ、そなたも疑《うたぐ》っておるのか」

「いえ、そうではないのです。ただ、こういう話は気が滅入って、嫌いなんです。私、どんな苦労も厭《いと》わないけど、そういう苦労だけはイヤ。どうしてもイヤ」

おしゅんが眉を顰《ひそ》めて頭《かぶり》を振る。その瞬間、采女の心にグサリと刃《やいば》が突き立った。おしゅんは母親のことを言っている、その直感が采女の心を貫いた。いかん、これはいかん……采女が焦《あせ》る。

「おしゅん、案ずるな。手嶋屋の一件はわしがきっとまるくおさめる。そんなことより、あしたは花見じゃ。花見をせぬうちは、何か忘れものをしたようで落着かぬ。あすはどうあっても花見ぞ。そなたもつまらぬ気ぶっせいなぞ、長命寺の桜餅で吹きとばせ」

采女が巧みに話をそらしてゆく。その心を知ってか知らずか、おしゅんがそこに乗ってゆく。

「そうですね。考えても仕方ないことは仕方ないものね」

「おおよ。なにはともあれ花見が先決。ほほ、あすがたのしみじゃ。さっ、おしゅん、もう一つ呑《や》れ」

采女がツイッと銚釐《ちろり》を突き出した。それをおしゅんが両手の先にちょこんと載った酒杯に受ける。

「旦那さま、お花見ならお重《じゅう》をつくらなくちゃ。ちょうどよかったわ。きょう、ご新造さまにお砂糖をいただいたの」

おしゅんがだんだんその気になってゆく。

「おしゅん、重なぞつくらずともよい。向こうへ行けば鮓《すし》に天麩羅《てんぷら》、鰻《うなぎ》に田楽、なんでもある。旨いぞ」

「まあ、鮓に天麩羅ですか。食べたいわあ」

やっとおしゅんに笑顔が戻ってきた。これでよい、采女の心に安堵が広がってゆく。

「おしゅん、あしたは早目に出かけるとしようぞ」

「はい。あっ、旦那さま、タマはどうしましょう」

「まさか連れてはゆけまい。タマ、おまえは留守番じゃ。それからのう、今夜はわしの夜着《よぎ》に入ってきてはならぬぞ。今夜はおしゅんの番じゃからのう」

そう言って采女がチロッとおしゅんに上目を放った。

「あれっ、いやだっ、そんなこと言って」

おしゅんが身をよじる。

夜が更《ふ》けてゆく。あるかなきかにおしゅんの寝息が立つ。いつの間にか戻ってきたタマが、采女のふところで喉を鳴らしている。が、采女は寝つけない。来《こ》し方《かた》のぎっしり詰まった釜《かま》の蓋《ふた》が開き、そこからずるずると昔の事どもが出てきて眠りを妨《さまた》げる。年寄りにありがちな、そんな夜である。

きっかけはおしまである。よほど思いあまっての来訪だろうが、それがおしゅんに母親のことを思い出させた。この世には知らぬがゆえの不幸もあるが、知ったがゆえの不幸もある。おしゅんにとって母親のことは重たかろう。ましてそのことを采女が秘したままとあれば、なお重たかろう。この先も折りにふれ、おしゅんに母親の影が差すことは避け得まい。そこを思うとあわれでもあり、いとおしくもある。

ただ、「あのこと」を語りさえすれば、おしまもただちに納得しただろうし、おしゅんも母親のことを思い出さずにすんだかもしれぬ……との思いは燻る。が、その燻りを火にするわけにはいかない。「あのこと」を語れば伊織《いおり》のことにも触れざるを得ない。伊織自身すら知らない伊織のことに。

おしゅん二十二、伊織二十三。若い二人によけいな荷を負わせることはない。まして二人は齢こそ逆だが、形のうえでは親子である。「あのこと」は老先《おいさき》の短い者が墓場まで持ってゆけばよい。そのことにまったく迷いはないが、十八年前の「あのこと」だけは鮮明に甦《よみがえ》ってくる。

五

十八年前、手嶋屋の失火から日本橋本町の一劃《いっかく》、七軒が焼失した。いずれも薬種店《だな》である。当初、その火事は手嶋屋への付け火と推定された。その頃、神田堀内外に頻々《ひんぴん》と盗賊が出没し、その手口も次第に殺傷あり火付けありと荒っぽくなっていて、本町の火事一件もその一連と推測されたからである。が、調べがすすむにつれて付け火から失火にかわり、手嶋屋がその火元と断定された。

失火の罪はそれほど重くない。押込《おしこ》め三十日以下である。が、火元となったうえに類焼六軒を数えては、もはやその地にとどまることはできない。むろん株を返上し、薬種問屋組合からも抜けざるを得ない。つまり、手嶋屋は四代目惣兵衛をもって廃業の危機に立たされたのである。

その間、采女は惣兵衛の身を案じつつも、盗賊一味の探索に昼夜の別がなかった。すでに奉行所と火盗改《かとうあらため》の手柄争い、同じ奉行所でも北と南の手柄争いが始まっていたからである。采女は四人の岡《おか》っ引《ぴき》を放って連日聞き込みにあたらせたが、思わしい報《しら》せはもたらされなかった。

「わしの勘、はずれたかのう」

采女が同道の岡っ引米松と小者《こもの》彦七に、どちらへともなく声をかけた。晩春の微温《ぬる》い風が汗ばんだ首筋を洗ってゆく。

「旦那、あっしもこの神田堀が臭《にお》ってならねえ。ですが、こう手がかりがなくっちゃ……」

米松が口惜《くちお》しそうに言葉尻を捨てた。

神田堀は日本橋と神田を分かつ掘り川である。掘った土で防火用の土手を築き、それが松並木とともに八丁（約八百七十二米《メートル》）もつづく。土手八丁とも八丁堤とも言う。北側が神田、南側が日本橋である。その両域をなぜ盗賊一味がつづけざまに襲うのか、采女の疑念はその一点にあった。

通常、いかに大胆な盗賊といえども、一度襲った近辺を再度襲うことは考えにくい。警戒されるし、危険も伴う。にもかかわらず頻々と出没するのは、よほどその地の事情に明るいか、あるいはその地に恨みを抱いているか、その二つに一つであろうと考えた采女は、岡っ引を総動員してそのあたりをさぐらせた。が、手がかりには結びつかなかった。采女に焦りが忍び寄る。そして三日前の夜、ふっと「神田堀」が閃《ひらめ》いたのである。

盗賊一味は、あの両域にこだわったのではなく、神田堀にこだわったのではあるまいか。むろん、逃亡の便を考えてのことである。夜陰に乗じて舟をつかえば逃げやすい。賊の影を見た者も、足音を聞いた者もいないのは、そのためではあるまいか。この閃きに采女は相当の確信を持った。

翌日からさっそく米松、彦七を伴って探索を開始した。神田堀に沿って、捨て舟、不審舟はないか、舟小屋、船着場に異状はないか、丹念に聞き込みとさぐりを入れてゆく。きのうまでの二日間で北側の探索を終え、きょうは朝早くから南側に移り、竜閑橋《りゅうかんばし》から始めて橋本町に突き当たったところで昼になった。

神田堀は橋本町で鉤《かぎ》の手に曲がり、大川からの入堀につながって中洲へ落ちてゆく。その曲がったすぐ先に竹ノ森稲荷がある。三人がそこの腰掛け石に腰を下ろした。さすがに徒労感を拭《ぬぐ》えない。

「腹が減ってきたのう。彦、ここらにめし屋はあるか」

采女がふところに風を入れながら言った。

「旦那さま、そこの馬喰町《ばくろちょう》まで出れば、めし屋、蕎麦屋《そばや》、なんでもございます」

「では、ひとまず腹ごしらえとゆくか」

采女が両膝をポンと叩《たた》いた。

「のう、米《よね》。例の盗っ人どもだが、また出ると思うか」

蕎麦を食い終えたところで、采女が米松に問うた。

「それなんですがね、旦那。あっしはどうもこれっきりのような気がしてならねえんで」

「んっ、なぜじゃ」

「やつらが最後に出たのは半月前の大黒屋。旦那、あれはやっつけ働きですぜ。店の四方に火を放って混乱させ、主人《あるじ》が金の在処《ありか》へ走ったところをグサリ。そんなのは盗っ人としちゃ下の下。まるで仕込みがねえ。盗っ人がやっつけ働きに打って出るのは、よっぽど金にせっつかれているときか、あるいはそれを潮に江戸をずらかるときか、二つに一つ……そんな気がしてならねえんです」

米松の勘働きは鋭い。大方そんなところだろうが、やすやすと高飛びを許すわけにはいかない。

「米、ずらかる前になんとしても縄を打たねばならぬ。気を入れてくれ。わしはこれから浅草のほうへ足を向けてみる。おまえは彦とともにひきつづき川筋をあたってくれ。六ツ（午後六時）頃、郡代屋敷の前で落ち合おう」

蕎麦屋を出た采女の足が浅草御門を抜け、御蔵前《おくらまえ》を過ぎ、大川橋を渡ってゆく。目指すは向嶋、手嶋屋の別邸である。日本橋本町を焼け出されて以来、惣兵衛一家は別邸に身をひそめ、世間を忍んでいる。そんなところは目にしたくもないが、もしも惣兵衛が押込めとなれば、音信も接見も許されない。いまのうちに会ってひと声かけなければ……その思いが采女の足を向嶋へ向かわせた。が、いざ門前に立つとかけるべき言葉が見つからない。

惣兵衛がのそりと玄関に出てきて、へたりこむように膝を落とした。案の定、やつれきっている。心労が顔に貼《は》りついている。采女は胸を突かれ、とっさに言葉も出ない。

「惣兵衛どの、こたびは災難であったのう」

「はい。なんとも、なんとも申しわけないことを致しました。小山田さまにも、ご心配をおかけ申しました。もらい火のみなさまに、どのように詫《わ》びてよいものか、いまだに思案しかねているありさまです」

「何を言われるのじゃ、惣兵衛どの。あれは災難であろうが。そのように己《おの》れを責められるな」

「ですが小山田さま、その災難を招いたのは手前でございます。本町のみなさまにも、株仲間のみなさまにも、世間にもお天道《てんとう》さまにも、顔向けできません」

惣兵衛の真っ赤な目から涙が溢れ、がっくりとうなだれてゆく。采女の胸が詰まる。

二人は気の合った、気心の知れた友である。

もともと大店と八丁堀のつながりは深い。大店になればなるほど他聞《たぶん》を憚る内分事《ないぶんごと》が多くなり、どうしても八丁堀に頼らざるを得ない。そのためには盆、暮れ、節季ごとの付届けを欠かせない。それが八丁堀旦那衆の暮らしを豊かに支えている。

八丁堀同心の禄《ろく》は均《なら》して三十俵二人扶持《ぶち》（年収約八十万円）にすぎない。これでは内職でもしない限り、暮らしは成り立たない。が、町家、大店の付届けや、旗本大名家の陰扶持がその数倍もあり、内実はかなり裕福である。にもかかわらず、組屋敷が貧乏小路や辛抱小路、提灯《ちょうちん》横丁や幽霊横丁に囲まれているのはなぜかというので、八丁堀七不思議の一つに数えられている。

采女の禄も三十俵二人扶持にすぎないが、定廻《じょうまわ》りは別して付届け、陰扶持に事欠かない。采女が小者二人に下男一人、女の奉公人二人に通いの老夫婦、そして四、五人の岡っ引が常時出入りする所帯を支えていけるのも、そのおかげである。

手嶋屋もそうした支え手の一人だった。それがやがて碁盤をはさむ間柄となり、酒を酌《く》み交わす仲となり、そしてかけがえのない友となっていった。が、いま、その友の危難を前にして手も足も出ない。なさけない、不甲斐《ふがい》ない采女である。

「惣兵衛どの、許されよ。こたびのことは、到底わしの力の及ぶところでないのじゃ。相すまぬ」

「何を申されます、小山田さま。手前とて、今度のことの重たさはよおくわかっております。このようなときにお訪ねくださり、手前はそれで十分……うれしく、ありがたく、言葉もありません」

惣兵衛がまた泣き崩れてゆく。采女は居たたまれない。

「惣兵衛どの、わしは気休めなぞ言えぬ。どのようなことになろうとも、からだだけはこわしてくれるな。それだけは、心してくれい」

采女が泣き伏す惣兵衛の肩をゆすり、逃げ出すように外へ出た。玄関先の短い別れである。

采女の足どりが重い。大川のさざ波が小癪《こしゃく》に笑う。その日半日、采女は無力感を抱いたまま浅草界隈《かいわい》を見廻り、暮れ六ツの鐘とともに浅草橋を渡った。

六

浅草御門を入れば目の前が郡代屋敷である。その練塀《ねりべい》の前に二つの影が立つ。采女がその影につかつかと寄って、「どうであった」と声をかけた。米松と彦七が同時に首を横に振った。

「そうか。わしのほうも何もない。ひとまず帰って、みなの報せを待つとするか」

采女が柳原の土手通りに足を向けた。

「旦那、そっちから戻りますんで」

米松が歩き出した采女の背に声をかけた。

「んん、これも見廻りのうちよ」

とは言ったものの、思案顔で町中《まちなか》を抜ける気になれない采女である。明らかに遠まわりになるが、米松も彦七も黙ってあとにつづく。すこしずつ夕闇《ゆうやみ》が迫りつつある。

神田川の筋違《すじかい》御門から浅草御門にかけて、延々と柳並木の土手がつづく。その下の通りを土手通りとも柳原通りとも言う。かなり広い通りで、昼間は古着の市なども立ち賑《にぎ》やかだが、夜は人通りのほとんどない寂しいところである。かつては辻斬《つじぎ》りの名所でもあった。

三人が黙々と重い足をひきずってゆく。風が出たか、土手の柳がしきりに泳ぐ。新《あたらし》橋《ばし》を過ぎ、和泉橋を過ぎた。柳のゆらぎがようやく闇に融け、形を失ってゆく。と、采女の足がゆるりと止まった。その小鼻がひくひく動く。

「んっ、血か?」

采女が呟《つぶや》く。右手のほうからかすかに血の臭《にお》いが漂ってくる。右手は柳ノ森稲荷である。と、そのとき、刃《やいば》のぶつかるような鈍い音が境内にくぐもった。三人の耳がそばだつ。「おい」と采女が二人を促した。年季を入れた二人には、それで十分である。米松と彦七がサッと左端に身を躍らせ、右端の采女に合わせて前方に眼を据え、腰を据え、気配を絶って闇に融け込んでゆく。

たしかに闇が蠢《うごめ》いている。争う二人の影が蕪雑《ぶざつ》に闇を掻《か》きまわしているからである。

が、場数を踏んだ三人にとって、その影の動きを捉《とら》えることはさして難しくない。

一瞬、二つの影が重なった。と、グェッと洩《も》れ、一つの影がゆるゆると沈んでゆく。

もう一つの影が二歩、三歩と後退《あとじさ》り、くるりと振り向きざま猛然と逃げてくる。そこへ米松が横合いから体当たりを食らわせた。ふっとばされて横転しながらも、なお逃げようとする影の鼻先に、采女の抜き身がピタッとすわった。

「動くなよ。暗がりで動けば思わぬ怪我をするぜ」

采女が影の頰《ほお》に刀背《みね》を押し当てて言い放った。観念したか、逃げ腰が崩れて地に落ちた。

「米、ふん縛れ」

「へい」

米松が背後にまわり、瞬く間に十文字縄をかけてゆく。南町の紺縄に対して、北町は白縄である。と、そこへ、背後の闇から「だっ、旦那さま、さっ、三人が殺《や》られてます」と彦七の声がとんできた。采女がその声に一歩踏み出しながら、「米、そいつを近くの……この近くは須田町か。そこの自身番につないでおけ」と放って闇を小走ってゆく。

「彦、誰か生きておるか」

「旦那さま、この一人だけ、まだ息があります」

彦七が、胸に匕首《あいくち》の突き刺さった一人を抱きかかえたまま、振り返った。

「おい、しっかりしろ。八丁堀じゃ。口、利《き》けるか」

　采女が腰を落として問う。

「八丁堀？　あっ、あの野郎は」

「ひっ捕えた。何者じゃ」

「のっ、野ざらしの銀次《ぎんじ》、盗っ人」

「なにっ、盗っ人？　まさか、神田堀の、あの盗っ人じゃあるまいな」

「そっ、その盗っ人」

「なにい。相違ないか」

　匕首がかすかに顎《あご》をひく。いかにも苦しそうだが、匕首を抜くわけにはいかない。抜いたとたん血が噴《ふ》き出し、事切《ことき》れることは目に見えている。

「おい、しっかりせい。これは、仲間割れだな」

「あの野郎、かっ、金を独り占め、しやがって」

　そこまで言って、匕首の顎がガクッと折れた。彦七が「おい」とからだをゆするが、手応えはない。

「彦、近くへ行って戸板と助っ人を頼んできてくれ。町役《ちょうやく》がいたら同道しろ」

「はい。すぐに」

彦七が駆け出してゆく。

それにしても皮肉なものよ。あれだけ躍起に探索していたときはなんの手がかりも得られず、気まぐれに遠まわりしたとたん、このありさま。それも、ここを通るのがほんのわずかでも早かったり遅かったりしたら、到底この場に出会《でくわ》すことはできなかったに違いない。さらに言えば、風がなかったら、血の臭いが流れてこなかったら、足が止まらなかったら、この異変に気づくことなく通り過ぎたかもしれぬ。闇のなかに佇《たたず》む采女の心を、そんな思いが去来してゆく。

しばらくあって、提灯が二つ足早に近づいてきた。彦七である。

「彦、助っ人はどうした」

「おっつけ参ります。とりあえず明かりをと思いまして」

彦七が両手に提《さ》げた提灯の一方を差し出しながら言った。二人が三方に転がる骸《むくろ》を点検してゆく。

「彦、あやつは大した悪党だぜ。二人が喉笛を掻っ切られ、一人は心の臓あたりをひと突き。ひとたまりもなかったわけよ」

「まったく、人の命を屁《へ》とも思わないやつでしょうか」

「かもしれぬ。が、ここの三人にしたところで、どいつもこいつも悪党面《づら》よ。まったくよく似てやがる」

「旦那さま、これであの盗賊一件、片がつきましょうか」

「それはあやつを取り調べてからのことよ。が、ひとまずは肩の荷が下りたわ。おお、助っ人がきたようじゃ」

十張りばかりの提灯が塊《かたま》りとなって近づいてくる。

「みなみな、よくきてくれた。北の小山田じゃ。礼を申す。で、町役はおるか」

采女の問いに、小柄の初老が半歩前へ出て、腰を屈《かが》めた。

「ご苦労さまでございます。手前は岩井町の町代で茂兵衛《もへえ》と申します。なんなりとお申しつけくださいませ」

「おお、そうか。茂兵衛か。事情は聞いたであろうが、ここの骸を三体、茅場町《かやばちょう》の大番屋まで運んでもらいたいのじゃ。ご苦労だが助けてくれ」

茂兵衛が「畏《かしこ》まりました」と承《う》けて、町の衆《す》を指図してゆく。戸板が下ろされ、骸が載せられ、菰《こも》を被《かぶ》せられ、手際よく片づいたところで、采女が彦七に耳打ちした。

「彦、この者らといっしょに行ってくれ。わしはこれから須田町の自身番じゃ。大番屋にもこの経緯《いきさつ》をきちんと伝えておいてくれ」

「はい、承知しました」

彦七が小さく頷《うなず》いて御用箱を負い、「それではみなさん、お願いします」と声をかけ、先頭に立った。戸板の一行がそのあとにつづく。

「茂兵衛、頼んだぞ」

采女が茂兵衛の背に声をかけた。その声に茂兵衛が「はい。行って参ります」と一礼を落とし、一行のあとを追う。

采女と提灯が一つ、ポッンと取り残された。その提灯をかざしながら、采女がいま一度、骸なきあとの境内をひと通り見まわし、そして柳ノ森稲荷を出てゆく。今夜は長い夜になるかもしれぬ……そんなことを思いながら、采女が須田町へ急ぐ。

七

自身番は九尺二間に五人番が決まりである。が、畳三畳に板の間三畳ではいかにも狭い。その畳三畳に夜も五人の町役が詰めるとなれば、横になって寛《くつろ》ぐこともできない。そこで近頃は、町会所兼用を名目に、二間に三間の自身番がふえつつある。須田町の自身番もそれで、畳八畳に板の間四畳である。

その八畳に「ご免」と声をかけ、采女がのそりと入ってゆく。と、米松を含む六人の目がいっせいに采女を振り返った。

「どうした。なんぞあったか」

「いえいえ。ただ、いまかいまかとお待ち申していたものですから」

町役の一人、徳兵衛が言った。その顔に安堵の色がある。どうやら、凶悪な悪党を預かり、気が気でなかったようである。

「米、あやつ神妙にしておるか」

「それが、神妙なのかふてぶてしいのか、さっぱりわからねえ。薄っ気味の悪い野郎ですぜ、旦那」

「ふふ、そうか。ではその面《つら》、拝むとするか」

采女が左手に刀を提げ、奥の腰高障子を開けた。なるほど、能面のような面つきである。采女の足が一段低い板の間にタンと落ちた。が、板壁の鉄の環につながれた能面の目玉は、床の一点に落ちたまま動かない。采女がうしろ手に障子を閉め、能面の前にトンと刀を突き、その頭上に「あの三人、死んだぜ」と重い声を落とした。が、能面は顔色ひとつ変えない。

「おめえ、名は?」

采女が話頭《わとう》を転じた。が、返事はない。采女がゆらりと胡坐を落とし、刀を左脇に置いた。場合によっては斬る……その武士の作法である。

「おめえ、口を利きたくなきゃそれでもかまわねえが、大番屋へ行ったら痛《いて》え目に遭《あ》うぜ」

「旦那、痛えのとひもじいのは勘弁してくだせえ。餓鬼《がき》の頃を思い出していけねえ。あっしはなにも、口を利きたくねえわけじゃねえ。ただ、名前《なめえ》を問われても、生まれてすぐに捨てられちまったようで、そんなものはねえんですよ」

「ほう。おめえ、捨て子か。しかし、こうして生きてるんだ。誰かに拾われたり、育てられたりしたはずだ。そのときの名がねえわけあるめえ」

「その名前なら山ほどあって、どれを名乗ったものか見当もつかねえ」

「そうかい。それなら、野ざらしの銀次ってのはどうでえ」

そのとたん、銀次の目が初めてギロッと動いた。能面に不敵な笑いが走ってゆく。

「ふふ、人の悪い旦那だぜ。ちゃんと知ってるじゃねえですかい」

「なあに、ちょいとおめえの肚をさぐってみたまでよ。で、住まいはどこでえ」

「旦那、あっしは野ざらしでござんすよ。住まいなんざ、あるわけがねえ」

「ふふ、野ざらしか。ところで野ざらし、おめえあのあたりに恨みでもあったのか」

「あのあたり？　どこのことで」

「決まってるじゃねえか。おめえらが立てつづけに荒らしまわった神田堀界隈よ」

采女がさらっと言ってのけた。と、銀次の目がまたチカッと光った。どこまで知っているのか、さぐるような眼つきである。

「旦那、あっしの肚をさぐるなあよしにしてくだせえ。あっしはなんにも知っちゃいませんぜ」

「ふざけるんじゃねえぜ、銀次。確かなことが二つある。おめえ、それを忘れてやしねえか」

「確かなこと？　なんのことで」

「おめえはおれの目の前で三人も殺したんだぜ。死罪以下はあり得ねえ。あとは獄門になるか、引廻《ひきまわ》しが伴うか、それだけの違いよ。で、もう一つは、おめえがこの世からいなくなりゃ、新手《あらて》でも出てこねえ限り、二度と神田堀近辺が襲われることはねえ。その二つよ」

「なるほどねえ。引廻しに獄門か。違《ちげ》えねえ。で、どの道死ぬんだから白状しちまえってえわけですかい」

「それはおめえの料簡《りょうけん》次第よ。ただなあ、銀次。大番屋には責め道具が山とある。それをやたらとつかいたがる者もおる。そうなりゃおめえ、たっぷりと餓鬼の頃を思い出すことになろうぜ。それに、悪事を胸に畳んだままあの世へ行きゃ、閻魔《えんま》の責めも免《まぬか》れめえ」

「へっ、あの世のことまで心配《しんぺえ》してくれるたあ、やさしい旦那だぜ。礼ぐらいしなくちゃねえ。で、何が知りてえんです、旦那」

「だから訊いてるじゃねえか。あのあたりに恨みでもあったのか」

「そんなものはねえ。恨みなら、この世の中全部にありまさあ。とくにあのあたりにあったわけじゃねえ」

「では、なぜあの界隈ばかり襲ったのじゃ。盗っ人らしくもねえ」

「そこに神田堀、川と水があったからでござんすよ。あっしらにとっちゃ、金を盗むんざわけもねえ。ただ、人目につかずどうやって逃げるか、そこが難しい。で、川と水があれば大助かり。そういうわけでござんすよ」

やはりそうであったか……采女の勘は当たった。が、三日もかけて丹念に探索したにもかかわらず、なんの痕跡《こんせき》も手がかりもつかめなかった。そのあたりが腑《ふ》に落ちない采女である。

「なるほど、川と水か。で、舟をつかったというわけか」

「舟？　そんなものはつかわねえ。人目につくし、すぐに足がついてしまいまさあ」

「なに、舟をつかわぬ？　では、何をつかったのじゃ」

「なにもつかわねえ。旦那、水のなかは泳ぐに限りますぜ。黒装束で水のなかに潜りゃ、夜釣りだって気がつきゃしねえ」

その瞬間、采女の心が「あっ」と叫んだ。まさか、春先の冷たい水のなかを泳いで、潜ってとは、思いも及ばなかった。チッ、せっかく神田堀に目をつけながら、詰めを過《あやま》ったか。采女が肚に舌を打つ。

「なるほど、そのテがあったか。銀次、おめえよいことを教えてくれたぜ。今度また押込みが出たら、そのテがあること、念頭に入れておくぜ」

「てっ、八丁堀の役に立つなんて、ドジを働いちまったぜ」

「そう言うな。お返しにおれも一つ教えてやるぜ。おめえ、盗むのはわけもねえが、逃げるのは難しいと言ったが、もっと難しいことがあるぜ」

「もっと難しいこと？　はて、思いつかねえ」

「盗んだ金を仲間と分ける……その分配よ。大抵《たいてえ》そこで仲間割れして足がつく。おめえのようにな」

「へっ、こりゃあ参った。違《ちげ》えねえ。旦那、あっしもそのこと、念頭に入れときますぜ」

「ふふ、いまさら入れても仕方あるめえ。おめえ、あの世でも押込みを働くつもりかい」

「おっと、いけねえ。こうしてうっかり生きてると、ついあの世へ行くことを忘れちまわあ」

「おめえも最後の最後に欲を出さなきゃ、いま頃は江戸をずらかってられたろうに。悪党の末路はあわれなもんだぜ」

「欲？　旦那、いってえなんのことで」

「あの三人のうちの一人が、息を引き取る前に、おめえが金を独り占めにしやがったと、そう言ってたぜ」

「ふっ、大方そんなこったろうと思ったぜ」

「そうじゃねえのかい」

「まるであべこべよ。が、死人に口なし。いまさら何を言っても始まらねえ」

「おめえ、また胸に畳んじまうつもりかい。悪い癖だぜ。すっきりしちめえな」

「へえ、あっしの言うこと、信用してくれるんですかい」

「それは聞いてからの話よ」

「ほん、それじゃ話すだけ話してみますかねえ。旦那、あの三人は兄弟だ。背中の彫りものから松竹梅の三兄弟と呼ばれ、ちょいと売出し中の小悪党。で、二年ばかり前《めえ》、一番上の松に助《す》けさせてひと稼ぎしたことがある。その松が、今度も助けさせてくれと言って舎弟《しやてい》を二人連れてきた。で、あっしの取り分が半分、三兄弟合わせて半分の山分けと決め、荒稼ぎしまくった。ところが、四百両ばかり稼いで分けようとしたところ、へっ、あの野郎ども、山分けは一人百両ずつとしゃらくせえことをぬかしやがった。で、あのざまよ」

銀次が吐き出すように言った。なるほど、あの三人はよく似た悪党面だったが、兄弟であったか。采女に合点がゆく。

「銀次、おめえの話、信用するぜ。で、その四百両はどうした」

「柳ノ森稲荷の縁の下に転がってまさあ」

「なにい、縁の下？　それじゃ放っておけめえ」

采女がツイッと立って腰高障子を開けた。八畳の六人が固唾《かたず》を呑《の》んで耳を立てていたか、一様に顔が緊《し》まっている。采女がその輪に腰を屈めた。

「米、お稲荷の縁の下に四百両ばかり転がってるそうだ。町役といっしょに行ってそれを見つけ、大番屋へ運んでくれ。わしはひと足先にあやつを大番屋へしょっぴいてゆく。みなも夜分すまぬが手伝ってくれ」

四百両に肝を潰したか、米松につづいて二人の町役が声もなく座を立った。

八

半欠けの月が空をおぼろに渡ってゆく。南は日本橋、通町《とおりちよう》筋がまっすぐに延びる。采女が縄目《なわめ》の銀次を先に立て、提灯を片手に大通りを踏んでゆく。行き交う提灯がときにふっと止まり、二人を窺《うかが》う。

これはいかん……采女が銀次の足を止め、羽織を脱ぎ、それを銀次の背中にかけて縄目を隠した。と、何を思ったか、銀次が「旦那。金、欲しかねえですかい」と低くささやいた。これはまだ何かある。采女の勘がピンとはじけた。

「欲しいに決まってるじゃねえか。あれはいくらあっても邪魔にならねえ」

「旦那、あっしの頼み、聞いてくだせえ。そしたら金、差し上げますぜ」

「おめえまさか、あの四百両のこと言ってるんじゃあるめえな」

「あれだって旦那の好きにしてかまわねえ」

「馬鹿野郎、あれはおめえの金じゃねえ。いったんお上《かみ》が預かって、盗まれた者らに返さにゃならねえ金だ。とっくに大番屋へ届く手筈《てはず》になってるよ」

「てっ、欲のねえ旦那だ」

「そうじゃねえ。欲もあるし金も欲しい。ただ、その金をふところにしてよいかどうかの分別もある。そこがおめえとおれの違いよ」

「ふっ、違《ちげ》えねえ。まったくだ。ですが旦那、金はほかにもあるんで」

「おめえ仲間の金をネコババしたな」

「とんでもねえ。その金はあっしがコツコツと稼いだ……といっても盗みには違えねえが、一人働きで溜《た》めたもの。もうどこから盗んだかも忘れちまった。その金が五十両ある。そのうち二十両は旦那の取り分。で、あとの三十両は、あっしの坊主につけて、誰か子のねえ、子をかわいがってくれそうなところへ、里子に出してやってくだせえ。旦那、こう縛られてちゃ掌《て》の合わせようもねえが、拝みますぜ」

うしろ手に縛られた銀次の首がザッと落ちた。思い詰めた気が伝わってくる。

「おめえ、子があったか。いくつだ」

「五つ」

「馬鹿野郎め、そんな子がありながら……。して、女房は？」

「坊主を産み落としてすぐに死んじめえやがった」

「では、おめえが育てたのか」

「あっしは捨て子でしてねえ。ずいぶん辛《つれ》え思いをした。だから、どうしても捨てる気になれなくってねえ。毎日毎日、乳もらい。ありゃあ盗み働きよりよっぽどくたびれましたぜ」

「乳もらい、か。おめえがなあ。まさか銀次、その子、おめえの正体、知っちゃいめえな」

「むろん、知らねえ。知られたくねえから、ちょいと荒稼ぎしたところがこのざま。まったくあの坊主には泣かされるぜ」

「んっ、なんのことじゃ」

「旦那、餓鬼も五つになりゃ、いっちょめえの口を利きますぜ。あっしが夜働きで疲れ、朝寝してると、おまんまが食えなくなるから仕事だと言って起こしゃがるし」

「おめえ、仕事持ってるのか」

「なあに、形だけの飴《あめ》売りでござんすよ」

「なるほど、飴売りに化けて押込み先を物色してたわけか」

「まっ、そんなところで。で、その押込みに出かけようとすると坊主め、目を覚ましやがって、夜歩きは泥棒の始まりだなんぞと言いやがる。近頃はわざわざ釣り竿と魚籠《ざおびく》を持って、夜釣りの構えで出かけにゃならねえ。この間なんぞ、例の神田堀からずぶ濡《ぬ》れで帰《けえ》って海に落ちたと言ったら、もう夜釣りに行くなと泣きゃあがる。まったく手がつけられねえ」

伝法《でんぽう》な物言いとは裏腹に、銀次の言葉に子への思いがこもる。こんな悪党にも親心はあったか。采女の心にあわれが忍び寄る。

「銀次、いい話だぜ。おめえの子にしちゃ上出来のようじゃねえか」

「なあに、ただのこまっちゃくれでござんすよ。あんまりこまっちゃくれてるんで、こちとらもうかうかできねえ。で、盗っ人がばれる前に荒稼《め》ぎして、坊主と江戸をずらかりどっかで小商いでも……そんなことを考《かんげ》えて松竹梅に助《す》けさせたのが悪運の尽き。ざっとそんなところでござんすよ」

「おめえのような悪党でも、子ゆえに焦ったか。おれは子がねえが、その心、わかるような気がするぜ」

「旦那、子がねえんですかい。まさか、役立たずじゃねえでしょうねえ」

「馬鹿野郎、いいかげんにしねえかい」

采女が縄尻をクイッと引いた。銀次がひょいと首をすくめて歩き出す。鍋町を過ぎ、鍛冶町《かじちょう》に入った。二人が黙々と流してゆく。が、それぞれの心は嵐《あらし》のさなかである。

銀次は子の運命を采女に賭《か》けた。その返事次第では罪人の子として生きてゆかねばならない。それがどんなことか、捨て子の銀次にはよくわかっている。そこの気がかりを抱えたままでは、死んでも死にきれない。一方、采女の葛藤《かっとう》もただごとでない。とんでもないことを思いついたはいいが、いったんそれを口にしたらあと戻りできない。しくじれば切腹もあり得る。

二人の足が今川橋の上で止まった。橋の下は神田堀である。銀次が荒らしまわった堀の両側町が、月の下に蒼黒《あおぐろ》く霞んでいる。銀次の眼がそのあたりをさ迷う。

「銀次、ここも見おさめじゃ。よく見ておけ」

「旦那、そんなことより、そろそろ返事をくだせえ」

「銀次、案ずるな。子のことはおれに任せておけ。悪いようにはせぬ。おめえは今夜、夜釣りに出て波にさらわれたのじゃ。子は一生、おめえの正体を知ることはねえ。おれは二十両なぞ要《い》らぬ。五十両そっくり添えて、大事にしてくれる里親に預けてやるぜ」

「ありがてえ。旦那、ありがてえ。この通りだ」

銀次が窮屈そうに背中を折った。

「子のことはしかと引き受けた。二言はねえ。そのかわりと言っちゃなんだが、銀次、おれの頼みも聞いてくれぬか」

「えっ、あっしに頼み？　旦那、あっしはこの通り、間もなくあの世へ行く身ですぜ。なんにもできやしねえ」

「いや、できる。おめえにしかできぬことがある」

「言ってくだせえ。あっしにできることならなんだってやりますぜ」

「そうか。ちっと酷《むご》い頼みじゃが……。おめえ、そこの本町三丁目が火事になったこと、知ってるか」

「へい。なんでも七軒ばかり焼けたとか」

「んん。その火事をおめえが火を付けたことにしてくれぬか」

「ええっ、あっしが火を？　旦那、いってえどういうことで」

「あの火事は失火よ。で、火元は手嶋屋。その手嶋屋の主人《あるじ》はおれの無二の友じゃ。失火の罪は重かねえが、七軒も焼いたとなりゃ、もはや三丁目で商いをつづけるわけにゆくめえ。四代つづいた老舗《しにせ》も終わり。そこをなんとかしてやりてえのよ」

「なるほど、あっしが火を付けたことにすりゃ、老舗が助かる。で、あっしのほうは罪が一つふえたところで、あの世行きにゃ変わりねえ。そういう寸法でござんすね」

「ちっと、虫のいい頼みだったか、銀次」

「そんなこたあ……ねえ。ねえが、火付けは火焙《ひあぶ》り。熱いんでしょうねえ、旦那」

「いや、熱かねえ」

「えっ、火焙りですぜ」

「お上《かみ》にもなさけはある。切支丹《キリシタン》でもねえ限り、絞め殺してから火をかける。もっとも、そうでもしねえと罪人が暴れ出し、柱がぶっ倒れてしまうこともあるからな」

「へええ、お上もなさけ深《ぶけ》えもんだ。旦那、引き受けましたぜ、その本町の火付け」

銀次がきっぱりと言ってのけた。

空で月の暈《かさ》が煙っている。

九

采女と銀次が歩いては立ち止まり、立ち止まっては歩きながら、綿密に段取りを打ち合わせてゆく。そこに子の運命と友の運命がかかっているとはいえ、八丁堀と悪党が交わすべきやりとりではない。が、そんなことは先刻承知の二人である。銀次は手嶋屋の間取りを、采女は子を説得する材料を、それぞれ頭に叩き込まなければならない。

「横山町裏通り茶ノ木長屋、差配の名は久助。おめえが差配に届け出た名は飴売りの参次、子の名は太郎吉《たろきち》。それでよいな」

「へい。それから旦那、あっしは今夜も夜釣りでして、道具と提灯は柳ノ森稲荷のなか。で、その提灯にはあっしの名前《なめえ》が入《へえ》ってる。それを見せりゃ、坊主だって長屋の連中だって、納得するに違《ちげ》えねえ」

「それだ。それがあればやりやすい。銀次、太郎吉はあすにもおれが隠す。おめえの噂が耳に入らねえようにな」

「旦那、くれぐれもお頼み申します」

「きっちりと引き受けたぜ」

その言葉に安堵したか、銀次の腹がいきなりクーッと泣いた。それが采女の空腹感にも響く。二人ともこの夜、まだ何も食《しょく》していない。

「銀次、腹減ったか。おれも減ったぜ。おめえ、餓鬼の頃ひもじい思いをしたと言ってたが、苦労したようだな」

「旦那、苦労なんてのは、腹いっぱい食えるやつの贅沢《ぜいたく》でござんすよ。本当にひもじかったら、苦労を苦労と思う暇もねえ。ただただ食いてえの一心よ。木の葉は煎餅《せんべえ》に見えるし、雲は饅頭《まんじゅう》に見える。人の頭だって握りめしに見えて、かぶりつきたくなりまさあ」

「したがおめえ、誰かには育てられたのであろうが」

「ああ、死なねえ程度にはね。餓鬼の手に余るような力仕事にこきつかわれ、泥のようにへとへとになっても、椀に一杯《いっぺえ》の雑炊《ぞうすい》も食わしちゃもらえねえ。ひもじくって何度も逃げ出し、何度も拾われたが、どこもかしこもおんなじことよ。あのままじゃ本当に死んでたかもしれねえなあ」

「それじゃおめえ、牛馬も同然じゃねえか」

「旦那、牛馬のほうがよっぽどましでござんすよ。牛馬もこきつかわれるが、食うだけは腹いっぺえ食わしてもらえる。なにしろやつらが食うのは青草ですからねえ。そんなもなあ刈ってくりゃいくらでもある。が、人はそうはいかねえ。いくら餓鬼でも米を食う、麦を食う、芋《いも》を食う。それはみんな人手をかけてつくらにゃならねえ。とても捨て子になんぞ食わせられませんよ」

「ふうむ。それはちっと、あわれな話よ。で、世を拗《す》ねたというわけか」

「とんでもねえ。旦那、世を拗ねるなんて贅沢、あっしらに許されちゃいませんぜ。人に頼ってちゃ生きていけねえ。いや、殺されちまう。そのぎりぎりのところで覚えたのがかっぱらい。あっしが初めてかっぱらったのは鶏でしてねえ。鳴かれちゃまずいと思っていきなり首をねじりあげ、あとは一目散。生まれて、いや、捨てられて初めて腹いっぺえ食った。あのときは助かりましたねえ。これからもかっぱらいで生きていけると思いましたねえ。あっしがこの世に神も仏もあると思ったなあ、あのときと今夜だけ、たったの二度こっきりでござんすよ」

しょせん悪党の言い分にすぎないが、そこへこの世の仕来《しきた》りから言葉を投げつければ、ことごとくはじき返されそうな重たさがある。采女はもっともらしい言葉を捨てた。

「銀次、もうちょいと我慢しな。大番屋へ着いたら腹いっぱい食わしてやるぜ。それから、おめえがあの世へ行くまでの間、食いてえものがあったらなんでも言いな。おれが届けてやるぜ」

「ありがてえ。あっしも腹を空《す》かしたままあの世へ行きたかあねえ。だけど、あの世はいってえどんなところでござんしょうねえ、旦那」

「そりゃあよいところに決まってるさ」

「へえ。旦那、行ったことあるんですかい」

「行かなくたってわからあな。銀次、あの世がつまらねえからと言ってこの世に戻ってきた者なんぞ、一人もいねえぜ」

「えっ？　おっと、こりゃあ面白《おもしれ》え。なるほど、みんな行きっ放しか。違《ちげ》えねえ。ったく、面白えことを言う旦那だぜ。ふふっ」

銀次の口許がニタリと崩れた。二人がゆるゆると日本橋を渡ってゆく。

「旦那、ひとつ訊いてもようござんすかい」

「なんだ」

「あっしがお白洲《しらす》で手嶋屋の仕掛けをばらしたら、旦那はいってえどういうことになりますんで」

「まずは切腹、であろうな」

「へえ、切腹でござんすかい。それじゃ旦那、あっしを信用しなすったわけだ」

「半分ほどはな」

「半分？　そりゃあまたどういうことで」

「銀次、おめえがおれに太郎吉を託したのはなぜだ。まさか、おれをまるごと信用したわけでもあるめえ。が、おめえにとっちゃ、いま太郎吉を託せる相手はおれしかいねえ。そういうこったろうが」

「そりゃあそうだが。旦那、あっしは旦那に賭けてみたんですよ」

「おれも同じよ。手嶋屋を救うテはこれしかねえ。おめえに頼むしかねえ。おれもおめえに賭けたのよ。だから、おれとおめえの立場は五分と五分。そういうこった」

「ふふ、こりゃあ面白《おもしれ》え。縛った者と縛られた者が五分と五分。八丁堀と悪党が五分と五分。うれしいねえ、旦那」

「馬鹿野郎、つまらぬことを喜ぶんじゃねえ」

「ですが旦那、切腹を、命を懸けるなんて、友とはいいもんでござんすねえ」

「おめえ、友を持たぬか」

「旦那、あっしは悪党ですぜ。そんなもの、あるわけがねえ。仲間といや、松竹梅みてえな野郎ばっかりでござんすよ」

「だが、おめえには子がある。子も友も、持ってみねえと本当のところはわからぬさ。おめえの子を思う心に嘘はあるめえよ」

「子は悪党でも持てるが、友となりゃそうはいかねえ。やっぱり罪のねえ人たちだけのものでござんしょうよ」

「銀次、罪のねえ者なぞこの世に一人もおるまいよ。おれがおめえに頼んだこと、あれは立派な罪だぜ」

「ふふ、それじゃまた五分と五分だ。旦那、あっしのような者が人の役に立つなんて、思ったこともねえ。あの世へのみやげ、ありがたく頂戴致しやす」

銀次がきっぱりと月に投げた。

楓川《かえでがわ》に架かる海賊橋を渡れば、左手に丹後田辺三万五千石の牧野屋敷の練塀《ねりべい》がつづく。その塀に沿って左に折れ、突き当たれば鎧《よろい》ノ渡《わたし》である。二人がその手前を右に曲がった。大番屋はすぐそこである。

この夜遅く、帰途についた采女を、ひょいと発句《ほっく》めいたものが襲った。

月おぼろ　罪なき者の　あるまじき

ほろ苦い句である。

十

翌日から采女は房州無宿人野ざらし銀次の一件に忙殺された。飴売り参次と野ざらし銀次が同一人であることを隠しつつ、日本橋本町の火事一件を銀次の仕業《しわざ》にでっちあげるには、かなりの手際と迅速を要する。が、そこは銀次もわかっている。ぐずぐずこの世にとどまれば、その分、太郎吉に累《るい》の及ぶ危険があることも知悉《ちしつ》している。

「太郎吉はおれの屋敷に引き取った」

采女が大番屋仮牢の銀次に耳打ちした。銀次がそれに小さく頷き、入牢《じゅろう》証文とともに伝馬町の牢屋敷へ移されて行った。その二日後、北の奉行所へ呼び出された銀次は、詮《せん》議所《ぎしょ》で吟味方与力《ぎんみかたよりき》の下調べを受けたが、本町の火事一件も含めすべてを自白し、口書《くちがき》に爪印《つめいん》を捺《お》した。さらに二日後、北町奉行出座《しゅつざ》のお白洲でも口書の罪状をすべて認め、銀次の取り調べは異例の速さで終了した。

中追放程度までの軽罪であれば、お白洲で奉行がじかに仕置《しおき》を申し渡すが、銀次のように火付け、押込み、人殺しとなれば、そうはいかない。町奉行から老中へ、老中から将軍へ上げて、その裁可を待たねばならない。その間、早くても二、三日はかかる。が、銀次の場合、明白な自白と斟酌《しんしゃく》の余地なき罪状ゆえに、二日後には「伺いの通りたるべく候」の御下知札《おげちふだ》が下った。

翌日、検死与力が牢屋敷へ出張《でば》って断罪状を読み上げ、銀次が請書《うけしょ》に爪印を捺し、火罪が確定した。その翌日は将軍家の忌日《きにち》に当たっており、銀次の刑が執《と》り行われたのは翌々日である。捕縛から処刑までわずか十一日間にすぎない。黒焦《くろこ》げになった銀次の首は小塚原《こづかっぱら》に三日晒《さら》され、その後、千住回向院《せんじゅえこういん》に埋棄《まいき》された。

こうして野ざらし銀次は刑場の露と消え、飴売り参次は波浪の彼方《かなた》に姿を消し、手嶋屋は失火から付け火に転じて破局を免れた。事はおおむね銀次と采女の思惑通りに運んだが、ただ一つの誤算は、太郎吉が意外にも早く采女の妻みさをになつき、暗い翳《かげ》を曳《ひ》かなかったことである。それは母を持たぬ子と、子を持たぬ女の成りゆく姿であったかもしれない。


一件が落着して数日後、采女の姿が本町三丁目にあった。焼け跡に槌音《つちおと》が響き、復興間近を思わせる。商人《あきんど》はたくましい。が、それができるのも、日頃から火事に備え、川向こうに別邸を構えたり、木場の貯木場に材木を蓄えておくからである。

やはり手嶋屋の一劃《いっかく》がいちばん遅れている。ようやく土台が組み上がったばかりである。放火、失火、放火と二転三転してはそれもやむを得ない。

「手嶋屋さん、きてるかい」

　采女が鑿《のみ》をつかう一人に声をかけた。

「きょうは見えていねえようです。毎日くるわけじゃねえですから」

「そうかい。邪魔したな」

　普請場《ふしんば》を離れた采女の足が迷う。今回の一件では、銀次の自白に符節を合わせるためとはいえ、律儀な惣兵衛に無理を強《し》いた。そのことがいささか気になる。向嶋まで行ってみるか。雪駄《せった》の尻鉄《しりかね》もチャラチャラと、采女が本町筋を流してゆく。日差しはすでに初夏である。


「惣兵衛どの、すべて終わった。もはや例の一件で問われたり、質《ただ》されたりすることはあるまい」

　離れ座敷に膝を落とすなり、采女が言った。

「でっ、では……例の、その人はもう」

「んん、あの世へ行ったわ。そなたにも無理をかけた」

「何を申されます、小山田さま。すべては手前の、手前のために、小山田さまにはとんでもない、危ない橋を」

　惣兵衛がツッと詰め、采女の膝に泣き崩れた。采女が面喰《めんくら》う。が、二転三転のなかで張りつめていた心がゆるんだか、惣兵衛は泣いて憚《はばか》らない。

「もうよい、惣兵衛どの。なにもかも終わったのじゃ。ただ、こたびのことはわしとそなたの隠し事、誰にも洩らされぬわ。お互い、墓場まで持って参ろうぞ」

　采女が惣兵衛の頭上にとろりと落とした。と、惣兵衛がスッと下がり、改めて手を突き直した。

「はい。そのことはよくわかっております。小山田さま、手嶋屋は手前の代で終わるはずでございました。それが小山田さまのおかげで……。このご恩は一生、いえ、あの世までも忘れません。口はばったい申しようでございますが、手前は本日ただいまより墓に入るまで、世のため人のため小山田さまのため、商いひと筋に励みます。一度は潰れた手嶋屋です。なんの悔いもありません」

　惣兵衛の物言いが硬い。それをやわらげるように、「ほほう、わしのために、か。それはよい。ふふふ、大船に乗った心地じゃ」と、采女が揶揄《やゆ》を放つ。が、いまの惣兵衛にそれは通じない。

「小山田さま、まずはくだんの人の子供を手前にお預けくださいませ。きっと手前が一人前の商人に育て上げ、暖簾《のれん》分け致します」

「それじゃがのう、惣兵衛どの。実は、わしもそう願いたいと思っていたのだが、どうもみさをのやつが手放しそうにないのじゃ」

「えっ、御新《ごしん》さまが」

「それに、太郎吉のほうもなついておるようじゃ。それを引き離すというのものう、ちと酷《むご》い。しばらく放っておこうと思うが、どうであろうか」

「なるほど、さようでございましたか。よくわかりました。ですが小山田さま、手前はその子の陰の父親でございます。子のことはなんなりとお申しつけくださいませ」

惣兵衛が「陰の父親」に力をこめて言った。

あれから十八年。太郎吉は采女の養子となり、元服して名を伊織と改め、いまは采女の跡を継ぎ、北の定町廻り同心である。一方、惣兵衛は采女に誓った言葉を律儀に守り、「陰の父親」として伊織を支えながら、「世のため人のため」商いひと筋である。世の常ならとっくに倅《せがれ》の惣太郎に代を譲り、隠居暮らしをたのしんでもよいのに、惣兵衛の律儀がそれを許さない。

あの惣兵衛に限って女子を囲うなぞあり得ぬ。どうしても采女の思いはそこへ落ちてゆく。が、その一方で、男と女子はどこでどうもつれるかわからぬ、との思いもひょいと脳裡をかすめてゆく。いったいなんとしたのじゃ、惣兵衛……「まさか」と「もしや」が交互に襲い、采女の眠りを妨げる。

チチッと鳥が啼《な》いて夜明けを告げた。とうとう眠れずじまいであったか。そう思ったとたん、皮肉にもコトリと眠りに落ちた。しかしそれも束の間、おしゅんの声が眠りを破る。

「旦那さま、よいお天気です。お花見日和《びより》です。さあ、起きてください」

そうか、きょうは花見であったか。采女が渋い目をこじ開けて夜着をはね、からだを起こす。と、頭がグラリと揺れた。いかん、この寝不足で花見は辛い。采女の心が翳る。采女は寝不足に弱い。そんな日は一日中からだが気怠《けだる》く、頭に霞がかかって思案が動かない。これではおしゅんをたのしませてやれるかどうかわからない。そんな不安を抱えての花見だったが、終わってみれば杞憂《きゆう》にすぎなかった。

おしゅんはよく食べ、よく笑い、よくはしゃいだ。無理もない。生まれてすぐに父親を亡くし、十五で母親を失い、あとは奉公ひと筋だったおしゅんにとって、花見らしい花見はきょうが初めてである。向嶋墨堤《むこうじまぼくてい》を雲と流れる桜に見惚《みと》れ、軒をつらねる屋台、床見世《とこみせ》、天道《てんとう》ぼしに目を見張り、猿まわし、独楽《こま》の刃渡り、大太刀の居合抜きに肝を潰しながら、おしゅんがはしゃぐ。

采女はただ、そんなおしゅんと満開の桜を眺めているだけで事足りた。寝不足の目に映る桜も実にいい。うらうらと眺めていると、身も心も花のなかに融け込んでゆく。

桜はぼんやり頭で見るに限る。へたに冴《さ》えていると、やれきれいだの美しいだのと要らぬ言葉が浮いてきて、心を花と化す邪魔になる。桜は寝不足で見るがいちばん……そんなとりとめのない勝手が脳裡をかすめてゆく。

「旦那さま、きました。田楽です」

おしゅんの声がはずむ。老婆が並んで腰掛ける二人の間に、トンと田楽の皿を置いてゆく。と、焼けた味噌《みそ》の芳《こう》ばしい香りがふんわりと匂い立つ。

「ほほ、よい香りじゃ。おしゅん、食ってみようぞ」

「はい、いただきます」

二人が一本ずつ串《くし》を口に運ぶ。

「まあ、おいしいこと。あら、旦那さま、山椒《さんしょう》が利いています」

「んん、よい味じゃ。おしゅん、もうひと皿、いくか」

「いいえ。きょうはすこしずつ、いろいろ食べたいの」

「ほほ、そうか。では、次はなんじゃな」

「次は……あら、まあ、旦那さま」

おしゅんが声を上ずらせ、サッと土手の桜を指差した。と、旋風《つむじ》でも立ったか、空を桜色に染めて花がいっせいに舞い上がってゆく。むくむくと、雲の如く幻の如く、わいて膨《ふく》れて広がってゆく。采女が「おおお、これは」と捨てた言葉尻を、おしゅんが「きれい。まるで夢のよう」と拾った。が、その夢もほどなく砕け、元の空と桜に戻ってゆく。

「おしゅん、一句できた。花ふぶく　かえらぬ夢の　かたちして……どうじゃ」

「はい。とてもきれいな句です」

「昔、芭蕉《ばしょう》という俳人がな、花の雲　鐘は上野か　浅草か……と詠《よ》んだそうじゃが、とてもわしの句には勝てまい。そうは思わぬか」

「思います。いまのは花の雲ではありません。花ふぶくです。旦那さまの勝ちです」

「ほほほ、そうかそうか。では、勝ったところで次へ行こう」

この日、たのしげにはしゃぐおしゅんを見て、采女の心が変わった。いままでは嫌なことを見せまい、聞かせまい、思い出させまいとしてきたが、それではおしゅんの心が強く豊かにならない。花を見れば心が浮き立つ。きょうのおしゅんはそれを知った。これからは何事につけ、この世のありのままの姿に触れさせよう。そんな思いの采女である。

第三章　春　雨

一

きょうも朝から春が煙っている。

おしゅんが着物の裾《すそ》をたくし上げ、雑巾《ぞうきん》を押して縁側を行ったり来たり忙しい。そのたびに白い湯文字《ゆもじ》がはためく。それを横目に、采女《うねめ》が米のとぎ汁を鉢植えにそそいでゆく。花まであと数日か。そんなことを思いながら、ふっくりとふくらんだ木瓜《ぼけ》の蕾《つぼみ》に見入る。

「あら、こんなところに」

おしゅんが小さく驚きの声をあげた。采女が縁側に首をまわす。と、おしゅんが座り込んで、右手の人差指をしげしげ見つめている。

「どうした、おしゅん。怪我でもしたか」

采女が歩み寄りながら声をかけた。

「いいえ。こんなところに桜の花びらが、たった一枚」

おしゅんが采女の前にツッと人差指を突き出した。その先に桜の花びらが載っている。

「これがどうかしたか」

「このあたりに桜はないのに、どこからきたのかしら。それもたった一枚。タマにでもくっついてきたのかしら」

「大方、風に乗ってきたのであろうよ。これははぐれ花びらじゃ」

「はぐれ花びら、ですか」

「桜は千朶万朶《せんだばんだ》よ。たった一枚ということはあるまい」

そう言って采女が縁側に腰を下ろした。おしゅんの脳裡《のうり》を三日前の花見の光景が流れてゆく。あのとき、風に煽《あお》られて花びらがいっせいに舞い上がった。空がびっしりと花色に染まった。その光景に、一瞬息を呑《の》んだおしゅんである。

さあ、おまえも仲間のところへお帰り……おしゅんが人差指にフーッと息を吹きかけた。と、花びらが勢いよく舞い上がってゆく。が、しょせんははぐれ花びら、風に乗るでもなく、ひらひらと迷いながら地に落ちた。

「旦那さま、来年も花見に行きましょうね」

「ほほ、もう来年の話か。その前に藤もあれば牡丹《ぼたん》、花菖蒲《はなしょうぶ》もある。秋になれば萩《はぎ》に菊に紅葉《もみじ》じゃ。そこをふっとばすのか、おしゅん」

「それ、みんな行くのですか」

「おお、ゆくとも。少なくともわしはゆく。そなたは留守番のほうがよいか」

采女がチラリとおしゅんに横目を流した。と、おしゅんが膝《ひざ》の向きを変えて睨《にら》む。

「まっ、意地悪。私も行きます。みんな行きます。次は……藤。藤はどこかしら」

「藤は亀戸《かめいど》天神と決まっておる。きれいじゃぞ、おしゅん。総門を入るといきなり大きな池があって、その周りはすべて藤棚。で、その池に反《そ》り橋が架かっていて、それが太鼓のようにまんまるい。別名コケロ橋とも言うそうじゃ」

「コケロ橋？　なんのことかしら」

「ほれ、橋の反りが急だから、女子《おなご》が渡ろうとすればどうしたって脹脛《ふくらはぎ》が覗《のぞ》く。で、転《こ》ければなお見えるというわけで、男どもが橋のたもとで転けろ、転けろと囃《はや》し立てる。それがコケロ橋のいわれなそうな」

「まあ、呆《あき》れた。旦那さま、その橋を渡らないと藤は見られないのですか」

「いやいや、そんなことはない。藤は池の周りじゃ。そこをくるりとまわればよい」

「それでもその橋を渡る女の人、いるのですか」

「おるおる、たんとおる。おしゅん、ああいう橋を目の前にしたら、誰だって渡ってみたくなるものじゃ。ましてその橋の先には中島《なかのしま》が二つつらなっていて、そこからの眺めがまたよいのじゃ」

「それで、本当に転ぶ女の人、いるのですか」

「んっ、んん。亀戸の橋はつるつる雨あがり……そう言っての、しょっちゅう転けるそうじゃ。藤は梅雨《つゆ》の頃ゆえ仕方あるまい。なかにはわざと転けてみせる女子もおると言うぞ」

「どうして？」

「おしゅん、それが祭り気分というものよ」

おそらくおしゅんにはわかるまい。そう思いつつも、采女があえて言葉にしてゆく。おしゅんは若い。生きて知って豊かになっていかなければならない。言葉を惜しんではならぬ。そんな思いの采女である。

「おしゅん、亀戸は川向こうだけに取締りがゆるいのじゃ。茶屋に酒楼《しゅろう》、料理屋なぞがびっしり門前を埋め、女子衆がひっきりなしに客を引く。そんなところで一杯ひっかけてみよ。たちまち浮かれ者よ。男が浮かれれば女子も浮かれる。それが祭り気分じゃ。先の花見とて同じことよ。そなたもとくと目にしたであろうが」

「はい、浮かれ者がいっぱいいました。私も浮かれました」

「ほほ、そうか。それはよい。しかしなおしゅん、亀戸はまた格別よ。あれは浮かれ天神じゃ」

「旦那さま、そこにはどんな食べものがあるのですか」

「なんでもある。なんでも旨《うま》い。が、亀戸で一番と言えば、なんといっても蜆汁《しじみじる》よ」

「えっ、蜆汁ですか」

意外であったか、おしゅんの小首が傾《かし》ぐ。その首を立て直すように、采女が言葉を足した。

「おしゅん、亀戸の蜆は業平《なりひら》蜆といっての、毎朝ここらへ売りにくる蜆とは蜆が違うのじゃ。値《ね》五倍に味十倍、そういう評判の蜆よ」

「まあ、そんなにおいしいのですか」

「それは旨い。乳のようにとろりとした汁での、味といい香りといい申し分なしよ。あんな蜆汁は世に二つとあるまい。おしゅん、藤まで待て。きっと味わわせてやろうぞ」

「うれしい。藤が待ち遠しいわ」

「それとのう、そなたの好きな菓子では葛餅《くずもち》じゃ。あれも実に旨い。ふんわりとやわらかいくせに、妙に腰があり、蜜《みつ》よし黄粉《きなこ》よしじゃ」

「まあ、葛餅。食べたいわァ」

おしゅんが膝を踏む。その様子に采女のいたずら心が動いた。

「だがなおしゅん、亀戸天神の葛餅は、このように顎《あご》を手で支えながら食わねばならぬぞ」

「どうしてですか」

「そうしないと、あまりに旨くて顎が落ちてしまうのじゃ」

「まあ、ほほほ……。でも、顎が落ちてもいいから食べてみたいわ」

「よしよし、それも藤まで待て。ふふ、まったくおしゅんは菓子に目がないのう」

「それは旦那さまがお酒に目がないのとおんなじです」

「これは参った。で、おしゅん、今晩の肴《さかな》はなんじゃ」

「あっ、また訊《き》いた」

おしゅんがチロッと睨む。晩酌の肴が何かは、二人の間で訊かない、教えないことになっている。おしゅんにしてみれば、密かに腕をふるって酒肴《しゅこう》をつくり、采女を喜ばせたい、驚かせたい、との思いがある。それを先に知られては、つくる意欲が半減してしまう。しかし、采女はそれを待てない。晩酌のたのしみは肴に大きく左右されるだけに、どうしても早く知りたいのである。

「旦那さま、きょうは特別に教えます。さっき棒手振《ぼてふ》りさんから紫鯉《むらさきごい》を買いました。今夜は鯉濃《こいこく》です」

おしゅんがあっさり口を割った。鯉濃はじっくりコトコト煮なければならず、半日はかかる。その間、台所を通って裏口から出入りする采女の目につかないはずがない。そう踏んでのことである。

「鯉濃か。それはよい。おしゅん、苦玉《にがたま》には気をつけろよ。あれを潰《つぶ》したら台なしぞ」

「旦那さま、ご心配なく。私は手嶋屋さんで何度もつくっていますから」

「そうか。それはたのしみじゃ。手嶋屋には大七の鯉料理をすっぽかされてしまったからのう。今宵はその埋め合わせじゃ」

「そういえば旦那さま、手嶋屋さんのあの話、どうなさるのですか」

「あの話?」

「ご新造《しんぞ》さまに約束したではありませんか。もう四日になりますよ。早くなんとかしてあげないと、ご新造さまがお気の毒です」

「おしゅん、そのことなら気を揉《も》まずともよい。わざわざこっちから出向かずとも、思案に余れば手嶋屋のほうから訪ねてくるさ」

「そうでしょうか。なんだか心配だわ」

おしゅんの眉《まゆ》が翳《かげ》ってゆく。

「おしゅん、心配致すな。あの惣兵衛のことじゃ、すでに解決済みかもしれぬて」

とは言ったものの、内心では采女も気を揉んでいる。が、女の絡《から》むことだけに、いくら友でもこちらから談じ込むわけにはいかない。

二

その日の昼過ぎ、おしゅんと采女が碁盤《ごばん》をはさんで向き合っているところへ、「ごめんくださいまし」と店先《たなさき》に声がかかった。二人の顔が同時に盤上を離れ、その目がぶつかった。聞き知った声である。

「はい、ただいま」

おしゅんがそそくさと立ってゆく。惣兵衛め、やっときたか。采女がタマを膝から下ろし、碁盤を脇へ寄せた。

「まあ、手嶋屋の旦那さま。おいでなさいませ」

おしゅんが着物の裾を押さえながら膝を落とし、両手を突いた。

「商いのほう、馴《な》れたかい、おしゅん」

「はい。おかげさまでだいぶ馴れました」

「そうかい。それはよかった。小山田さま、いらっしゃるかい」

「はい、おります。どうぞお上がりくださいませ」

「では、ちょっとお邪魔しますよ」

惣兵衛がうしろ向きに雪駄《せった》を脱ぎ、式台を踏んだ。おしゅんが先に立って居間の障子《しょうじ》を開け、「手嶋屋の旦那さまがお見えです」と采女に声をかけた。

「おお、惣兵衛どの。久しぶりじゃ。あの梅の日以来かのう」

采女がいきなり、桜と鯉料理をすっぽかした惣兵衛に厭《いや》みを放った。ふだんの惣兵衛ならしゃらっと受け流すところだが、いまはその余裕がない。

「小山田さま、きょうはそのお詫《わ》びに上がりました。花見のお約束を反故《ほご》にしましたこと、まことに相すみません。埋め合わせは別の機会にきっとさせていただきます。きょうのところはこれでお許しくださいませ」

惣兵衛が風呂敷包みを解《ほど》き、小壺《こつぼ》を二つ揃《そろ》え、ツッと采女の前に押した。

「これは、茶か」

「はい。抹茶《まっちゃ》と煎茶《せんちゃ》でございます」

「まさか、この間馳走《ちそう》になったあの茶ではあるまいの」

「いえいえ、あれでございます」

「なんと。ほほ、これはありがたい。で、こっちが煎茶じゃな」

「はい。天下一でございます」

「なに、山本山か」

「さようでございます」

「ほほほ、これまたありがたい。惣兵衛どの、さっそく淹《い》れてかまわぬか」

「どうぞ。お召し上がりください」

「では、共に喫《きっ》するとしよう。おしゅん、おしゅん」

采女がおしゅんを呼ぶ。と、台所の土間に下駄の音が転がり、おしゅんが入ってきて膝を落とした。

「おしゅん、茶を淹れてくれぬか」

「はい、ただいま淹れております」

「いや、それではない。焙茶《ほうじちゃ》はもうよい。これを、煎茶を頼む」

采女がおしゅんに茶壺をかざす。おしゅんがそれを受け取り、これは……と目で問う。

「惣兵衛どのからいただいた。山本山じゃ」

「まあ、山本山」

おしゅんがまるく張った目をツッと惣兵衛に移し、「ありがとうございます。さっそく淹れさせていただきます」と一礼を落とし、茶壺をかかえて戻ってゆく。

「惣兵衛どの、それではわしらも客間のほうで茶を待つと致そう」

采女がそう言って腰を上げた。惣兵衛がそれにつづく。

きょうの惣兵衛は明らかに屈託《くったく》がある。詫びにきただけでないことも明らかである。が、話のきっかけをつかめぬか、庭に目を放ったまま思案投首《しあんなげくび》の態《てい》である。おそらくその目に庭など映っていないに違いない。その心を慮《おもんぱか》ったか、采女が揶揄《やゆ》に乗せて誘い水を放った。

「いかがしたのじゃ、惣兵衛どの。元気がないのう。例の若い女子《おなご》に根こそげ精気を抜かれたか」

「えっ。小山田さま、どうしてそのことを」

「おいおい、惣兵衛どの。わしは昨年まで目は千里眼、耳は地獄耳と言われた八丁堀ぞ。大概のことはお見通しよ」

例によって采女がとぼけを放つ。だが、それが惣兵衛の心をときほぐし、話のきっかけをつくった。

「実は小山田さま、きょうはそのこともあってお伺いしたのです。とても手前の手に負えるような話ではありません。お力を貸してくださいませ」

「ほほほ、さすがの惣兵衛どのも持て余したか。したがなかなかの美形なそうじゃのう、その女子」

「その美形が禍《わざわ》いの因《いん》となることもございましょう」

「んん。とかく美しい花にはトゲがあるからのう。惣兵衛どのもそのトゲにやられたか。したが水くさいのう。女子を囲うなら囲うで、前もって相談してくれればなんとでもなったものを。囲碁はともかく、女子を見る眼はわしのほうが上手《うわて》ぞ」

　采女がとぼけをまじえながら核心に迫ってゆく。長い同心づとめで身についた技である。が、惣兵衛はその技についていけない。

「小山田さま、その、女子を囲うとは、なんのことでございましょう」

「ほほ、いまさら隠しても仕方あるまいよ、惣兵衛どの。現にそなた、その若い美形を向嶋の別邸に囲っておるではないか」

「なっ、何をおっしゃいます。囲っているなぞと、とんでもないことです。あれは、匿《かくま》っているのでございますよ、小山田さま」

「匿う？　なんのことじゃ」

「実はあの女子……追われているらしいのです。ひどく怯《おび》えています」

「誰に。何ゆえに」

「男三人です。茶坊主と侍と町人、その三人です」

「なんじゃ、その顔ぶれは。まあ、よい。で、何ゆえ追われておるのじゃ」

「それが、隙《すき》を見て逃げ出したということです」

「どこから。何ゆえ」

「もちろん、その三人からです」

「逃げたわけは」

「その三人に囚《とら》われていたということです」

きょうの惣兵衛はまるで要領を得ない。何を訊いても飛び石のような答えしか返ってこない。その飛び石を懸命につなげようとする采女だが、思うように脈絡をたどれない。惣兵衛、もそっと筋立てて話せ……采女が苛立《いらだ》つ。と、そこへ「お茶が入りました」とおしゅんの声がかかり、襖《ふすま》が開いた。


「おお、これはよい。さすがに天下一、山本山じゃ」

采女がタンと舌を打った。ほどよい甘みと苦みが喉元《のどもと》を落ちてゆく。

「おしゅんさん、よく出ています。湯かげんもちょうどよい。おいしく入りました」

惣兵衛がツッと湯呑みをかざして言った。

「ありがとうございます。ご新造さまに教えていただいた通りに淹れてみました」

「おしまが」

「はい。ここへくる前にみんな教えていただきました。お茶もお花もお料理も。いま、みんな役立っています。ご新造さまのおかげです」

「そうかい。おしまがねえ」

そのことは惣兵衛もうすうす知っている。おしゅんの嫁入りが決まったとき、当のおしゅんよりもおしまのほうが、「小山田さまへ嫁ぐのですから、粗相のないようにしっかり教え込まなくては」と張り切っていたものである。

「のう、惣兵衛どの。その女子とは以前からの知り合いか」

おしゅんが下がったところで、采女が再び問うた。茶のおかげか、苛立ちがすっかりおさまっている。

「いえいえ、このたび初めて出会った女子でございます」

「で、どこで出会ったのじゃ」

「永代橋《えいたいばし》の上でございます」

また惣兵衛の飛び石が始まった。采女が苦笑を途中で止め、方向を変えてゆく。

「惣兵衛どの、その出会いのところからきょうまでのことを、順序立てて話してくれぬか」

「はい。そう致しましょう」

惣兵衛がトンと湯呑みを置いた。

三

惣兵衛がその娘と出会ったのは、十日余り前の夕刻である。その日は月に一度持たれる薬種《やくしゅ》問屋組合の寄合日《よりあいび》にあたっており、惣兵衛も四、五人の同業旦那衆とともに屋根船に乗り、深川へ向かった。きょうの席は富岡八幡《とみがおかはちまん》の松本である。松本は伊勢屋と並んで二軒茶屋と称される指折りの料理茶屋である。

深川は水路の町で、大川、日本橋川はもとより、海からも縦横に出入りできる。惣兵衛らが松本の裏手に船を着けたのは昼をすこしまわった頃で、しんがりの着到組となった。

寄合といっても、小半刻《こはんとき》(三十分)ほどの談合を終えれば、あとは呑み食い、歌え踊れの酒宴となってゆく。それがたのしみの寄合でもある。

この日、惣兵衛は辰巳《たつみ》芸者に煽られ、年甲斐《としがい》もなく酒を過ごした。が、目がまわりかけたところで剣呑《けんのん》を覚え、手水《ちょうず》のふりをして席を立ち、そのまま外へ出た。春風が心地よい。

きょうはこのまま帰るとしよう。しかし、この酔いで猪牙《ちょき》や駕籠《かご》にゆられたら、ひとたまりもあるまい。ひとまず歩いて、酔いが醒《さ》めたら駕籠でも拾うか。そんなことを思いながら、ふらりぶらりと惣兵衛が参道を抜けてゆく。

表門を出て二の鳥居を抜ければ、広々とした仲町通りが左右に延びる。惣兵衛がそこを右に曲がった。三町ばかり彼方《かなた》に一の鳥居がかすむ。そこまでが門前町である。両側に茶屋、商家、妓楼《ぎろう》がびっしりと軒をつらね、そこを人の波が洗ってゆく。

日が落ち夕靄《ゆうもや》が立ち、あたりが薄墨《うすずみ》に煙る頃、惣兵衛が永代橋にさしかかった。永代橋は大川最下流の橋で、全長百二十間（約二百十九米《メートル》）と長く、ゆったりと大きく弧《こ》を描く。一方の橋詰《はしづめ》から他方の橋詰が見えない。そこを惣兵衛がゆるゆると渡ってゆく。このあたりは川というよりすでに海、江戸湊《みなと》である。無数の船影が黒々と居流れ、遠く佃島《つくだじま》、石川島のあたりに篝《かがり》が揺れる。

惣兵衛が喘《あえ》ぎながら橋をのぼってゆく。酔いはだいぶおさまったが、疲れと動悸《どうき》が激しい。立ち止まっては欄干に凭《もた》れ、息を継ぎ継ぎ尺取虫《しゃくとりむし》のように橋を詰めてゆく。そしてその娘に出会った。

はじめ、それは一つの影にすぎなかった。夕闇《ゆうやみ》のなかにただ呆然《ぼうぜん》と佇《たたず》む影にすぎなかった。が、なぜかそれが惣兵衛の心にまとわりついた。悄然《しょうぜん》たる孤影が放つ悲愁ゆえであったかもしれない。惣兵衛が凝然《ぎょうぜん》と立ちつくす。

ややあって影が動いた。下駄から足をはずし、欄干に手をかけた。惣兵衛が息を呑む。

「娘さん、水はまだ冷たいよ」

毀《こわ》れものを扱うように、惣兵衛が横合いからそろっと声をかけた。と、娘の背筋がギクッと立ち、振り向いた顔に恐怖の色が浮いている。

「お願いです。見逃してください。そのまま通り過ぎてください」

娘が掌《て》を合わせて訴える。

「できることなら望み通りにしてあげたいが、私がいなくなればそなたは身を投げる。そうであろう」

「それでも……お願いです。どうしようもないのです。見逃してください。通り過ぎてください」

娘が必死に食い下がる。

「そうはいきませんよ、娘さん。そなたが水にとび込む音を耳にしたら、私は一生、寝覚めの悪さにつきまとわれてしまいます。その若さで身投げなぞと、罰当たりなことをしてはいけません。親御さんが嘆きますよ」

「親はもう、いません。嘆く人も、いません。ですから私のことはもう……お願いです、行ってください。旦那さんが遠くへ行くまで、待ちますから」

「これは、とんでもないことを言う娘さんだ。そんなことを言われて、はい、そうですか、それではと、立ち去れるものですか。死んではいけません。生きていればきっとよい日がめぐってきます。死ぬ気ならなんでもできるじゃありませんか」

「死ぬ気でも、どうにもならないのです。本当に死ぬしかないのです」

娘の声が暗くか細く沈んでゆく。夕闇がいよいよ深く、娘の表情まではわからないが、死ぬしかないと思い詰めたその心はひしと伝わってくる。もはやこの娘に尋常一様の言葉は通じまい。あの世へ向かった心をいま一度、この世へ引き戻すテはないものか、惣兵衛が迷う。

「娘さん、そんなにあわててあの世へ急ぐこと、ありませんよ。そなたは一度死んだのです。その下駄を捨てたとき、いっしょに命も捨てたのです。それを拾ったのがこの私。ですから、いま生きているその命は、そなたのものではなくて私のものです。勝手に処分されては困ります」

惣兵衛の言葉を測りかねたか、娘の小首が傾ぐ。が、それでよい。いまは死ぬこと以外に思いが向かえばそれでよい。惣兵衛がさらに畳み込む。

「娘さん、これはみんな神さまの思《おぼ》し召しです。神さまはそなたに生きていてほしかったのです。ですから、私の口を借りて声をかけさせたのです。そして私にも、声をかけた以上、力になってあげなさいと、そう言っているのです。わかってもらえますね、娘さん」

惣兵衛が諭《さと》す。と、そのとき、橋の下方にやや乱暴な足音が響いた。北新堀町のほうから二、三人が、黒い塊《かたま》りとなって足早に橋をのぼってくる。その瞬間、はじかれたように娘が身を翻《ひるがえ》し、惣兵衛の背中にしがみついた。娘のからだが小刻みに震えている。黒い塊りは職人風の三人で、惣兵衛にチラリと一瞥《いちべつ》を投げ、何事もなく通り過ぎて行った。

「娘さん、誰かに追われているのだね」

娘の頷《うなず》く気配が背中から伝わってくる。

「それじゃこんなところでぐずぐずしてちゃ危ない。家《うち》はどこだね。駕籠で送ってあげましょう」

振り向きざまに惣兵衛が問う。

「家はもうありません」

娘が頭《かぶり》を振る。

「そうか。帰るところがないか。娘さん、私は本町で薬を商う手嶋屋です。よかったら家へおいでなさい」

「旦那さん、私はそんな、人さまの親切を受けられるような女子《おなご》ではありません。人が、怖いのです。人の間が怖いのです」

「人が怖い……。では、こうしましょう。向嶋に私の寮があります。そこはいま、家守りの年寄り夫婦だけで誰もいません。そこなら人の出入りもないし、安心です」

「旦那さん、それも神さまの思し召しでしょうか」

「もちろんです。そなたはいままで怖い人にばかり会ってきたようだ。が、世間には怖くない人もたくさんいます。真当《まっとう》な人もたくさんいます。これからはそういう人たちの間で生きなさいと、神さまはそう言っているのです」

「私のような女子を、神さまは本当に助けてくださるのでしょうか」

「神さまを疑《うたぐ》ってはいけません。きっと助けてくれます。さっ、下駄を履《は》きなさい。夜になる前に向嶋へ急ぎましょう」

惣兵衛が娘の背中を押して促す。娘が手拭《てぬぐ》いで足の裏を払い、下駄を履いた。二人が佐賀町のほうに向かって橋を下ってゆく。やがて、二つの駕籠が大川沿いに北へ向かった。

四

「ところが小山田さま、そのあとがいけません。向嶋へ匿ってひとまず安心と思いきや、まだその娘から死神が落ちていなかったのです」

惣兵衛が眉根を寄せて言った。

「死神？　では、またぞろか」

采女が湯呑みを途中で止め、問い返す。

「はい、またぞろです。その夜は家守りの庄三夫婦に娘を預け、手前はいったん本町に戻りました。くたびれていたこともありますが、二、三日は娘の様子を見て、心の落着くのを待って、それから事情を訊いたほうがよいだろうと思ったのです。ところがその夜中、娘が台所から包丁を持ち出して、喉を突こうとしたのです」

「なにっ、喉を」

「はい。たまたま庄三が用足しに起きたからよかったようなものの、そうでなかったらと思うと、ゾッとします」

「ふうむ。二度も命を拾ったか。存外、運が強いかもしれぬのう、その娘。で、それからどうした」

「むろん、叱《しか》りました。きつく叱りました」

「ほう、きつく叱ったか」

「それは叱らざるを得ませんよ、小山田さま。手前はまだその娘の名前も、素姓も、死のうとしたわけも、まるで知らないのですから。そんな娘に一夜の宿を貸して死なれたら、それこそどこにも届け出ようがありません。お役人なぞ、なんのかんのと邪推するに決まっています。いや、手前が殺したことにされてしまいます」

「おいおい、惣兵衛どの。わしとて元は役人の端くれぞ」

「えっ、あっ、いえいえ。小山田さまは違います、別です、とんでもないことです」

「ほほ、そのようにムキに打ち消さずともよい。わしとて同じことよ。手嶋屋が若い美形を別邸に連れ込んだ。その美形が一夜にして喉を突いて死んだ。そのわけも知らぬ。名も知らぬ。素姓も知らぬ。それでは役人どころか、世間に通る話であるまいよ。そうさのう。わしならば、手嶋屋がうら若い娘を誑《たぶら》かして別邸に連れ込み、手籠《てご》めにした。

それを愧《は》じはかなんで娘が喉を突いて死んだ。ざっとそんなところかのう」

「なっ、何を申されます、小山田さま。そのような埒《らち》もない」

「したが惣兵衛どの、それが役人、いや世間というものであろうぞ。そなたとて、そのあたりを考えたから娘を叱ったのであろうが。で、どうした。娘は得心したか」

「それが得心どころか」

惣兵衛が言葉尻を捨てた。その渋面が左右に揺れる。

その朝、庄三の女房トメの知らせを受け、惣兵衛はとるものもとりあえず向嶋へ向かった。庄三が娘の手から包丁を取り上げようとして、二の腕あたりをすこし切ったという。道々急ぎながらも、惣兵衛の怒りがふつふつと煮立ってゆく。その怒りがそのまま娘に向かった。

娘はただひたすら謝った。涙ながらに、畳に額《ひたい》をこすりつけ、ただひたすら謝った。が、怒りとは奇妙なもので、その謝罪が殊勝《しゅしょう》であればあるほど、そこに至った裏切りを許すことができない。惣兵衛もその陥穽《かんせい》に落ちたか、怒りが心にひっついて剝《は》がれない。そして娘の心が崩れた。

「旦那さん、私はここを出て行きます。ご親切は一生忘れません」

そう言って娘が面《おもて》を上げた。その双眸《そうぼう》に出会《でくわ》した瞬間、惣兵衛の肌に粟《あわ》が立った。底なしに暗い凄愴《せいそう》たる眸《ぼう》である。涙に洗われてしっとりと深いが、そこに光りはない。心を映すことを諦《あきら》めた眸である。

ああ、とんでもないことをしてしまった。神さまの思し召しとか力になるとか言いながら、わが身のことしか考えず叱りつけてしまった。ここで娘に死なれては困る、世間体が悪い、役人に申し開きが立たない、手嶋屋の信用に疵《きず》がつく……そんなところにしか思いが至らなかった。何ひとつ娘の身になって案じてやらなかった。それどころか、娘に声をかけたことすら後悔していたのではなかったか。死のうとする者の心に、そんなもろもろが映らぬはずがない。

焼け火箸《ひばし》のような慙愧《ざんき》と悔恨が惣兵衛を襲う。

「娘さん、ここを出てどこへ行くのです。追われている、帰るところもない、そう言っていたではありませんか」

「それでも、ここにいれば私はまた同じことをしてしまいます。どうにもならないのです。それでは旦那さんに迷惑がかかってしまいます」

娘の声に抑揚がない。それが惣兵衛の心をチリチリ苛《さいな》む。

「しかし、ここを出ればそなたは死ぬ。きっと死ぬ。どうしてそのように死にたがるのです。そのわけも言わず、名前も告げず、ここを出て行くのですか」

「お許しください。とても人さまに話せるようなことではないのです。名前も言わないほうがよいのです。もしも旦那さんに迷惑がかかったら大変です。お世話になりました」

「まっ、待ちなさい。ここを出てはいけません。いまは私の都合だけで叱ったが、これからは娘さん、そなたの都合に合わせましょう。名前も事情も話したくなければ話さなくてよい。ただ、いましばらくはここで養生して、病を治してください」

「旦那さん、私は病持ちではありません」

「何を言うのです。そなたは立派に病持ちです。からだの病だけが病ではありません。心の病もあるのです。そなたは気づいていないでしょうが、そなたの心には死神がとりついています。まず、それを落とさなければいけません」

「えっ、死神……ですか。私がそれにとりつかれているのですか」

驚きであったか、娘の声に抑揚が戻った。惣兵衛がその機に乗じてゆく。死神であろうが貧乏神であろうが、ここは神さま仏さまを総動員して、娘の心を死から遠ざけねばならない。

「そうですとも。そなたは死にたい、死ぬしかない、そう思い込んでいるのでしょうが、それはそなたの本心ではありません。死神の仕業《しわざ》です。そなたの本心は生きたい、生きて倖《しあわ》せになりたい、そう叫んでいます。それを死神が阻《はば》んでいるから、その声が聞こえないのです」

「まあ、私に私の声が、本心の声が、聞こえないのですか」

「そうです。聞こえるのは死神の声だけです。生きていたって辛いだけだよ、苦しむだけだよ、死ねば楽になれるよ、絶えずそうささやいて人をあの世へ送ってしまう、それが死神です」

「まあ、怖い。旦那さん、どうすれば死神の声を聞かずにすむのですか」

「それは、死神を退治するしかありません」

「どのようにして退治するのですか」

「根競《こんくら》べです。死ね死ねという死神の声と、生きたい生きたいというそなたの本心の声、その二つの闘いです。そなたは一度、死神に庇《ひさし》を貸して母屋《おもや》を乗っ取られたのです。それを追い出すのは大変なことです。でも、がんばれば必ず勝てます。苦しいでしょうが、根気よく死神と闘ってください。そして勝ってください」

「私、勝てるでしょうか」

「勝てますとも。私も精いっぱい手伝います。さっそくきょうから、そなたにうちの奉公人をつけましょう。そなたと同じ齢《とし》ぐらいの娘ですから、気遣《きづか》いは要《い》りません。そなたは死神に負けそうになると、きっとまた死のうとするでしょう。そのとき、うちの奉公人が助けてくれます。いっしょに闘ってくれます。決してそなたを見張るのではありません。そなたのなかの死神が暴れ出すのを見張るのです。わかってくれますね」

惣兵衛が噛《か》んで含めるように念を押した。娘の双眸がみるみる潤んでゆく。

「それから、用心のために男手もふやしましょう。怪しい者はいっさい出入りさせません。安心してください。私も毎日、見廻りにきます。娘さん、がんばるのです。そなた一人ではありません。みんないっしょに闘いますから」

惣兵衛がここぞとばかりに煽る。娘の頰《ほお》を音もなく涙が伝ってゆく。

五

「ふふ、神さまの思し召しの次は死神か。惣兵衛どのは大した智恵者よ」

采女が口許《くちもと》をゆるめながら言った。

「いえいえ、手前の智恵ではありません。小山田さま、ひょっとしてこの世には神さまも死神もいるのではないでしょうか」

惣兵衛が妙なことを言う。

「どういうことじゃ」

「神さまの思し召しというのは、手前の智恵から出たものではありません。身投げしようとする娘を前にして、むしろ智恵に窮《きゅう》したとき、思いもかけずひょいと口を出たのでございます。あれは、あれこそ神さまの思し召しではなかったかと、そんな気がしてならないのです」

「なるほど、そのことか。だが惣兵衛どの、智恵が智恵を生むということもあろう。詰め込んだ智恵が咄嗟《とっさ》のときに形を変えて出てくる。よくあることじゃ。やはり神さまの思し召しというより、そなたの智恵であろうよ」

それは采女の実感でもある。そうした智恵の働きがなかったら、長らく定廻《じょうまわ》りなどつとめられなかったに違いない。

「それでは小山田さま、この世に神さまはいないと」

「いやいや、そういうことではない。神さまがおるかおらぬか、そこは知らぬ。が、おると信ずる者の心のなかにはおろうよ」

「目に見えないものは信ずるしかない、そういうことですね。しかし小山田さま、神さまはともかく、死神はいます。たしかにいます。手前はそれを見た、と言ってよいと思います」

「見た？　その娘にとりついた死神を、か」

「はい。やはりあれは死神の仕業だったとしか言いようがありません。死神が落ちる前と後ではその娘、まるで別人です」

「なに、では落ちたのじゃな、死神は」

「はい、コロリと」

「それはよかった。なあに、そなたのなさけと説得に涙で応えたのじゃ。いかな死神とてコロリと落ちるはずよ」

「いえ、それはまだまだ先のこと。もうひと山あったのでございますよ、小山田さま」

「またなんぞしでかしたか、その娘」

「その娘というより、やはり死神の仕業でございましょう。実にしぶとい、手強《てごわ》い死神でした。娘はそれによく耐え、よくがんばりました。褒《ほ》めてやりたいくらいです」

惣兵衛が視線を宙に這《は》わせながら言った。


惣兵衛はさっそく奉公人を向嶋へ配した。男二人、女二人である。「くれぐれも娘の身辺から眼を離すな」とだけ言い渡し、よけいなことは口にしなかった。もっとも、何ひとつ娘のことを知らぬ以上、口にしようもなかった。ただ、それぞれに固く口止めしたのは、妙な噂《うわさ》になることを恐れたからである。

それからの数日、娘はあてがわれた部屋に閉じ籠《こも》り、つくねんと座して死神の落ちるのを待った。奉公の娘たちと言葉を交わすでもなく、惣兵衛の声かけにも頷くだけで、ぼんやりと畳に目を落としたまま、じっとそのときを待った。が、死神もさるもの、なかなかそのときは訪れない。

娘の表情が日ごとに険《けわ》しくなってゆく。やがてからだが震えを帯び、その日、食べたものを吐いた。そして以後、食を断った。二日、三日と過ぎてゆく。惣兵衛は気が気でない。が、懸命に死神と闘っている姿を目にしているだけに、今度ばかりは叱るわけにいかない。

四日目の朝、惣兵衛が肚《はら》をくくった。トメに粥《かゆ》と汁もの、やわらかい煮ものなどをつくらせ、惣兵衛手ずから膳《ぜん》を運び、娘の前に膝を落とした。

「娘さん、粥です。すこしでもよいから食べてください」

惣兵衛がツッと膳を押す。が、娘は首を左右に振った。

「食べて気力を出さないと、死神に勝てませんよ。さあ、箸をとってください」

「お許しください、旦那さん。食べられないのです。喉を通らないのです」

「娘さん、それが死神の狙いです。そのように喉を通らないように仕向けて、すこしずつからだを弱らせ、そして命を奪うのです。そんなものに負けてはいけません。がんばって食べてください」

「でも、食べたらまた戻してしまいます」

「それでよいのです。戻してもかまいません。食べること自体が死神と闘うことなのですから。お釈迦《しゃか》さまだって食べて悟りを開いたのですよ」

「えっ、お釈迦さま」

「そうです。お釈迦さまは長らく山で断食修行をつづけたけれども、どうしても悟りを得られず、諦めて里へ下りた。そしたら大きな川の傍に一本の大樹が立っていて、その下においしそうな乳粥が置いてある。それは、その里の女子《おなご》が子を授かるようにその大樹へ願をかけ、それがかなったお礼に置いていった粥だったのです。お釈迦さまはそれを食べて空腹を満たした。するといっぺんに気力が漲《みなぎ》り、たちまちにして悟りが開けた、ということです。娘さん、この粥も乳粥です。山羊《やぎ》の乳でつくったものです。そなたもそれを食べて気力を出してください。さあ、箸を」

惣兵衛に促され、娘の手が恐る恐る箸に伸びる。が、その手は小さく震えるばかりで、どうしても箸をつかめない。

「そんなに迷うことはありません。食べものはただ食べればよいのです。このようにして」

惣兵衛が怒声を発し、いきなり煮ものの鉢に右手を突っ込んだ。そしてひと握りつかみ出し、その半分ばかりを自身の口のなかへ放り込み、乱暴に嚙み砕く。煮ものをつかむ惣兵衛の手があからさまに震えている。その震えに娘がしがみつき、止めた。

「やめてください。旦那さん、やめてください。私、食べます、いただきます」

娘が涙ながらに訴え、惣兵衛の手から芋《いも》の一片をつまんで口に入れた。その口が静かに動き、やがてコクリと嚥《の》み下した。

「おお、食べたか。食べてくれたか。よい。それでよい。ひと口食べればあとは怖くない。さあ娘さん、あまりお腹を驚かせてもいけないから、汁ものからゆっくりと食べなさい」

惣兵衛の目に光るものがある。

「はい。いただきます」

言われるままに、娘が膳から汁椀を取り上げた。

「ほほ、お釈迦さまに乳粥か。惣兵衛どのの智恵は無尽蔵じゃのう」

采女が感じ入ったと言わぬばかりに二度、三度、小首を振った。いつの間にか惣兵衛の話に引き込まれていた采女である。

「いえいえ。智恵なぞと、そのような大層のものではありません。行きがかり上、ただ必死だっただけでございます」

「その必死が智恵を呼んだのであろうよ。で、今度は落ちたのじゃな、娘の死神」

「はい。それからはしっかり食べるようになり、庭を出歩くようになり、やっと落ちました」

「それはよかった。その娘、そなたのなさけに負けて死神に勝った、そういうことであろう。が、なんにせよ、一人の命が助かったのじゃ。よいことをされたのう、惣兵衛どの」

「いえ、それがまだ半分ほどしか助かっていないのです。きょうはそのことでお伺いしたのです」

「んっ、まだなんぞあるのか」

「はい。実はきのう、娘のほうから事情を打ち明けてくれました。名前はおふさ。十九だそうでございます」

「なにっ、おふさ」

ツッと上がった采女の視線に力がこもった。その視線に惣兵衛が頷く。

「で、事情とは、込み入った事情か」

「はい。とても手前の手には負えません。小山田さま、力を貸してください。おふさを助けてください」

今度は惣兵衛の視線に力がこもった。

六

おふさは十八の春まで、貧しいながら片親ながら、不幸ではなかった。それが暗転したのは、父親の与五《よご》が中風《ちゅうぶう》で寝たきりとなってからである。

与五は白壁町《しろかべちょう》の鏝師《こてし》と異称されるほど腕のいい左官《さかん》で、柳葉《やなぎば》を持てば風に遊ぶ柳のように、鶴首《つるくび》を持てば雅《みやび》やかな鶴のように、その鏝は自在に俊敏にしなやかに踊った。が、無口で気難しく、仲間とつき合うこともほとんどなく、仕事を終えればまっすぐ長屋へ帰るのが常だった。

与五の生き甲斐は娘のおふさであり、たのしみは毎晩の酒である。酔えば無口が一転して饒舌《じょうぜつ》に変わり、「おふさ、おめえのおっ母さんはな……」が始まる。おふさはそういうときの父親と、その口から語られる母親の話が好きだ。幼くして母親を亡くしたおふさにとって、父親の酔いに乗って現われる母親といえども慕《した》わしい。おふさのなかの母親像は、与五が毎晩コツコツと刻んだ彫りものと言っていい。

その像が近頃、動きはじめた。動かしたのはむろん、与五である。幾度となく繰り返された話に新しいものが加わってゆく。それがおふさのなかに鎮座していた母親像に命を吹き込み、そろりと動きはじめたのである。

新しい話が与五のつくり話かどうか、そこはおふさにもわからない。が、そんなことはすこしも耳の妨《さまた》げにならない。むしろ、死んだはずの母親が、いまなお父親のなかで生きていることに、深い思いを禁じ得ない。しかし、人が思い出の姿を整えはじめるとき、それは何かの予兆である。が、十八の娘に、そこまで思案が届くはずもない。

「おふさ、おめえのおっ母さんはな、そりゃあきれいな女子《おなご》だった。あれはたしか、おめえが生まれて次の年だったと思うが、おれがおめえをおぶってな、おっ母さんと三人で花見に出かけたのさ。そしたら行き交う野郎どもがみんなおっ母さんを振り返りゃあがる。おれも若かったし、面白くねえし、焼きもち焼いてな、おめえをおっ母さんの背中にくりつけたのさ。ところが呆れたねえ。それでもまだ振り返りゃあがる。おっ母さんはそれほど別嬪《べっぴん》だったのさ」

与五の酒に誘われて出てきた今宵の「おっ母さん」も、おふさには耳新しい「おっ母さん」である。が、そこになんの違和もない。おふさ自身、遠い日に母親の背中で、そうした花見客の視線を浴びたような気がしてならない。

「ねえ、お父っつあん。おっ母さんはお父っつあんのどこが好きだったのかしら。訊いたことある？」

おふさが一度は問うてみたいと思っていたことを口にした。

「そんなことおめえ、訊けるわけがねえ。おれだって不思議でならねえ。いや、待てよ、一度だけそれらしいことを訊いたことがある」

「それで？　おっ母さん、なんと答えたの」

おふさが膝を乗り出す。

「それが、どうにもわからねえ」

「どうして？　おっ母さん、何か言ったんでしょう」

「そりゃあ言ったさ。おれの……口べタがいいんだとさ」

照れたか、与五がグビッと酒杯《しゆはい》を呷《あお》った。

「口べタ……。それがどうして?」

「だから、わからねえのさ。たぶん、おれは小せえときから口べタで損をしてたから、おめえのおっ母さんが同情してくれたのかもしれねえな。同じ町内だったし」

「違うよ、お父っつあん。好きでなきゃ一緒にならないよ」

「そうかなあ。あの頃はおっ母さんの周りに口の巧《うま》い連中がいっぱいいたから、それで厭《あ》きちまったのかもしれねえなあ」

「私も口の巧いのは嫌いだよ。ねえ、お父っつあん。私、おっ母さんに似てる?」

「似てるとも。顔容《かおかたち》なぞそっくりだ。そうか、おふさも口の巧いのはダメか」

「ダメ。絶対ダメ」

「そりゃあいいこった。親方のところにも若い連中がいるが、口の達者なヤツに限って土こねもろくにできやしねえ。江戸の荒木田《あらきだ》は根性を入れてこねなくっちゃつかいものにならねえってのに、ヘラヘラしゃべくりながらこねてやがる。おれらのときは、足の裏で土の声を聞きながらこねたものだったに、いまどきそんなヤツは一人もいねえ。困ったもんさ」

与五の酒は、次々に舞い込むおふさの縁談話に始まり、やがて「おっ母さん」の思い出話に移り、最後に仕事のことをひとしきり愚痴って終わる。その間およそ一刻《いっとき》（二時間）、ようやく貧乏徳利が空になる。おふさもその間、火熨斗《ひのし》や繕《つくろ》いものなどをしながら、与五の話に耳を傾ける。毎夜繰り返される父娘《おやこ》の光景だが、今宵も五ッ半（九時）にさしかかった。

「おふさ、酒がなくなった。そろそろ寝るか」

与五が最後の一滴を音を立ててすすり、酒杯をトンと置いた。

「それじゃ床を延べるね」

おふさが次の間へ立ってゆく。狭いながらも二間つづきの長屋である。

「お父っつあん、もういいよ」

次の間からおふさの声がとぶ。が、いつもは「あいよ」と応ずるその声がない。おふさが顔を傾けて居間を覗く。と、与五が横ざまに崩れている。

「ダメよ、お父っつあん。そこで寝ちゃ」

おふさが声をかけながら居間へ戻り、与五の肩をゆすった。と、与五のからだがゆらりと仰《あお》のけに崩れた。その顔に一瞬の苦痛が貼《は》りつき、軽い鼾《いびき》が立つ。おふさは瞬時に事態を察した。

「イヤッ、お父っつあん。ダメッ、お父っつあん。しっかりして」

おふさが裸足で外へ駆け出してゆく。

一命はとりとめたものの、与五は言葉と正気を失い、からだを動かすこともできず、寝たきりとなってしまった。ちょうど一年前、四十二の春のことである。積もり重なった酒の毒が、厄年を迎えて一気に噴出したのかもしれない。そしておふさに不幸がのしかかった。

与五は腕のいい職人で、それなりに稼ぎもあったが、そのほとんどは酒に消えて、蓄えというほどのものを持たなかった。わずかに残ったあり金も、たちまち医者代、薬代に消え、ほどなくおふさは食にも事欠く事態にさらされた。が、寝たきりの父親を抱えては、奉公にも出られない。

同情した長屋の連中や差配が、縫いもの貼りもの洗いものなどの内職を見つけてきてくれるが、それで暮らしが成り立つはずもない。質種《しちぐさ》はとっくに底を突き、借金だけがふえてゆく。おふさはもう、どこの金貸しからいくら借りたかなど憶《おぼ》えていない。ただ、証文だけが確実に積み重なってゆく。

夏が過ぎ秋風が立った。おふさの暮らしはいよいよ窮してゆく。近頃は何も口にできない日も少なくない。そんなときは水を呑んで凌《しの》ぐが、水はかえって空腹を呼ぶ。なによりも辛いのは、父親の腹の虫が食を求めて泣くことである。

七

与五の目尻にこびりついた目脂《めやに》に、蠅《はえ》が止まった。おふさがそれを手で払い、目脂をとろうとするがなかなか剝がれない。手拭いの端《はし》を口で濡《ぬ》らし、湿らせながら剝がしてゆく。それでも痛かったか、与五の目が半眼に開いた。その白濁した目を覗くたびに、おふさの心は締めつけられる。

お父っつあん、きょうは何もないの。水でがまんしてね。おふさが両手で与五の頰をはさんで口を開かせ、そこへ、湯呑みに添えた箸を伝わらせて水を流し込んでゆく。与五の喉仏がゴクリと上下して、水が落ちてゆく。ややあって、与五の腹がクーッと泣いた。その音もおふさの心を締めつける。

表の腰高障子が軋《きし》んだ。おふさの背筋がぴくんと立つ。このところ毎日のように借金とりがやってきて、大声で喚《わめ》き、悪態《あくたい》と威《おど》しを残してゆく。そのたびに、身の縮む思いのおふさである。

「おふさちゃん、いないのかい」

同じ長屋に住む大工の女房おたけの声である。おふさが安堵《あんど》の吐息を一つ洩《も》らし、出てゆく。

「やっぱり食べてないんだね、おふさちゃん。痩《こ》けちゃってるじゃないの、顔が。ダメよ、食べなきゃ。これ、わずかだけどさ、食べておくれ」

おたけが、持ってきた盆を上がり框《がまち》に置き、布巾《ふきん》をとった。握りめし二つに梅干し二つ、蕗《ふき》と大根の煮ものが載っている。

「おばさん、ありがとう。いつも、ありがとう」

うなだれたおふさの頰を涙が落ちてゆく。

「およしよ。泣くほどじゃないんだから。それよりさ、いつでも言ってきておくれよ。困ったときはお互いさまなんだからさ」

そう言われても、食いものの無心ほど恥ずかしいことはない。返す当てのない無心ほど辛いものはない。それが貧乏人の心の在《あ》りようである。おふさはそのことを初めて知った。痛切に知った。

それに、この長屋で余りある暮らしをしている者など一人もいない。おたけにしたところで、四人もの子を抱えては、暮らし向きが楽なはずもない。結局、おふさの無心は行き場を失ってゆく。そしていま、町内の棒手振《ぼてふ》りが恵んでくれる売れ残りで露命《ろめい》をつなぐ日々である。

「ところで、どお？　相変わらずかい」

おたけが上がり框に半腰を下ろし、奥へ顎をしゃくった。おふさが力なく頷く。

「そうかね。薬は呑んでるよねえ」

今度はおふさの顔が横に揺れる。

「えっ、呑んでないの。ダメだよ、呑ませなきゃ」

「良庵先生がもう出してくれないんです」

「ああ、良庵ねえ。あの医者は藪《やぶ》のくせして強突張《ごうつくば》りだから。みな悪庵と言ってるよ」

「でも、仕方ないんです。ずっと払いが溜《た》まっているから」

「そうかね。与五さんも気の毒だけど、おふさちゃんも苦労だねえ。だけど、よくやってるよ。おまんまの世話から下《しも》の世話まで……何から何まで。おふさちゃんがいなきゃ、一杯の水も呑めないんだものね。みんな感心してるよ。それだけにさ、早くよくなってもらわなきゃね」

「おばさん、お父っつあん、よくなるでしょうか」

「そりゃあ、なりますよ。ならなきゃ神も仏もないってことじゃないの。すっかりよくならなくたって、せめて寝起きができて、身のまわりのことができるようになれば、おふさちゃんだって働けるし、通い奉公だってできるじゃないの。そこまでの辛抱だよ。ねっ、おふさちゃん」

「はい。そうなったら私、お父っつあんがよくなったら私、どんなに……。でも」

「でもじゃないの。そうなると思って、願って、がんばるのよ」

ことさらにおたけが力む。おたけとて、中風で寝たきりで、薬にも医者にもかかれない者がどうなるか、知らぬわけではない。が、そう言わざるを得ないおたけである。

「ところでおふさちゃん、徳《とく》の市《いち》がちょくちょく出入りしてるようだけど、まさかあいつからお金なんか借りてないよね」

「それが、借りてるの」

「ダメよ、おふさちゃん。座頭金《ざとうがね》なんか借りちゃ。利子は高いし取り立ては厳しいし。それに、徳の市はあくどいって評判だよ」

「その評判は聞いてたんですけど、どうしてもお父っつあんの薬代が欲しくって。何度か借りてしまったの」

「そうかね。まあ、借りてしまったものは仕方ないけどさ。だけど、気をつけるんだよ。あいつは腹黒い座頭だし」

おたけがそこまで言ってつづく言葉を捨てた。おふさを怯えさせても仕方ないと思ったか、やおら腰を上げ、「とにかくがんばるんだよ、おふさちゃん。それじゃ、またね」と残して土間を出てゆく。その背におふさが「おばさん、ありがとう。いただきます」と掌《て》を合わせた。

おふさが握りめしをとろとろと重湯にしてゆく。そこへ微塵《みじん》に切った蕗と大根を加え、椀に盛って冷まし、潰した梅干しで味をととのえてゆく。

お父っつあん、向かいのおばさんからいただいたの。食べようね。おふさが木の匙《さじ》で重湯を掬《すく》い、与五の口に流し込んだ。水とは異なるものを感じとったか、与五の口がかすかに動く。その動きがおいしそうにも、うれしそうにも見える。おふさの目が涙でかすんでゆく。そしてその目にあすは映らない。

八朔《はっさく》が過ぎた。いよいよ秋めいてゆく。おたけの懸念が当たった。徳の市が難題をふっかけてきたのである。

「ええい、聞き分けのねえ娘だ。こんないい話、二つとあるもんか。いいかげん承知しねえか」

徳の市が上がり框を拳《こぶし》で叩《たた》きながら迫る。おふさは身を強張《こわば》らせ、首を左右に振るしかない。目は見えずとも、その拒否は徳の市に伝わってゆく。

「強情も大概にしろ、おふさ。いまどき、旦那取りなぞ珍しい話じゃねえ」

「勘弁してください、徳の市さん。それだけは、勘弁してください」

「勘弁？　いいとも。無理にとは言わねえ。ただし、貸した金は返してもらうぜ。元利合わせて七両二分と一朱、いますぐここへ出してもらおうかい」

「もうすこし、待ってください。お願いです、もうすこし」

おふさの声が先細って消え入る。そこへ徳の市の怒声が覆いかぶさる。

「ふざけるな。約束の期限はとっくに過ぎた。払えねえならこの家《や》の一切合財《いっさいがっさい》、持ってくぜ。おめえも色里行きだ。いいな。あした手伝い人を連れてとりにくるから、鍋釜《なべかま》、箸、椀に至るまで、きれいに洗っておけ。それから、親父の寝てる夜着《よぎ》、蒲団《ふとん》もきちんと畳んでおけ」

「こっ、困ります。そんなことされたらお父っつあんが死んでしまいます。あんまりです」

「やい、おふさ。おれたちゃ道楽で金貸しをやってるんじゃねえ。ちゃんとお上《かみ》の許しをいただいた立派な商売だ。それに楯突《たてつ》くのはお上に楯突くもおんなじことだ。出るところへ出たっていいんだぜ」

「そっ、そんな。お願いです、徳の市さん。もうすこし待ってください。お父っつあんがよくなったら、私、働いてきっと返しますから」

「ふん、もうすこしましな言いわけはねえのかい。寝たきりの中風が治った話なぞ、聞いたこともねえ」

「治ります。お父っつあんはきっと治ります」

「てっ、バカな。薬もねえ。医者にもかかれねえ。それじゃ治るものも治りゃしねえ。おふさ、おめえは親不孝者だ。治らねえまでも、せめて医者なり薬なり宛《あて》がってやるのが子のつとめってもんだ。だから、こうやっていい話を持ってきてやったんじゃねえか。

月に三両といえば、そこらの安囲《やすがこ》いとはわけが違うぜ。それだけあれば暮らしはむろん、医者も薬も思うままよ」

「でも、そんなことしたら、恥ずかしい。お父っつあんに愛想をつかされます」

「ふん。寝たきりの中風に愛想もクソもあるもんか。おふさ、このままじゃおめえも親父も野垂《のた》れ死にだぜ。死んでいくおめえたちは痛くも痒《かゆ》くもねえだろうが、おれも含めておめえに金を貸した連中はどうなるんだ。親切に貸してやったあげくが踏み倒しか。それじゃあんまり人の道にはずれてやしねえか。えっ、おふさ」

徳の市は年季を入れた金貸しである。ツボははずさない。おふさが追い詰められてゆく。

「みなさんから借りたお金はきっと返します。一生働いても返します。ですからもうすこし、もうすこし待ってください。後生です、徳の市さん」

おふさが声を絞る。が、そんなことで金貸しの心が動くはずもない。

「一生働くだと。笑わせるな。おめえにどんな働きができるっていうんだ。せいぜい下女奉公が関の山よ。して、その給金は年二両そこそこ。それじゃ借金の利子にもならねえ。ということはだ、おめえは一生利子のために働き、貸したほうは一文の元金も戻らねえ。そういう寸法だ。先《さき》さまはそこを考えて、おめえの借金の総額に見合う支度金を出そうと言ってるんだ。そのうえ、親父といっしょに一軒家へ住まわせ、月々の手当ては大枚三両。こんないい話、めったにあるもんじゃねえ」

「イヤッ。そんな恥ずかしいこと、イヤッ。世間を歩けない。お天道《てんとう》さまの下を歩けない。イヤ、イヤッ」

おふさのなかに眠っていた激しさが、追い詰められて一挙に噴出した。一瞬、徳の市がたじろぐ。が、その激しさに当のおふさも耐えかねたか、嗚咽《おえつ》とともに泣き崩れてゆく。

「おふさ、泣いたってダメだ。あした、またくる。すぐ持ち出せるように一切合財まとめておけ」

徳の市が苦々しげに残して土間を出てゆく。

八

その夜、おふさは一睡もできなかった。徳の市が「あした、またくる」と捨てていった言葉が頭のなかで反響《こだま》し、ひと晩中、不安と恐怖に苛まれた。本当にくるのだろうか。お父っつあんの蒲団まで持っていくのだろうか。そうなったらどうしよう……そんな思いを反芻《はんすう》しているうちに、夜が明けた。

長屋の朝は人の出入りが激しい。鳥の声とともに棒手振りが走ってゆく。蜆売りがくる。納豆売りがくる。やがて、長屋の住人がそれぞれに稼ぎへ出てゆく。そして、ほどなく子らが寺子屋へ駆けてゆく。その一つひとつの足音に怯え、おふさはへとへとである。が、昼近くになっても徳の市は現われない。

ひょっとしてきょうはこないのでは、と思ったとたん、抗しきれぬ睡魔が襲ってきた。おふさが壁に凭れてとろとろ眠る。が、その眠りもほどなく砕けて散った。砕いたのはむろん、徳の市である。

「おふさ、ここを開けろっ。出てこい。隠れてるのはわかってんだ、この盗っ人め。出てこねえとぶち破るぞ」

徳の市の罵声《ばせい》が長屋中に響き渡る。おふさが耳を覆い、蝦《えび》のように身を縮める。きょうは何があっても心張棒《しんばりぼう》をはずすまいと心に決めたおふさだが、からだの震えは止めようもない。

「やい、おふさ。何してやがる。とっとと開けねえか」

腰高障子がガタガタ音を立てる。蝦がいよいよまるまってゆく。そして一瞬静まり返った直後、いきなり鉦《かね》・太鼓が打ち鳴らされ、いっせいに「金返せえ」「金返せえ」の甲高《かんだか》い連呼が始まった。一人や二人の声ではない。座頭が大勢で押しかけ、鳴りものと喚声《かんせい》で威嚇《いかく》し、借金を取り立ててゆくのが座頭貸しの常套《じょうとう》手段である。

おふさは居ても立ってもいられない。と、そのとき、長屋の一隅《いちぐう》から「うるせえっ」

と怒声があがった。鳴りものと連呼がぴたりと熄《や》んだ。

「おや、いま誰か、何か言ったかい」

徳の市が怒声のほうに顎を突き出した。長屋の住人が右に一つ、左に一つ固まって、おふさの成り行きを見守っている。怒声は右側の塊りからあがった。

「ああ、言ったとも。うるせえんだ、おめえら。こちとら赤ん坊が眠ってるんだ。ちっと静かにしろい」

「おや、その声は棒手振りの留さんだね」

徳の市が四、五人の座頭を搔《か》き分けて、一歩前に出た。

「そうかい。留さんにも子ができたかい。それじゃもう博打《ばくち》はできないねえ。あれは二年ばかり前だったかねえ、留さん。おまえさんが博打で負けて、怖い付馬《つけうま》に小突かれながらあたしのところへ金を借りにきたっけ。真っ青な顔してさ。あんまり気の毒だったんで、あたしゃすぐに貸してやったけど、憶えているかね、留さん」

「へっ、真っ青な顔してだと。よく見えたもんだ。やい、徳の市。おめえ、二年前《めえ》は目明きだったのかい」

「なあに、そんなことはすぐにわかるさ。あのとき、おまえさんは声もからだもガタガタ震えていたじゃないか。よっぽど怖い目に遭《あ》ったんだねえ。もしもあたしが金を出さなかったら、さてどうなっていたか。とてもいま頃、子を生《な》すなんてことはできなかっただろうよ。まっ、それを恩に着せるつもりはないが、ここは目をつぶっておくれ。ちっとうるさいかもしれないけど、これがあたしらの商売の流儀だからねえ」

そう言って徳の市がニッと口辺を崩した。留はぐうの音《ね》も出ない。ヘタに押せばどうなるかもわかっている。座頭らにまじってならず者風の目明きが一人、鋭い眼つきで睨みを利《き》かしているからである。

「さあみんな、もう一度景気よくやっておくれ」

徳の市が座頭らを促す。が、いっせいに鉦・太鼓が持ち上がったところへ、今度は左手の塊りから女の声がとんだ。

「やめておくれよ、そんなうるさいもの。昼寝もできやしないよ」

「おや、その声はお常さんじゃないか。昼寝とはいい身分だ。どうやら暮らし向きが楽になったようだねえ。去年のいま頃は亭主が怪我をして、やれ医者代だ薬代だとあたしに泣きついてきましたっけ。畳刺しが畳を刺すんならともかく、自分の腕を刺しちゃいけませんよ。そんなこともありましたねえ、お常さん」

「そのとき借りたものはちゃんと返しましたよ。高い利子つけて」

「ええ、ええ、たしかに返してもらいましたよ。だけどねえ、お常さん。あんたが困っているところを助けたのはこのあたしだ。その恩を忘れちゃ犬畜生にも劣ろうってもんじゃないか。えっ、お常さん」

お常も返す言葉がない。よくよくツボを心得た座頭貸しである。と、今度はおたけが口をはさんだ。

「そんなもの叩いたって誰も出てきやしないよ。おふさちゃんは留守なんだから」

「誰か知らないが、嘘を言っちゃいけないよ。内側から心張りしてあるってことは、なかにいるってことだろうが。そこでちゃんと見ていな。すぐにおふさの泣きっ面を拝ましてやるから」

三度も制されて業《ごう》を煮やしたか、徳の市が顔色を変え、「貞吉さん、いるかい」とうしろに声をかけた。ならず者風の男が口に楊枝《ようじ》を遊ばせながら「へい」と応じた。徳の市がその耳に何事かささやく。楊枝の男が小さく頷き、おふさの家の戸口に立っていきなり匕首《あいくち》を抜いた。それを壁と腰高障子の間に差し込み、しきりに手首を動かす。と、カランと音を残して心張棒がはずれた。

「開きやしたぜ、旦那」

「そうかい。ありがとよ」

徳の市が杖《つえ》を先に立てて土間へ踏み込み、壁も崩れんばかりに怒声を発した。

「おふさっ、出てこいっ。太《ふて》え女《あま》だ」

それは、長屋の連中に対する威嚇でもあった。が、おふさにそんなことを考える余裕などあろうはずもなく、動顚《どうてん》のあまりふらふらっと出てへたりこんでしまった。顔に色がない。

「そんな、大きな声、やめてください。お父っつあんに、障《さわ》ります」

おふさが息も絶え絶えに訴える。

「うるせえ。みんなおめえの播《ま》いたタネだ。家財は揃ってるだろうな」

「そんなもの、何もありません」

「なにいっ。どこまでも太え女だ。よおし貞吉さん、奥で親父が寝てるはずだ。かまわねえから夜着、蒲団をひっぱがしてきてくだせえ」

貞吉が返事のかわりにペッと楊枝を吐き捨て、ズカズカ上がり込んでゆく。

「やめてっ」

はじかれたようにおふさが貞吉の足にしがみつく。と、いきなり貞吉がその足を蹴り上げた。おふさがもんどり打って倒れ、鼻と口から血が噴き上げた。それでもなお貞吉の足にしがみつき、おふさが叫ぶ。

「やめてっ。徳の市さん、やめてっ。言う通りにします。きのうの話、受けます。やめて、やめさせてください」

「早くそれを言わねえかい。バカめ。貞吉さん、もういいよ。まったくてこずらせやがる娘だぜ。おふさ、詳しい話はあとだ。またくるぜ。さあみんな、引き揚げて一杯やっておくれ」

座頭の一団がぞろぞろと引き揚げてゆく。入れ替わりに長屋の連中がとび込んでくる。真っ先におたけが「大丈夫かい、おふさちゃん」と駆け寄り、血と涙でくしゃくしゃになったおふさの顔に手拭いを当ててゆく。

「おばさん、私……」

おふさがおたけの膝に泣き崩れた。おたけがその背中をゆっくり、ゆっくりさすってゆく。

九

谷中《やなか》は寺町である。大小の寺が八頭《やつがしら》のように密集し、その間《あわい》と周辺に町家《まちや》がくっつく。おふさと与五が引っ越したのもそうした町家の一つ、谷中八軒町である。目の前に上野のお山が迫り、うしろに寺々の甍《いらか》が流れる。閑静というよりは、人の気配の希薄な町である。が、囲われの身となるおふさには、それがなによりもありがたい。宛がわれた住まいは三間《みま》に水屋《みずや》のついた一軒家である。

引っ越して五日目、囲い主がやってきた。宗匠頭巾《そうしょうずきん》をかぶった五十がらみの小男である。徳の市によれば、下谷御数寄屋町《したやおすきやちょう》に住む茶人の伊東一九《いとういっきゅう》だという。

「おふさだね」

一九が膝を落とすなり、値踏みするような一瞥をおふさに放った。

「はい。お世話になります」

深々と頭を下げるおふさだが、そのぎこちなさは隠しようもない。

「徳の市のやつめ、目が見えないのに、おまえのことを稀《ま》れに見る縹緻《きりよう》よしとぬかして、わしから五両もの礼金をふんだくっていったが、どうやら嘘ではなかったようだ」

一九の視線がおふさに絡みつく。おふさはからだの震えを抑えきれない。

「おふさ、おまえは縹緻もよいが、運もよい女子《おなご》だ。まさかおまえの借金が合わせて二十両にもなっていようとは、わしも思いのほかだった。それに、いま言ったように礼金やら、この家作を借りるにしてもなにかと出費《ものいり》でな。おまえには合わせて三十両ばかりかかった。三十両といえば大金、わしにとってもかなり重荷でな。いったんはおまえのことを諦めたのじゃ。そしたらわしの知り合いが二人、それでは相手のほうも困るだろうし、人助けにもなることだからと、そう言ってわしを助《す》けてくれた。ありがたい話さ。そのことも忘れないでおくれ」

「はい。ありがとうございます」

「ついては、その二人にもいくらかかったか見せないといけないから、この支度金の書付《かきつけ》と、それからこっちは月三両の手当てを約束した書付。この二つに爪判《つめばん》を捺《お》しておくれ」

おふさが言われるままに爪判を捺し、この夜、一九が泊まっていった。そして、十八の娘が夢に描いた花嫁姿は砕けて散った。

さらに五日後の昼過ぎ、とんでもないことが起きた。加納丹三郎《かのうたんざぶろう》と名乗る侍がやってきて、「おふさか。一九の存じ寄りじゃ」と言うなりズカズカ上がり込み、「酒だ」という。険しい眼つきと、左の頬にザックリと疵痕《きずあと》の深い侍である。なによりも、からだ全体から凶悪の気が漂う。

「あのう、一九さまから何かお言伝《ことづて》でも」

「んん。が、酒が先だ」

おふさが一九の呑み残していった酒を運ぶ。

「あのう、いまお父っつあんのからだを拭《ふ》いていますから」

そう残して、おふさがそそくさと侍の傍《そば》を離れてゆく。与五のからだは見るも寂しい。隆《りゅう》としていた胸の肉はげっそりと痩け落《こ》ち、足は棒のように痩《や》せ細っている。おふさがその足を、指の間を、丹念に拭いてゆく。

小半刻《こはんとき》（三十分）ばかり経《た》ったか、侍が「おふさ」と呼んだ。おふさが渋々出てゆく。

「酔った。床を敷け」

「えっ、お休みになるのですか」

「んん。早くしろ」

侍がジロッと睨む。人の心を凍らせるような視線である。おふさがその視線をツイッとはずし、次の間へ立って床を敷く。敷き終わったところへ侍がヌッと現われ、床の上に胡坐《あぐら》を落とし、「おふさ、帯を解《と》け」という。おふさが驚いて二、三歩後退《あとじさ》り、胸の前に両拳《りょうこぶし》を合わせて身構える。

「お侍さまは、一九さまのお知り合いではないのですか」

「それがどうした」

「お知り合いなら、知っているはずです。私は」

おふさがつづく忌《い》まわしい言葉を呑み込んだ。合わさった拳が震えている。

「おまえ、聞いておらぬか。おまえを囲ったのは一九一人だけではない。三人が十両ずつ出して囲ったのじゃ。わしもその一人よ」

その瞬間、おふさの心が「アッ」と叫んだ。たしかに一九は「二人が助《す》けてくれた、そのことも忘れないでおくれ」と言ったが、それはこういうことだったのか。おふさの心が怒りと羞恥《しゅうち》に軋《きし》む。

「イヤッ。そんなことイヤッ」

おふさが身を翻して逃げる。が、それよりも一瞬速く、侍の鞘尻《さやじり》がおふさの鳩尾《みずおち》に走った。「うっ」と残しておふさが膝から崩れてゆく。

気を取り戻したとき、おふさはすでに侍の肌の下に組み敷かれていた。侍の頬の疵がニッと笑う。そのあまりのおぞましさに、おふさが思わず目を瞑《つむ》った。

「おふさ、五日後に三人目がくる。たのしみに待て」

すすり泣くおふさの背にそう浴びせ、加納丹三郎が帰って行った。

お父っつあん、口惜《くや》しいよ、悲しいよ……おふさは泣くしかない。崩れそうな心を涙で支えるしかない。泣きに泣いて、五日に一度、心に蓋《ふた》をしようと決めた。

その五日目、直次郎《なおじろう》と名乗る町人がやってきた。臆病《おくびょう》そうに、小狡《こずる》そうに上目を遣う三十がらみの男である。商人風にも遊び人風にも見える。が、おふさは心に蓋をしてその日をやり過ごした。さらに五日後、一九が再び現われたときも、その騙《かた》りに抗したい気持ちを抑え、淡々とやり過ごした。

が、心に蓋をして見えてきたこともある。それは、三人ともろくでなしに違いないという確信である。

五日ごとに心を忍ぶおふさの暮らしも、四月《よつき》が過ぎて師走に入った。寒い日がつづく。与五の枕頭《ちんとう》で火鉢の鉄瓶がしゅんしゅんと鳴っている。このところ与五の顔色が悪くない。目の白濁もいくぶん薄らいだ。おふさはそれがなによりもうれしい。

十日に一度、医者がきて薬を置いてゆく。食にも事欠かない。やはり病人にはそれがいちばんである。おふさがそんな当たり前のことを思う。前はその当たり前のことができなかったのだから無理もない。

「お父っつあん、今夜は卵だよ」

近頃はおふさが声をかけると、与五がみずから口を開ける。おふさがそこへ息を吹きかけながら粥を運ぶ。与五の口の動きが力強くなっていることは、見た目にもわかる。おふさにとって唯一の光明と言っていい。

相変わらず三人が入れ替わりにやってくる。一九だけは泊まってゆく。おふさに耐えがたいのは、三人が三人とも、他の二人との閨事《ねやごと》を根掘り葉掘り聞きたがることである。そのたびにおふさの心を虫酸《むしず》が走ってゆく。その朝もおふさは一九を送り出してから、薄氷《うすごおり》の張った水瓶の水を口に含み、ガラガラと虫酸を掻きまわして吐き出さねばならなかった。それから朝の仕度にとりかかった。

「お父っつあん、ご飯だよ」

おふさが与五の枕辺《まくらべ》に膝を折り、声をかけた。が、けさの与五は口を開けない。かわりに両の唇が虫のように蠢《うごめ》く。

「お父っつあん、どうしたの。具合、悪いの?」

おふさの声が上ずる。が、与五に答えられるはずもない。しきりに唇だけが動く。

「なあに。何か言いたいの、お父っつあん」

おふさが与五の目の動き、唇の動きを追う。が、わからない。咄嗟に耳を口許《くちもと》へもってゆく。と、かすかに「お・ふ・さ」と息が洩れた。おふさに歓喜が走る。

「お父っつあん、呼んだのね。私を呼んだのね。私がわかるのね」

与五の唇が「ンン」と動く。

「お父っつあん、言って。何が言いたいの」

おふさがまた耳を与五の口許へもってゆく。が、そこから洩れた息は、おふさの心を凍らせた。か細いながらもその息は、はっきりと「シ、ニ、テェ」と言った。

「お父っつあん、いまなんと言ったの。死にたい、そう言ったの」

おふさがはじかれたように問い返す。と、与五の唇がまた「ンン」と動いた。おふさのからだから力が抜けてゆく。なんのためにきょうまで……こみあげてくるその思いが、涙に融けてゆく。

「お父っつあん、そんなこと言わないで。悲しいよ」

おふさが両手で顔を覆った。与五が目を閉じる。その目頭《めがしら》に涙が浮いた。

その日、おふさはぼんやりと一日を過ごした。心に穴があいて、何をする気にもなれないのである。その穴のなかで、お父っつあんは本当に死にたいのだろうか、そんなに生きているのが辛いのだろうか、中風は本当に治らないのだろうか、そんな自問が渦を巻く。が、もしそうだとしたら、私はいったいなんのために、心の通わぬからだの昂《たかぶ》りに耐えねばならないのだろうか。その思いがおふさを苦しめる。さんざん心のなかをいじくりまわしたあげく、へとへとになっておふさが居眠りに落ちた。壁に凭れてとろとろと夢路をたどる。どのくらい眠ったか、与五が悲しそうな目で「早く死にてえよ、おふさ」と言ったところで夢がはじけた。

おふさの背筋を悪寒《おかん》が走ってゆく。寒さのせいばかりではない。ひょっとしてお父っつあんは、私が囲われていることに気づいているのではないだろうか。その思いがひょいと鎌首《かまくび》をもたげ、激しい羞恥と狼狽《ろうばい》がおふさを襲う。

おふさがふらりと立って、やや乱暴な手つきで鏡掛けをはずした。が、そこに自分でも好きだった以前の顔は映らない。これは売女《ばいた》の顔、おふさが鏡の顔に自嘲《じちょう》を投げる。お父っつあん、仕方ないよ、どうにもならないよ……鏡の顔が涙で歪《ゆが》んでゆく。

師走も深まり、煤払《すすはら》いに餅《もち》つきと、常は閑静な谷中もそれなりに浮き立つ。その後、与五は二度と「死にてえ」を口にすることはなかった。

「お父っつあん、雪だよ。この降りだとあしたの朝は積もるよ」

おふさが行灯《あんどん》に火を入れながら言った。と、与五の唇が動いた。一瞬ゾッとしたが、

「なあに、お父っつあん」と、おふさが与五の口許へ耳をもってゆく。

「えっ、サ、ケ……お酒？　お父っつあん、お酒が呑みたいの」

与五の唇が「ンン」と頷く。

「ダメよ、お父っつぁん。からだに毒だよ」

おふさがとんでもないと言わぬばかりに首を振る。と、与五の目が悲しそうに、なさけなさそうに翳ってゆく。おふさの心が軋む。あんなにお酒が好きだったお父っつぁん、酔えば「おめえのおっ母さんはな」が始まったお父っつぁん、思えばおふさの倖せな日々も酒とともにあった。おふさはたまらない。

「お父っつぁん、一杯だけだよ」

そのとたん、与五の目が歓《よろこ》びを宿し、唇が「わかった」と頷く。

湯吞みに添えた箸を伝って、ツツーッと酒が落ちてゆく。与五がそれを口に受け、ゆっくりと転がしながら嚥み下す。その顔がうれしそうにゆるむ。病に倒れて以来、おふさが初めて目にする顔である。

「おいしい？　お父っつぁん」

与五が返事のかわりにひょいと口を開け、次を促す。おふさの脳裡をかつての晩酌の光景がよぎってゆく。

翌朝、一尺ばかり雪が積もった。雪が音を吸い取ったか、静かな朝である。そのなかで、与五が冷たくなっていた。笑うが如くに死んでいた。

十

おふさは淋《さび》しい正月と十九の春を迎えた。が、春は芽吹く。おふさのなかでもしきりに焦《あせ》りが蠢く。いまの暮らしから脱け出さねばならないことははっきりしている。が、新しい暮らしの形が見えない。見えずともともかくここを出てゆく。おふさがそう決心し、そのことを一九がきた日に告げた。

「一九さま、大変お世話になりましたが、お父っつあんが亡くなったいま、私も一人で生きていかなくてはいけません。お暇《いとま》をくださいませ」

「暇を……。おまえ、金はあるのかい」

「ありません。でも、日傭《ひよう》でも下働きでもなんでもします」

「いやいや、暮らし向きの金じゃない。わしに、いや、わしら三人に借りた金だ。それを返す当てはあるのかい」

思いがけない一九の言葉に、おふさが驚く。

「一九さま、借りたお金とは、なんのことですか」

「おいおい、忘れちゃ困るよ。おまえには三十両かかったと、初端《しょっぱな》に言ったじゃないか。いや、言っただけじゃない。きちんと証文にして、おまえもそれに爪判を捺したじやないか」

「えっ、その三十両は支度金ではなかったのですか」

「支度金? バカな。あの証文にはちゃんと立替金と書いてある。おまえ、見なかったのかい」

一九がパチンと煙草盆《たばこぼん》の灰落としに煙管《きせる》を打ちつけた。おふさの顔からみるみる血の気が引いてゆく。

「徳の市さんからは支度金と聞いています。立て替えとは聞いていません」

「あの座頭ならそれくらいの嘘は言うだろうさ。だがな、おふさ。徳のやつはわしにこう言ってきたんだよ。毎日あちこちから借金とりがやってきて、首のまわらない気の毒な娘がいる。親父が寝たきりで身動きもとれない。なんとかその借金を立て替えて、暮らしが立つようにしてもらえないか。そう言ってねえ」

「嘘です。私はそんなこと、頼んでいません。それに、私の借金は利子を入れても二十両そこそこのはずです。どうしてそれが三十両にもなるのですか。どうして徳の市さんへの礼金まで私の借金になるのですか」

おふさがいきり立つ。が、それはすでに借金の立て替えを認めたことを意味している。

一九がその機を逃すはずもない。

「おいおい、おふさ。おまえはわしに助けられたんだよ。いわば恩人だよ。わしが立て替えたから借金とりに追いまわされずにすむ。暮らしも成り立つ。親父の薬にも事欠かなかった。その恩人に橋を渡してくれたのが徳の市。とすりゃ、おまえのほうから徳の市に礼金を出すのが当たり前じゃないか。しかし、おまえにそんな金はない。だからわしが立て替えた。そういう筋じゃないのかい」

一九が狡猾《こうかつ》な視線をおふさに投げた。おふさは口惜しさのあまり涙も出ない。せっかく芽吹きかけた新しい暮らしへの望みが、みるみる萎《しぼ》んでゆく。

「一九さまは私を騙《だま》したのですね。あの二人も。そして徳の市さんも。みんなで寄ってたかって私を騙したのですね。嘘の証文をつくって、私を一生、こんな売女のような暮らしに縛りつけようというのですね」

おふさの言葉に憎悪がこもる。が、一九には通ずべくもない。

「おふさ、人聞きの悪いこと言っちゃいけないよ。嘘の証文だと。証文は嘘をつかないから証文だろうが。あれはどこへ出したって通用するよ。それに、わしらはおまえを縛るつもりなぞこれぽっちもない。三十両、いや年四割の利子で半年の六両、合わせて三十六両返してくれりゃ、あとはおまえの勝手。なんなら、三十六両出してくれる先を世話してやってもいいんだよ」

「私をまた、立替金を支度金と言いくるめて、礼金をたくさんとって、どこかへ売るつもりですか。そして今度は五人ですか、十人ですか」

おふさの憎悪がつのる。

「自惚《うぬぼ》れるんじゃないよ。おまえに三十六両も投ずる物好きなぞ、いるものか。よくて吉原、へタすりゃそこらの岡場所、それがおまえの落ちゆく先よ。そうなりゃ五人、十人どころの騒ぎじゃあるまい。そんな暮らしがよいか、いまの暮らしがよいか、よくよく考えてみるんだな」

一九が平然と言ってのけた。

逃げよう、逃げるしかない……翌朝、一九を送り出したところで、おふさが即座に意を決した。父親と母親の位牌《いはい》をふところに入れ、何食わぬ顔で家を出、上野山内から不忍池《しのばずのいけ》へ抜ける道を逸散《いっさん》に走った。が、ようやく池の水が目にとび込んできたところで、

「おふさ、待ちゃあがれ」と、背後から野太《のぶと》い声がかかった。

おふさの足がピタッと止まり、一歩も前へ出られない。それどころか、あまりの恐ろしさにうしろを振り返ることもできない。足音が近づき、おふさの前方へまわってゆく。

与太者《よたもの》風の男である。

「へへ、借金を踏み倒して昼逃げかい。いい度胸だぜ」

与太者が顎を撫《な》でながらおふさを睨《ね》めまわす。

「逃げてはいません。用事があるのです」

「ほう、用事ねえ。位牌を持ち出しての用事たあ、大層の用事だろうねえ」

その刹那《せつな》、おふさは一九に見破られていたことを、見張られていたことを、悟った。

「さっ、用事の途中で気の毒だが、帰《けえ》ってもらおうかい」

「イヤです」

おふさが後退る。と、いきなりその頬に与太者の平手打ちがとんだ。と同時に、アッと怯《ひる》むおふさの腕をうしろにねじり上げ、「手を焼かせるんじゃねえ」と一つ凄んで、グイグイと谷中への道を押し立ててゆく。

その夕方、一九、丹三郎、直次郎の三人が揃ってやってきた。おふさはうしろ手に縛られ、猿轡《さるぐつわ》を嚙まされている。

「秀次、ご苦労だった。これでほかの見張りといっしょに一杯やっておくれ」

一九が秀次と呼ばれた与太者の手に二分金を載せた。

「へい。いただきやす」

与太者が一礼を落として去ってゆく。一九がおふさの縛りを解き《ほど》、猿轡をはずした。

「おふさ、なんのザマだい。おまえの魂胆なぞ端《はな》からお見通しだよ。わしを見くびったようだね。おまえがどこへ逃げようと、見張りの眼が光っていることを忘れちゃいけないよ。いまの暮らしか、それとも女郎暮らしか、二つに一つ。どっちにするね」

一九がおふさの顎を持ち上げて問う。

「どっちでも……。勝手にしてください」

おふさの返事に自棄《じき》と憤怒《ふんぬ》がまじる。

「おやおや、まるですまないという心がないねえ。それじゃまた逃げ出すに決まっている。ちゃんと心を入れ替えてもらうよ。先生、二、三日、足腰の立たないようにお願いします」

一九が丹三郎に目を流した。

「旦那、耳障りになる。もう一度、猿轡を噛ませてくれ」

そう言って丹三郎がゆらりと立った。その手に木太刀《きだち》が握られている。

「先生、場合によっちゃ売りますからねえ。顔はいけませんよ。からだのほうにも疵を残さないようにお願いしますよ」

そう言いながら一九がおふさに猿轡を噛ませてゆく。

「わかっておる。ツボははずさぬ。心配無用じゃ」

丹三郎の頬の疵がニタッと崩れた。おふさのからだを恐怖が突き抜けてゆく。そして木太刀が一閃《いっせん》、おふさの背中に火の痛みが落ちた。おふさがウウッとのけぞる。と、間《かん》髪《はつ》を容《い》れず木太刀が腹部へ走る。

言葉通り、丹三郎はツボをはずさない。骨を避け、肉をめがけて木太刀がとぶ。それも、痛みに弱いところを的確に捉《とら》え、つづけざまに打ち込んでおふさに気絶する暇《いとま》も与えない。おふさは悶絶躃地《もんぜつびゃくじ》、呻《うめ》きながら転げまわるばかりである。

「先生、そのくらいでいいでしょう」

殺されては元も子もないと踏んだか、一九が制した。

「ふう。ちっと動いた。今夜の酒は旨かろう」

丹三郎が胡坐を落としながらうそぶいた。おふさはぴくりとも動かない。そのおふさに顎をしゃくって、「先生、大丈夫でしょうねえ」と直次郎が問う。

「心配ない。急所ははずしてある」

「そうですか。ところで旦那、本当におふさを売っちまうんですかい」

直次郎が一九に問いを移してゆく。

「それはおふさの心がけ次第よ。ただ、徳のやつがいま別ロをゆさぶっているらしい。それがどうなるかだ。おふさのことはそれからの話さ」

「別ロねえ。でも、もったいない。おふさは縹緻《きりょう》といい前尻といい、申し分ないんだがねえ」

「ほほほ、申し分ないかね、直さん」

二人が淫靡《いんび》な笑いを交わすところへ、丹三郎が割って入った。

「そろそろ引き揚げよう。おふさは二、三日つかいものにならぬ。どこぞで酒としよう」

そう言って丹三郎が腰を上げた。

つられて一九と直次郎も腰を上げた。

十一

おふさは三日寝込んだ。からだが熱を発し、節々が軋んで起き上がれなかった。その間、眠っては悪夢に、覚めては恐怖に苛まれ、ただただ震えていたと言っていい。そして、人ほど恐ろしいものはない、と知った。つくづく知った。

数日後、また三人がやってきた。おふさの心は捨鉢《すてばち》の底に張りついて動かないが、苦痛を味わったからだは震えが止まらない。

「おふさ、酒にしておくれ。それから、わしらが呑んでいる間に湯《ゆう》へ行っておいで。しばらくの無沙汰《ぶさた》だから、今夜はわしらみんなにつとめてもらうよ」

一九がこともなげに言った。常のおふさなら顔色の変わるところだが、落ち込んだ捨鉢が深すぎたか、羞恥すらも浮いてこない。

が、この夜の辱《はず》かしめによって、捨鉢の底をふわりと離れたものがある。ふつふつと煮えたぎる憎悪である。その憎悪がおふさに「もう一度逃げろ」とささやく。逃げる、きっと逃げる、必ず逃げる……その思いがおふさにその夜を耐えさせたと言っていい。

翌日からおふさの外歩きが始まった。いままでは囲われ者の身を愧《は》じて、用事以外に出歩くことはなかったが、逃げると決めたからには町並みや道筋を確かめておかねばならない。が、どこかに見張りの眼が光っているはずであり、慎重な外歩きがつづく。

その外歩きのなかでおふさは知った。一九がそこまで勘定のうちに入れたかどうかは別として、谷中は実に逃げにくい町である。

東には「花に鶯《うぐいす》、水に蛙《かわず》」と謳《うた》われる根岸の田園風趣が広がり、西には寺院の堂宇《どうう》が延々と流れる。南は上野のお山が行手を阻み、北は「日が暮れるのも忘れる」眺望景勝の日暮里《ひぐらしのさと》である。四方どこを向いても人家、人気《ひとけ》に乏しく、そのなかを逃げるのは至難と言っていい。が、おふさは諦めない。

そんなある日、おふさはおよそ谷中にふさわしくない光景に出会《でくわ》した。どこから涌《わ》いて出たか、町中《まちじゅう》に人が溢《あふ》れている。それが大きな流れとなって北へ流れてゆく。まるで祭りのような人出である。何かあるのかしら……おふさもその流れを流れてゆく。

通りはほどなく谷中感応寺へぶつかって左右に分かれる。感応寺は上野寛永寺の末寺につらなり、谷中界隈では最大の寺域を誇る。その総門へ人の流れが次々に呑み込まれてゆく。長い参道もまた人の波である。本堂の周りは立錐《りっすい》の余地もない。

それが富《とみ》興行の光景であることを、おふさは初めて知った。僧形《そうぎょう》が槍状《やりじょう》の錐《きり》で木札《きふだ》を突き、その番号を役人が朗々と読み上げる。そのたびに群衆が一瞬静まり返り、やがて悲歎、落胆のどよめきに変わってゆく。

感応寺は江戸で最初に富興行を公許された御免富《ごめんとみ》である。目黒不動、湯島天神と並んで江戸の三富に数えられ、月に一度、閑静な谷中を射倖《しやこう》の渦に巻き込む。

富札《とみふだ》は一枚二朱《しゆ》（約一万円）と高く、貧乏人には手が届かない。が、仲間を募って小銭を集めれば、買えないことはない。それが割札《わりふだ》である。当日はそうした割札仲間が大挙して押し寄せ、谷中が人出でごった返す。長屋を挙げての割札もあれば、棒手振り同士、女同士の割札もある。

その日、おふさは一部始終を見た。興行が跳《は》ねて引き揚げてゆく人の流れから方角まで、しっかりと見届けた。この人ごみに紛《まぎ》れ込めば逃げきれるかもしれない。その思いがおふさのなかに広がってゆく。が、事は慎重を要する。今度しくじったら殺されるか、売りとばされるに決まっている。この次……おふさが逸《はや》る心にそう言い聞かせ、家路についた。

その夜、一九と直次郎がやってきた。あの日以来、三人の放恣《ほうし》と放縦《ほうじゆう》はとどまるところを知らない。五日おきの約束を無視して立てつづけにくることもあれば、二人連れ、三人連れでくることもある。おふさがそれに「油断」と引き替えに耐える。

「おふさ、おまえ近頃、ちょくちょく出歩いているそうじゃないか」

一九が暗に見張りの眼をほのめかす。

「はい。前はお父っつあんがいたから出かけられなかったけど、いまはどこにでも行けます。根岸の里にも行きました。日暮里にも行きました。話には聞いていたけど、あんなに景色のよいところだとは知りませんでした。それに、あの田んぼの広いこと広いこと、驚きました」

おふさが一九のさぐりをはずすように応ずる。その邪気のなさにつられたか、直次郎が口をはさんだ。

「田んぼとは色気がないねえ、おふさ。あのあたりならやっぱり寺がいちばんさ」

「お寺ですか。お寺に色気があるのですか」

おふさが真顔で問い返す。と、一九が酒杯の手を止めてクックッと笑った。直次郎がムキになってゆく。

「あるともさ。色気だらけよ。今度、道灌山《どうかんやま》のあたりまで足を延ばしてみな。その途中の浄光寺は別の名が雪見寺、本行寺《ほんぎようじ》は月見寺、青運院は花見寺、雪月花の揃い踏みよ。これからは花だ。桜に躑躅《つつじ》に花菖蒲と、次々に咲いてゆく。なかでも根岸の円光寺は藤寺ともいわれ、その房の長さ四尺（約一・二米）と、それはそれは見事なものさ」

「えっ、四尺ですか。そんなに長いのですか」

「そうとも。で、藤棚の長さは二十七間（約四十九米）だ」

「まあ、そんなに……。見てみたいわ。早く藤にならないかしら」

「どうだ、寺もバカにならないだろう」

「はい。今度はお寺のほうもまわってみます。そうそう。きょう、感応寺へ行ってみました。富くじのことは知らなかったのですが、大変な人出でした。私も来月から富くじを買います。そして百両当てます」

おふさがいとも無造作に言ってのけた。その口調に、今度は一九がつられた。

「ほほ、それは面白い。おふさ、百両当てたらなんとするな」

「まずはみなさんに借りたお金を返します。それからお伊勢さんにお礼参りして、ついでに京の都《みやこ》を見てきます」

「ほほ、それはよい。よい話じゃ」

きょうのおふさは冴《さ》えている。しかしその冴えがどこからくるか、一九も直次郎も知らない。


ひと月が過ぎ、また富くじの日がやってきた。その朝、おふさは父親と母親の位牌に深く額《ぬか》ずき、いつもより長く掌《て》を合わせた。

お父っつあん、おっ母さん、ごめんね。許してね。位牌を持っていくと危ないんだよ。うまく逃げられたら、必ずもう一度きちんとつくるからね。それまで我慢してください。私を守ってください。おふさが何度も何度も両親《ふたおや》に詫び、祈る。そしていつものように外へ出た。

このひと月、おふさはきょうの日を綿密に、周到に用意したと言っていい。くる日もくる日も逃げ果《おお》せる図を心に描いてきた。あとは決行するだけである。いつの間にか桜となり、春が深まっている。感応寺は芋《いも》を洗うが如き人出である。おふさがその芋のなかへ紛れ込んでゆく。あとは興行の跳ねるのを待てばいい。

一場の夢がふくらんではじけ、人の流れが三方へ逆流してゆく。もっとも太い流れが、前におふさが逃げた道である。上野山内を抜け、不忍池を巻き、下谷広小路に至る。次に太いのが、団子坂から白山権現に至る道である。おふさは見張りの盲点を突くべく、もっとも細い流れを選んだ。根岸を抜けて下谷へ至る道である。

おふさが目の前をゆく女同士の仲間連れに、さりげなく紛れ込んだ。十人余りの一団である。その前方にも後方にも、大小の仲間連れが数珠《じゅず》のようにつながり、音無川に沿ってゆるゆると流れてゆく。どこから見ても、常に変わらぬ富くじ帰りの光景である。

梅屋敷の橋のたもとで数珠が半分ほどに切れ、下谷坂本町に入ったところでバラバラになった。そこからおふさが走る。遠くへ、遠くへ……その一心で走る。ときどき横道に入り、うしろを窺《うかが》ってまた走る。そしてその夕方、汗だくになって浅草へ駆け込んだ。

浅草寺門前はまだまだ人出のなかである。そこへ紛れ込んで、おふさがホッと人心地《ひとごこち》つく。が、それも束の間、やがて日が落ち、人影がまばらになるにつれて、寄辺《よるべ》なき身の不安がおふさを襲う。これからどうしよう、今夜どうしよう、おふさがふらふらと参道を入ってゆく。

夜になった。おふさは本堂の回廊の下で、膝を抱えたまま動けない。浮浪の者が次々に闇から涌き出て徘徊《はいかい》する恐ろしさと、汗をかいた寒さで、疲れているのに、眠いのに、まんじりともできない。ひたすら朝を待つ。が、眠れぬ夜ほど長いものはない。

もっともっと遠くへ逃げなければ……心は焦るものの、それがどこか、どっちか、おふさにわかるはずもない。一夜明けて、恐ろしさばかりがつのってゆく。きのうは逃げることしか念頭になかったが、いまは見つかるのがなによりも怖い。おそらく見張りが四方に散ってさがしているに違いない。そう思うと、浅草寺の雑踏を一歩も出られない。

昼近くになって、ようやくおふさが動いた。が、川向こうへ逃げようとした足が、大川橋の上でハタと止まった。おふさがじっと川の流れに見入る。この川は海へ注ぐはず、海は遠いはず、この川に沿って海へ逃げよう、おふさの心が変わった。

橋の途中で引き返し、材木町から駒形町へ抜けてゆく。そしてからだに震えがきた。昨夜眠っていないこともあるが、行き交う町人の顔がすべて直次郎に、侍の顔がすべて丹三郎に見えて仕方ない。ときどき宗匠頭巾にも出会すが、そんなときは胸が高鳴って息苦しい。

おふさが身を縮め、足許に目を落としながら御蔵前《おくらまえ》にさしかかった。蔵役人がせわしなく行き交う。その姿に一瞬、おふさの背筋が凍りついた。もしかして、一九はあの証文を持ってお上に訴え出たのではあるまいか。その思いが突然おふさを襲ったのである。そうだとすれば、おふさは立派にお尋ね者である。どこへ逃げようと役人の眼が光っている。おふさがへなへなと路傍に崩れた。

「おい、どうした。しっかりしろ」

肩のあたりをゆさぶられて、おふさがハッとわれに返った。ゆさぶったのは蔵役人である。おふさがはじかれたように立ち上がり、「大丈夫です。ありがとうございます」と、そそくさと一礼を落とし、小足を刻《きざ》んで去ってゆく。あとはどこをどう歩いたか、まるで憶えていない。ただ、大川の下流へ下流へと流れただけである。

その日の夕方、心身ともにへとへととなったおふさの姿が、永代橋の上にあった。大川沿いに、日本橋川沿いに、大小の船が停泊している。そして目の前は海である。が、お尋ね者が乗る船などあろうはずもない。

お父っつあん、私はどこへ行けばいいの。どうすればいいの。おふさが黒々と盛り上がる水面に問いを落とす。と、水のなかからひょいと与五が顔を出し、「おふさ、もういい。どこへも行くな。こっちへおいで。おっ母さんもいっしょだよ」と招く。

おふさはその声をたしかに聞いた。

まあ、おっ母さんもいっしょなのね。お父っつあん、行くよ。いま行くよ。おふさの足が下駄を離れた。

と、そこへ「娘さん、水はまだ冷たいよ」と声がかかった。

手嶋屋惣兵衛である。

十二

惣兵衛が長い話を終えた。

「ちと、酷《むご》い……。あわれな話よ」

采女が顎を突き出し、言った。

「はい。酷い話です。あわれな話です」

惣兵衛が目を瞬《しばたた》きながら相槌《あいづち》を打つ。

外はいつの間にか雨である。糸のような雨が庭を濡らしている。

「で、惣兵衛どのはその娘をどうするつもりじゃ」

「そのことですが、小山田さま、その三十六両、いまはもうすこし利子がついているかもしれませんが、それを返したら、おふさを手放してくれましょうか」

「本来ならその道理だが、その三人、かなりの悪党と見た。一筋縄、とはゆくまい」

長年叩き上げた定廻《じょうまわ》りの勘である。悪党にとって証文のすり替えやつくり替えなど、朝めし前と言っていい。

「では、金では埒《らち》が明かない、そういうことでしょうか」

「いやいや、悪党が最後にたどり着くはしょせん金よ。ただ、そやつらがおふさに未練があれば高くつく。そのことじゃ」

「未練……でございますか」

「んん。惣兵衛どの、これは端《はな》からおふさの縹緻《きりよう》を狙った謀事《はかりごと》じゃ。で、飽いたら色里へ売りとばせばよい。好色《いろ》と金のふた股《また》よ。とても三十数両如きですむとは思えぬ」

「ですが小山田さま、証文は三十両となっているはずでございます」

「さあ、そこじゃ。悪党の証文というは実によくできておってのう。裏あり抜けありじゃ。実際に見るまでは疑《うたぐ》ってかからねばならぬ」

采女はそういう証文を何度も目にしている。また、そういう証文をつくる生業《なりわい》もある。

「小山田さま、その裏や抜け、ふた股まで含めて、いかほどの金高《きんだか》となりましょう」

「わからぬ。そういうことはすべて相対《あいたい》ずく、双方の出方次第じゃ。通常は借金の倍額が相場だが、相手が悪党となれば五倍、十倍もあり得る。女子《おなご》が絡むととかく厄介でのう」

「五倍、十倍。二、三百両ですか」

今度は惣兵衛が顎を突き出し、空《くう》を見据える。

「惣兵衛どの、まさかそなた、その金を出そうというのではあるまいな」

「小山田さま、おふさは手前が拾った命です。それを金高に尻込みして見捨てたとあっては、商人《あきんど》の恥です。ただ、騙されたおふさの口惜しさを思うと、泥棒に追銭《おいせん》のようで、どうにも気が差していけません」

その思いは采女とて同様である。が、商人と元定廻りではやはり思いの方向が違う。商人は泥棒に追銭を嫌うが、元定廻りは悪党の跋扈《ばっこ》が許せない。

「のう、惣兵衛どの。そなたが悪党の言いなりに金を出せば、そやつらはのさばる、つけあがる。それではおふさのように泣きを見る女子があとを絶つまいぞ」

「その通りでございます。手前もそのことはよくよく考えてみました。なんとかその三人を懲《こ》らしめるテはないか、おふさのような女子を出さずにすむテはないか、手前なりに思案してみました。しかし、商人如きの智恵ではどうにもなりません。で、お上《かみ》のご威光をもってすればなんとかなるのではと思いまして、伊織《いおり》さまにご相談申し上げようと……」

「んっ、伊織に」

采女が話の腰を折った。いまはつとめも屋敷も伊織に譲り隠居の身だが、なにかと気がかりな倅《せがれ》である。伊織は宿命の子であり、いままた新たな宿命を生きていると言っていい。

「伊織さまは若くてもれっきとした定廻りです。その十手《じって》の力をお借りしようと思ったのです。でも小山田さま、この一件がうまく片づいたとして、伊織さまの手柄になりましょうか」

「それは難しかろうよ。この一件はどこまでも内々に済まさねばならぬ。世間ごとになれば、恥をかくのはおふさじゃ。それではせっかく拾った命も、身を縮めて生きねばなるまいぞ」

「実は、手前もそのように考えまして、伊織さまへのご相談は思いとどまりました。いまは一日も早く、伊織さまに手柄を立てていただかねばなりません。邪魔をしてはいけません」

惣兵衛が「陰の父親」らしく、きっぱりと言った。その思いは養父の采女も同じである。

伊織が定廻りになったのは今年からである。まだほんの駆け出しにすぎないが、二十三の若さで定廻りになるのは異例中の異例である。が、それは出世でも抜擢《ばってき》でもない。やむにやまれぬわけと画策の結果である。それだけに、早く手柄を立てて、「その任に足る」ことを示してもらいたい采女であり、惣兵衛である。が、おふさの一件が手柄になることはあり得ない。

「したが、憎いのうその三人。寄ってたかって若い女子を。淫猥《みだら》にもほどがある」

采女の口が「へ」の字に曲がってゆく。

「おふさの無念を思うと、手前も腹が立って腹が立って。三人とも犬畜生です」

惣兵衛が唇を嚙んだ。

二人の間を怒りがとび交う。そして外は雨である。

「小山田さま、金のことはともかく、その三匹の犬畜生を懲らしめる手立てはないものでしょうか」

「その前に、そやつらがどこの何者か、それを確かめねばならぬ。こうした場合、悪党ならまことの名や居所《きよしよ》は明かさぬものじゃ。おふさが知っている名も居所も、おそらくでたらめであろう。で、そやつらが何者かわかったところで、丹念にその身辺をさぐればよい。懲らしめの手立ても、その手順のなかからおのずと涌いてくる。惣兵衛どの、ここはわしに任せておけ。この一件、放ってはおけぬ。いや、おかぬ」

元定廻りの血が騒いだか、采女の言葉に力がこもる。いまの惣兵衛にはそれがなによりも心強い。

「ありがとうございます、小山田さま。おふさを助けてくださいませ。せっかく拾った命も、生き返らなければ無駄になってしまいます。金のことはもちろん、手前にできることはなんでも致します」

「ほほほ。なんでもか、惣兵衛どの」

「はい。なんでも、でございます」

「では、二つほど頼みたいが、よいかな」

「なんでございましょう」

「一つはお内儀のことじゃ。こたびのおふさの一件、お内儀は知っておるのか」

「いえ。まだ話しておりません」

「それじゃ。惣兵衛どの、男の手だけではおふさを守りきれぬ。いや、守りきれたとしても、おふさの命を生き返らせることはできぬ。やはりそこは女子の力よ。おしゅんのときのように、お内儀にはぜひともおふさの力になってもらわねば困る。そのためにも、おふさのことは逐一お内儀の耳に入れてもらいたい。惣兵衛どの、内を固めてかからねば、到底外には勝てまいぞ」

「わかりました。おしまにはきょうにも打ち明けます。で、二つ目はなんでございましょう」

「二つ目は……やはりこの一件、伊織の耳にも入れてくれぬか」

「えっ？　手柄にはならないと」

「手柄にならずとも、場数の一つにはなろう。いきなり手柄にとびついてもしくじるだけよ。手柄は場数を踏んだその先にある。よい機会じゃ。伊織に定廻りのありようを教えてやろう」

「なるほど、そのわけでございますか」

「それに、こたびは三、四人ばかり助っ人が要る。まさか、伊織に内緒で岡《おか》っ引《ぴき》を動かすわけにもいくまい」

「承知しました。今夜にも伊織さまをお訪ねしてみましょう」

「くれぐれもそなたからの相談、そういうことでの」

「はい。心得ております」

この日、惣兵衛は囲碁も打たず、酒も呑まず、雨のなかを悄然《しょうぜん》と帰って行った。そして采女に、「春雨や　怒りにけぶる　老いふたつ」の一句が残った。

第四章　しのび音

一

　きょうはタマが妙にせわしない。いつもは采女《うねめ》の膝《ひざ》を離れないのに、おしゅんのあとを追ってはまとわりつく。

「おしゅん、タマはどうしたのじゃ」

　采女が煎茶《せんちゃ》を淹《い》れてきたおしゅんに問う。

「さっき田螺《たにし》をつぶしたから、その匂いが気になるのよね、タマ」

おしゅんがそう言ってタマの鼻先に両掌《りょうて》を広げた。その掌《て》にタマがツン、ツンと鼻をぶっつけ、そして小さな舌で舐《な》めはじめた。

「おお、くすぐったい。タマ、堪忍堪忍《かんにんかんにん》。さっ、旦那さまのところへお行き」

おしゅんがタマをひょいと抱き上げ、采女の胡坐《あぐら》の上に置いた。

「では、今晩の肴《さかな》は田螺じゃな」

「はい。伊織《いおり》さまの好物ですから。旦那さま、本当に伊織さまはお見えになるのですか」

「くる。わしの見立てでは、ふくれっ面《つら》をしてくる」

「えっ、ふくれっ面ですか」

「むろん、手嶋屋が昨夜《ゆうべ》、伊織のところへ相談に行っておればの話じゃ。あれは理不尽にすぐ腹を立てる、ふくれっ面をする、そういうやつよ」

「当たり前ですよ。私だってきのうのお話には腹が立ちましたもの。それにしても、おっ母さんと同じ名前だなんて、なんだか切ないわ」

「おしゅん、気にするな。その娘のことはわしに任せておけばよい」

「そうですね。旦那さまなら大丈夫です。おっ母さんと同じ名前だし……。旦那さま、きょうは囲碁《いご》、お休みです。いまから、ふくれっ面が直るようなおいしいものをつくります」

「おしゅん、田螺は油を熱して、火を強くして、サッと頼むぞ。身が硬いと歯にこたえるのじゃ」

「はい。そっちのほうは私に任せてください」

おしゅんがひょいと小首を傾け、台所に立ってゆく。

その日の夕方、おしゅんが小間物にハタキをかけているところへ、伊織がヌッと現われた。案の定、ふくれっ面である。

「おしゅんさん、父上はいますか」

伊織はいまだにおしゅんを「母上」と呼べない。おしゅんのほうが一つ年下である。

「はい。お上がりくださいませ」

おしゅんが姉《あね》さんかぶりをとりながら言った。ふくれっ面がつかつかと上がって、

「父上、入ります」と声をかけ、居間の障子《しょうじ》を開けた。と、采女が猫を添い寝に手枕《てまくら》を漕《こ》いでいる。

「父上、聞かれましたか」

伊織が膝を落とすと同時に放った。相変わらず単刀直入である。それが若さと知りつつも、采女は苦々しい。

「誰じゃ。おお、伊織か。どうしたのじゃ」

采女がゆらりと上体を起こす。若さはそのとぼけた悠長がじれったい。タマが背中をまるめ、フニャーと欠伸《あくび》を残して出てゆく。

「どうだ、つとめのほうは馴《な》れたか」

「はい。つとめといっても、毎日、佐々木《ささき》さまと同道で江戸の四筋を流すだけですか

ら」

「流すだけ？　それではいつまで経《た》っても一人歩きはできまいぞ」

「えっ。なぜですか、父上」

「佐々木どのはそなたを見ておるのじゃ」

「私を？　私の何を……」

「むろん、ただ漫然と町なかを流すだけの者か、何かを心にとめおける者か、そのあたりよ。伊織、そこが定廻《じょうまわ》りの肝心どころぞ」

「父上、流すと言ったのは歩いている、見廻っているという意味です。父上の言うように、ただ漫然と流しているのではありません。その日歩いた道筋や町名はきちんと心に、そして絵図にも書きとめています」

「ほほ、絵図か。それは感心、感心。したが伊織、それだけでは足りぬ。肝心なのは道筋よりも裏道、抜け道じゃ。町名よりもその町の雰囲気、たたずまいじゃ。まずはそうした土地勘をきっちり頭に叩《たた》き込め」

「はい。もっともっと叩き込みます」

「次はその町の人ぶり、暮らしぶりに通ずることじゃ。どこを突けば何が出るか。誰をゆさぶればどこに響くか。そのつながりも頭に叩き込め」

「父上、そのようなつながり、どうすればわかるのですか」

「佐々木どのに訊《き》け。食らいつけ。佐々木どのは二十年余も定廻りをつとめた老練者じゃ。町方のことで知らぬことはない。それをそっくりいただけばよい」

「そっくり、ですか。でも父上、佐々木さまは口数が少ないし、訊きにくいし、訊いてもろくに答えてくださらぬこともあります」

「それはそなたの問いがつまらぬか、あるいは、教えてはそなたのためにならぬか、いずれかであろうよ。伊織、佐々木どのはそういう御仁《ごじん》じゃ。深く大きく問わねば答えなぞ返ってこぬ。また、己《おの》れの目、耳、足で得心すべきことには答えぬ。食らいつけ、とはそのことよ。佐々木どのを動かすはそなたの問う力じゃ。そのことを忘れるな」

「はい。問う力……ですね。父上、きょうはよい話を伺いました。さっそくあしたから食らいついてみます」

采女の老獪《ろうかい》にひっかかったか、伊織は単刀直入に切り出した話をすでに忘れている。

そこへ、おしゅんが明かりを持って入ってきた。

「旦那さま、そろそろお酒になさいますか」

「おお、そうしておくれ。伊織、久しぶりじゃ。そなたも呑《の》んでゆけ」

「はい。あっ、その前に父上、手嶋屋さんのことはどうなさるのですか」

「手嶋屋? なんのことじゃ」

采女がとぼける。おしゅんがキュッと口をすぼめ、笑いを封じて立ってゆく。

「あれっ、知らないのですか。手嶋屋さんはたしか、父上にもあらましは話してあると言ってましたが。おふさという娘の一件です」

「おお、その娘のことなら聞いておる。まったく気の毒な話よ」

「父上、気の毒どころの話ではありません。なんとしてもその悪党三人、いや、座頭《ざとう》も含めて四人、それ相応の仕置《しおき》を受けさせねばなりません」

伊織がまたふくれっ面に戻ってゆく。が、采女のとぼけも負けてはいない。

「仕置？　なんの咎《とが》でじゃ」

「決まっているじゃありませんか。おふさを騙《だま》し、酷《ひど》い目に遭《あ》わせたその咎です」

「おいおい伊織、おふさが酷い目に遭ったことはたしかかもしれぬが、騙したうえで、という証《あかし》はあるのか」

「それは手嶋屋さんの話で明らかです。おふさは騙されたのです。でなかったら三人の男なんぞに……。その理不尽だけで十分です」

「甘いのう。そなたの十分の根拠は手嶋屋の話。手嶋屋の根拠はおふさの話。が、そのおふさは悪党に証文を握られておる。手嶋屋の話によれば二通、爪判《つめばん》まで捺《お》したという。もしもその証文に、おふさの話を覆《くつがえ》すような一文があったら、なんとするのじゃ」

「えっ、それは困ります。もしあったら、どうするのですか、父上」

「おいおい、わしは隠居じゃ。相談を持ち込まれたはそなたであろうが」

「はっ、はい。では、まずその証文を目にするのが先決、ですね」

「したが、どうやって目にするのじゃ」

「それは悪党にぶつかってみるしかありません」

伊織がこともなげに言ってのけた。采女は苦笑を禁じ得ない。そこへ、おしゅんが膳《ぜん》を重ねて入ってきた。その膳に目を落とすなり、「あっ、やっぱり味噌《みそ》田螺だ」と、伊織が頓狂《とんきょう》な声をあげた。

「たくさんつくりましたから、たんと召し上がってください」

おしゅんがそう言って銚釐《ちろり》を取り上げ、伊織と采女の酒杯《しゅはい》を満たしてゆく。

「実はおしゅんさん、きょうはなんとなく田螺に会えるような気がしていたのです。いただきます」

伊織が小鉢を取り上げ、せっせと田螺を口へ運ぶ。もそっと味わって食わぬか……采女が苦虫《にがむし》を嚙《か》む。その苦虫を伊織が誤解した。

「父上、心配無用です。あすは必ず悪党の証文を見て、書き取って参りますから」

「あす？　どこへゆくのじゃ」

「決まっているじゃありませんか。下谷《したや》の御数寄屋町《おすきやちょう》です。茶人か茶坊主上がりか知りませんが、おそらくその伊東一九なる者が首魁《しゅかい》でしょう。いきなり本丸から踏み込んでみます」

伊織がまたこともなげに言ってのけた。これはいかん、采女の心を危うさとなさけなさが同時に襲う。

「いきなり本丸か。それもよかろう。が、相手は悪党じゃ。心してかかるがよい」

「心得ました。明晩、吉報を持ってまた参ります」

「んん、待っておる。だが伊織、いまはそこまでじゃ。御数寄屋町止まりにしておけ。その先へ踏み込んではならぬぞ」

「どうしてですか、父上」

「この一件、奥が深いかもしれぬ。そこはわしの勘にすぎぬが、そなたは二つの大事を忘れるな。一つは、たしかにおふさは気の毒だが、その毒を抜いてやることと、悪党を仕置に追い込むこととは別事じゃ。そこを混同してはならぬ。で、もう一つは、いかなるわけがあるにせよ、借金を踏み倒して逃げたはおふさ。つまり、おふさはどこまでも不利なのじゃ。そのことも忘れるな」

采女が伊織の暴走に釘《くぎ》を刺す。

「わかりました。その二つの大事、しっかりと念頭に入れて事にあたります」

伊織があっさりと肯《うけが》い、また田螺の小鉢を取り上げた。これでは糠《ぬか》に釘かもしれぬ、采女の心をそんな思いがかすめて過ぎた。

二

この夜、伊織はろくに酒も呑まず、田螺を食べるだけ食べて、「それでは父上、あしたの段取りを思案してみたいので、今夜はこれで帰ります」と言って早々に引き揚げていった。采女に未練は残ったが、あしたの段取りと言われては、引き止めるわけにいかない。

おしゅんが伊織を見送り、後片づけをしている間、つくねんと采女の独酌《どくしゃく》がつづく。見かねたか、おしゅんが後片づけを半ばで切り上げ、酒杯を手にして采女の前に座った。

「旦那さま、私もいただきます。今夜は呑んでいませんから」

「ほほ、そうか。きょうは伊織のやつに振りまわされたからのう。さあ、呑め呑め」

采女が銚釐《ちろり》を持ち上げ、おしゅんの酒杯を満たす。それをおしゅんが白い喉《のど》を覗《のぞ》かせながらツツーッと呷《あお》る。

「旦那さま、伊織さまはあしたの晩もきますから、今度はゆっくり呑めますよ」

「あした？　それはあるまいよ」

「でも、吉報を持ってくると」

「その吉報がないのじゃ。おそらく、いや十中八九」

「まあ、ないのですか。どうして旦那さまにそれがわかるのですか」

「わしだけではない。誰にでもわかる。わからぬは伊織だけじゃ。あやつはいま、おふさあわれ、悪党許せぬ、その二つの思いだけで突っ走ろうとしておる。それゆえ、悪党が本当の名や居所《きょしょ》を明かすはずがないことに気づいておらぬ。まったく融通の利《き》かぬやつよ。まだまだ半人前じゃ」

「それでは無駄足になるのですか」

「仕方あるまいよ」

「どうして教えてあげないのですか」

「おしゅん、定廻りは無駄足、無駄骨を積み重ねて一人前になるしかないのじゃ」

「旦那さま、伊織さまは融通が利かないのではなくて、ただ一途、まっすぐなだけではないでしょうか」

「ほほ、まっすぐか……」

采女の顔に自嘲《じちょう》が浮く。まっすぐに育てたのは采女にほかならない。伊織の実の父親は野ざらし銀次である。やはりそこが気になり、妻のみさをにも「まっすぐな子に育ててくれ」と頼んだのではなかったか。それがゆきすぎたとは思わぬが、伊織はいささかまっすぐに育ちすぎた。

父が「武士は刀がぶつからぬよう、道の左側を歩くものじゃ」と教えると、その日から左側しか歩かぬ子だった。

父が「曲がったことに目をつぶってはならぬ」と叱《しか》ると、しょっちゅう喧嘩《けんか》してくる子になった。

父が「喧嘩は己れより強い者とだけするものじゃ」と諭《さと》すと、翌日から稽古場《けいこば》通いが始まった。八丁堀には十手《じって》、捕縄《とりなわ》、柔術、剣術などの稽古場がある。与力《よりき》は例外だが、同心《どうしん》はもとより手先《てさき》や岡《おか》っ引《ぴき》も汗を流しにくる。そのなかにまじって、黙々と稽古に励む子になった。ある日、父が「今度の喧嘩の相手は、よほど強いようじゃのう」とからかうと、子が「いいえ父上、そうではありません。一番強くなれば、誰とも喧嘩しないですむからです」と答えた。

采女の瞼《まぶた》の裏を、そんな昔の光景が流れてゆく。そしていま、伊織のなかに銀次の血を思う。銀次は悪党の道をまっしぐらに突っ走ったが、伊織はいま、それとはまったく逆の道を突っ走りつつある。が、二人に流れる「まっすぐ」の血は同じだ。

銀次は伊織のようになり得たかもしれず、伊織も銀次のようになり得たかもしれぬ。しきりにそんなことを思う采女である。

「旦那さま、あしたはともかく、伊織さまはきっとまたきます。無駄足なら無駄足なりに、きっとお報《しら》せにきます。そんなにがっかりしないで。さあ、もう一つ」

采女の沈黙を誤解したか、おしゅんが奮《ふる》い立たせるように銚釐《ちろり》を持ち上げた。

「ほほ、そのように気を遣わずともよい。わしはがっかりなぞしておらぬ。ちょいと昔のことを思い出しただけじゃ。ほれ、そなたも呑め」

采女がおしゅんの手からひょいと銚釐を取り上げた。ようやくいつもの二人の酒に戻ってゆく。

「おしゅん、そなたの言うように、伊織は早ければあさって、遅くともしあさってにはやってこよう。見ててみよ。今度はしょんぼりと落ち込んでくる。それがわしの見立てじゃ」

「まあ、落ち込んで、ですか。なんだかかわいそう」

「仕方あるまい。それがまっすぐの陥穽《おとしあな》じゃ」

「旦那さま、私の見立ては違います。伊織さまはきっと立ち直って、次のテを考えて、胸を張ってくると思います」

「ほほほ、胸を張って、か。よし、それではひとつ賭《か》けをしよう。そなたが勝ったら何か買ってやろう。欲しいものはあるか」

「あります。幾世餅《いくよもち》です。前に一度食べたことあるけど、とてもおいしかったわ」

「なんだ、そんなものか。おしゅん、あれは焼き餅じゃぞ。あれを食うと焼きもち焼きになるというが、それでよいのか」

「まっ。そんな話、聞いたことありません。でも、もう一度食べてみたいわ」

「よし、わかった。幾世餅、それで決まりじゃ」

「でも、旦那さまが勝ったら、私はどうすればよいのですか」

「んっ、わしか。わしはおしゅんとタマと酒があれば言うことなしじゃ。ほかに欲しいものなぞないわ」

「それでは賭けになりません」

「ほほ、そうか。困ったのう。何か……。おお、一つあったわ。おしゅん、わしが勝ったら酒の肴を訊いても怒らぬ、というのはどうじゃ」

「まあ、それ、ですか。すこし痛いけど、勝てば幾世餅だし、仕方ないわ。旦那さま、それで決まりです」

　おしゅんがひょいと酒杯を上げ、ほっこりと笑った。

　翌々日、雨もよいのなかを伊織が駆け込んできた。

「おしゅんさん、ポツリポツリきました。ひと雨きそうです」

店先《たなさき》から空を見上げながら、伊織が言った。その様子におしゅんの口許《くちもと》がにんまりゆるむ。落ち込んだふうは微塵《みじん》もない。

「さあさ、お上がりくださいませ」

「父上はいますね」

「はい。きょうはちゃんと起きていますから」

おしゅんが先に立って居間の障子を開け、私の勝ちよ、と采女に流し目を送った。が、采女も二人のやりとりの調子から、負けはとうにわかっている。

「父上、きのうきょうと御数寄屋町をあたってみましたが、やはり伊東一九なる者は影も形もありませんでした」

いきなり伊織の単刀直入が始まった。が、きょうの采女はそれが気にならない。

「そなたいま、やはりと言ったが、一九の影がないかもしれぬとわかっておったのか」

「父上、一九が悪党ならまことのことなぞ明かすはずありません。それを確かめるために行ったのです。あやふや、気がかりは足で潰《つぶ》せ、それが父上の教えです」

「ほほ、これはこれは。で、この二日でそれを潰したのじゃな」

「いいえ、一九の影がないことは一日でわかりました」

「では、きょうは何をしに行ったのじゃ」

「父上、お忘れですか。たとい手がかりはなくとも、その場の匂いを嗅《か》げ、風の音を聴け、それも父上の教えです」

「ほほ、そうであったわ。で、嗅いだか。聴いたか」

「はい、嗅ぎました。聴きました。父上の教えの通りでした」

「んん。で、何がわかった」

「一九の嘘はまったくのでたらめではない。そのことに気づきました」

「ほう。どういうことじゃ」

「一九はどうしても茶人でなければならなかったのです。で、茶人ならば御数寄屋町に住んで当然です」

「なぜ、そう思ったのじゃ」

「頭です。禿頭《とくとう》です。医師や絵師など例外はありますが、禿頭といえばまずは茶坊主、寺の坊主と決まっています。もしも一九が寺の坊主なら、大変です。女犯《にょぼん》は三日の晒《さら》しに追院、退院を免《まぬか》れません。父上、一九はどうしても茶人、御数寄屋町でなければならなかった、そういうことではないでしょうか」

でかした、よくやった、そう言ってやりたい衝動を、采女がかろうじて抑えた。親の知らぬ間に子は育つ、大きくなってゆく。そんな思いの采女である。

「なるほどのう、そなたの言う通りかもしれぬ。では伊織、片《かた》っ端《ぱし》から寺をあたるか」

「父上、それはできません。支配違いです。寺域は寺社方の支配、町方は踏み込めません」

「ほほ、わしとしたことが。しかし伊織、それではいつまで経っても一九にたどり着けまい」

「そこです。父上、次のテがあります」

「ほう、どんなテじゃ」

「座頭の徳の市を絞り上げるのです。そうすれば三人の所在なぞ立ちどころにわかります」

伊織がこともなげに言った。そのとたん、采女の背筋を冷たいものが走った。

「伊織、まさかそなた、そのテに着手したのではあるまいな」

「もちろん、まだです。御数寄屋町止まりにしておけ、父上がそう申されたではありませんか」

「おお、それでよい。迂闊《うかつ》に徳の市をゆさぶると、大魚を逸《いっ》しかねぬ」

「えっ。それはどういうことですか、父上」

「たしかにそなたの言うように、徳の市を絞り上げれば三人の所在は知れよう。が、そのことを逆に三人が知ったらどうなる。そやつらが悪党であればあるほど、姿を晦《くら》まそう。江戸を捨てるかもしれぬ。そうなってはあとの祭りじゃ。おふさは一生、そやつらの影に怯《おび》えて暮らさねばならぬ。それでよいのか」

「よいわけありません。悪党は一網打尽です。父上、なんとかその三人に知られぬようなよいテはないでしょうか」

「だから、そこが難しいのじゃ。首尾よく徳の市が吐いたとしても、すぐさまその足で三人のところへ知らせに走ろう。といって、徳の市を召し捕ったり、番屋へ留めおけば、それだけでやつらの知るところとなろう。悪党の早耳網を侮《あなど》ってはならぬ」

「といって、証文を目にするまでは踏み込めぬ。まして寺域には踏み込めぬ。父上、どうすればよいのですか」

伊織が萎《しお》れてゆく。

そこを潮どきと見たか、采女が断を下すように言った。

「よしっ、わしも手伝おう。伊織、あす八丁堀へゆく。夜までに捨吉と長助《ちようすけ》を呼んでおいてくれ。まずは岡っ引に動いてもらわねばならぬ。それと、おふくには酒肴《しゆこう》の仕度をの……それも忘れるな」

「はい。助かります、父上」

「よしっ、細かいことはあすの夜じゃ。きょうは存分に呑んでゆけ。おしゅん、酒を頼む」

采女が台所に声を放った。

三

「では、行ってくる」

采女が土間の上がり框《がまち》を立った。が、二、三歩で立ち止まり、「おしゅん、きょうは遅くなるかもしれぬ。先に休んでおれ。ただし、幾世餅が恋しくば、待っておってもかまわぬぞ」と振り返った。

「まあ、幾世餅ですか。きょうですか。待ちます、待っています」

みるみるおしゅんの相好《そうごう》が崩れてゆく。

「ほほ、これはこれは。したがおしゅん、どうして伊織が落ち込んでおらぬとわかったのじゃ」

「それはわかりますよ。伊織さまはまっすぐなのです。まっすぐに落ち込むから立ち直りも早いのです。あんなことがあったのに、伊織さまは立派です。ふつうの人なら長々と、いいえ、一生立ち直れないかもしれないのに、伊織さまはすこしもめげず、やっぱり立派です」

「そうか。そのことか。まっ、いずれにせよわしの負けじゃ。幾世餅、たしかに買って参ろうぞ。では、行ってくる」

采女がくるりと背を向け、裏口を出てゆく。そのあとをタマがトコトコついてゆく。が、いつもは玉池稲荷《たまいけいなり》を過ぎるあたりで、「タマ、見送りはここまでじゃ。帰って待っておれ」と采女の声がかかるのに、きょうはそれがない。タマがとまどう。ついてゆく足が鈍る。ニャーと呼びかけてみるが、采女は振り向きもせず遠ざかってゆく。

タマの足が淋《さび》しげに止まった。

きょうの采女は、「あんなことがあったのに」と言ったおしゅんの言葉に心を領《りょう》されている。忘れていたわけではない。思い出したくないだけである。が、たしかに「あんなこと」はあった。


去年は正月から二月にかけて、例年になく雪に祟《たた》られた。雪融け道は定廻り泣かせである。ぬかるし歩きにくい。なによりも、ぐっしょりと濡《ぬ》れた足袋《たび》から、突き刺すような冷たさが突き上げてくる。すでに采女はそれがこたえる齢《とし》になっている。定廻りとなって足かけ二十二年、いつ臨時廻りの声がかかってもおかしくない。

そんな梅の待たれる一日《いちじつ》、采女はいつもより早目に大番屋を出、帰宅の途についた。黄昏《たそがれ》とともに急速に冷え込んで、雪融け道が硬くなりつつある。この分ではあすもぬかるみか。そんなことを思いながら地蔵通りへ入ったところで、「小山田どの」と呼び止められた。年番方《ねんばんかた》与力・中嶋石見《なかじまいわみ》である。

「これは、中嶋さま。お帰りでございますか」

「んん。今年の天候はちとおかしいのう」

「こんなに雪の多い春も珍しいことでございます」

「そうよのう。小山田どのもお帰りか」

「はっ。こう寒くてはやりきれませぬ。早目に帰って酒でも呑《や》らないことには、あすに響きます」

「ほほ、いかにも。そこが外役《そとやく》の辛いところでもあろう。と言いながらこう申してはなんじゃが、ちっとそこらで一杯、つき合《お》うてはもらえぬか」

「はあっ？　私が……でございますか」

採女が面喰《めんくら》うのも無理はない。年番方与力といえば奉行の補佐役であり、与力、同心の頂点に立つ。まして与力と同心の間には、その禄、身分、役向きにおいて格段の隔《へだ》たりがある。

与力も同心も一代抱えに変わりはないが、与力は二百石の知行取《ちぎょうど》り、同心は三十俵二人扶持《ぶち》の切米取《きりまいど》りである。八丁堀の組屋敷も、与力が二、三百坪の冠木門《かぶきもん》であるのに対して、同心は百坪の片開き木戸門にすぎない。

南北両町奉行所を合わせて与力五十騎、同心二百四十人である。そのうち定廻り、臨時廻り、隠密《おんみつ》廻りなどの専任同心を除いて、すべての同心は与力の支配下にある。そのうえ、同心は一年抱えの仕来《しきた》りであり、毎年大晦日《おおみそか》には与力の屋敷に呼ばれ、「明年も御役、相つとむるべし」と申し渡されなければ、首は先へつながっていかない。

採女がいかに定廻り専任同心でも、与力重役に「そこらで一杯」と声をかけられるのは、異例と言っていい。はて、なんぞしくじったか、采女が一瞬、自問したのも無理はない。

「実はのう、小山田どの。近々《きんきん》、お宅を訪《と》わねばと思うておったのじゃ。が、なにぶん私事の話ゆえ、ふんぎりをつけかねておった。で、ここで会《お》うたが幸い、とは当方の勝手な申し分じゃが、どうであろう、ちっと一杯」

「はっ、私はいっこうにかまいませぬ。家で呑もうと外で呑もうと、酒は酒でございます」

「それはありがたい。では、川向こうへでも参ろうか」

中嶋石見が東へ顎《あご》をしゃくった。

八丁堀の東端を日本橋川から分岐した亀島川《かめしまかわ》が流れ、その向こうは霊岸島《れいがんじま》である。霊岸島は酒の町、酒問屋の町である。河村瑞軒《かわむらずいけん》が島を真っ二つにして新川を開削し、海と亀島川を結んで以来、その一帯に江戸の下り酒問屋の七割方が密集し、川筋は酒蔵で埋めつくされた。

新酒の出まわる時季ともなれば、沖の樽廻船《たるかいせん》から小山のように酒樽を積んだ艀《はしけ》が、われ先立って新川を上ってくる。その下り酒が富士見酒である。上方《かみがた》から江戸へ下ってくる樽廻船が、波にゆられればゆられるほど、酒樽の杉の香《か》がほどよく酒に融け込んでゆく。やがて富士の見えるあたりから、酒がえも言われぬ芳醇《ほうじゅん》な味に変わってゆく。それが富士見酒であり、当初は江戸でしか味わえなかったが、いまは富士のあたりから引き返す船もあり、上方でも上等の酒として珍重されている。それほどの酒を、対岸の八丁堀旦那衆が放っておくはずもない。新川筋は与力、同心の酒処《さけどころ》となって久しい。が、両者の通う酒楼《しゅろう》はおのずと異なる。

その日、中嶋石見と采女は霊岸橋を渡り、新川に架かる一ノ橋のたもと菊屋の二階へ上がった。むろん、そこは与力の酒楼である。新川には三本の橋が架かる。海へ向かって手前から一ノ橋、二ノ橋、三ノ橋である。一ノ橋から二ノ橋にかけては与力の酒楼、二ノ橋から三ノ橋にかけてが同心の酒楼である。さすがに菊屋は構えといい座敷といい、酒といい肴といい、申し分ない。

二人の酒が始まって、小半刻《こはんとき》（三十分）ばかり過ぎた。采女が石見の四方山《よもやま》話に耳を傾けながら、酒に舌を打ち、肴に箸《はし》を落としてゆく。が、肝心の話はいっこうに出てこない。よほど話しにくい一件とみゆる、そう察した采女が、逆に切り出した。

「ところで中嶋さま、私になんぞ話があるやに申されましたが」

「それじゃがのう。ちっと不躾《ぶしつけ》だが、ズバリと申し上げる。小山田どの、わしの女《むすめ》を、上の女を、もろうてもらえまいか」

なるほど、縁談であったか、采女の脳裡《のうり》を伊織の影がかすめてゆく。が、どうにも腑《ふ》に落ちない。与力の女が同心の家に嫁《か》しても自慢にはならない。逆に、同心の家にとっては良縁と言っていい。石見にとって切り出しにくい話ではないはずである。はて、なんぞあってか。ひとまず采女がとぼける。

「中嶋さま、ありがたい話でございます。私も妻《さい》を亡くして十年ばかりになりますが、これでもうひと花、咲かせることができます」

采女がしゃらっと言ってのけた。と、石見が怪訝《けげん》そうに目を細め、見開き、そしてニタッと崩した。

「ふふふ、やはり噂《うわさ》はまことであったか。小山田どのはおとぼけ同心の異名《いみよう》があるそうな。が、そのとぼけでズンと話しやすくなった。ありていに申し上げる。実は上の女《むすめ》が、楓《かえで》が、伊織どのを慕《しと》うておるようなのじゃ」

「えっ、楓どのが。何ゆえ伊織なぞを」

「長い間、心に秘めておったようじゃ。あれはそういう女でのう。いままでも少なからず縁談はあったが、みな断ってしもうて。いささかあわれでもある」

「したが中嶋さま、家格もさることながら、倅《せがれ》と楓どのではいかにも不釣り合い。楓どのは八丁堀小町ではありませぬか」

「なあに、そのように言われたは昔のこと。いまは男嫌いの、行かず、いや行けず後家のと噂されておるわ。もそっと早く女の心を知っておればのう。そう思うと悔やまれてならぬ」

「では、倅のことは楓どのから」

「いやいや、そういう女ではないのじゃ。存じての通り、楓は亡き妻の子。その四つ下の妹、椿《つばき》と、さらに二つ下の弟、小一郎《こいちろう》は、いまの妻の子。生《な》さぬ仲とは難しいものよ。継子《ままこ》と継母が互いに遠慮し合い、互いに無理、我儘《わがまま》を通さずにきてしもうた。その習《ならい》が性《しょう》となったか、楓は意中の人の名も告げられず、舞い込む縁談を泣いて断るばかり。おそらく、そのことで察してもらいたかったのであろう」

「では、どうして倅の名が」

「下の女《むすめ》の口から出たのじゃ。実はいま、椿にも縁談がきておるのじゃ。が、どうしても妻が肯《がえん》ぜぬ。物事には順がある、姉より先に嫁ぐことはならぬ、その一点張り。楓に義理立てしておるのじゃ。それがわかるだけに楓も、わが身はかまわぬ、椿を嫁がせてくれろと訴えるのじゃが、長年の習《ならい》性《しょう》でどうにもならぬ。で、わしもどうにかせねばと思うておったところへ、椿がぽろりと、もしやして楓の意中に伊織どのの影があるのでは……と洩《も》らしたのじゃ」

「椿どのが、さようなことを」

采女の脳裡に、太郎吉を引き取った頃のことが甦《よみがえ》る。新顔の太郎吉は、ともすれば近所の子らに仲間はずれにされがちだったが、楓と椿の姉妹だけは、わけへだてなく遊んでくれた。家にもよく遊びにきたし、玉圓寺《ぎょくえんじ》の境内でも三人の遊ぶ姿をよく見かけた。女の子とばかり遊んでおっては困る、みさをにそんな苦情を洩らしたこともある。

しかし、楓とは一年ばかりの遊びにすぎなかった。楓が年頃を迎える準備に入ったからである。椿とはその後も二年ばかりつづいた。親しかったのはむしろ、楓よりも椿のほうではなかったか。しかし、そんな幼い頃のことが尾を引くはずもない。采女はいまひとつ腑に落ちない。そこを察したか、石見が言葉を足した。

「で、わしは楓を質《ただ》した。伊織どのの名を出して質した。したらば楓も涙ながらに認め、伊織さまの許へなら、喜んで嫁ぎますと、そう申したのじゃ」

その夜のことを、石見は忘れない。そなたがどこへも嫁がねば、椿も一生嫁にゆけぬ、と威《おど》した。そのうえで伊織の名を出したところ、サッと楓の顔に朱が散った。

「楓、そのような大事、何ゆえ秘めておったのじゃ。何ゆえ父にだけでも心を開かなんだのじゃ」

父が詰《なじ》る。子が詫《わ》びる。

「父上、お許しくださいませ。心を開かなかったのではありませぬ。これは私の我儘です。私が同心の家に嫁ぎたいと申したら、きっと母上は落胆なされます。それでは、いままで育ててくださった母上の心に背《そむ》きます。そのような親不孝、できませぬ」

継母に継母の義理があれば、継子にも継子の義理がある。その夜、不覚にも石見は子に涙を見せた。

「もうよい、楓。あとは父に任せよ。小山田どのを拝み倒してでも承知させてみせる。

案ずるな」

父の言葉に、子の顔がかつてなく輝く。それがまた父の涙を誘う。が、きょうの石見はその覚悟である。

「小山田どの、楓はすでに二十四。伊織どのより二つも上じゃ。いささか薹《とう》が立っておるやもしれぬ。が、それでも……」

石見が威儀《いぎ》を正しにかかるところへ、「あっ、いや」と采女が手で制し、「中嶋さま、承知致しました。楓どのを喜んで、ありがたくわが家の嫁御《よめご》に迎えさせていただきまする」と声を張った。

四

季節はときにズレもするが、やがて辻褄《つじつま》を合わせてゆく。梅は遅れたが、桜がその遅れを取り戻した。その満開の春に、伊織と楓の祝言《しゅうげん》が執り行われた。そして十年ばかり家刀自《いえとじ》の不在だった采女の家に、花が咲いた。

楓は申し分のない嫁だった。与力の女《むすめ》が同心の家に馴染《なじ》んでくれるか、いささか心配だった采女だが、杞憂《きゆう》にすぎなかった。むしろ、継母と継子の義理から解き放たれた楓は、水を得た魚《うお》の如く生気を振り撒《ま》き、婚家に花の彩りを添えていった。

なによりも采女を安堵《あんど》させたのは、影の形に添うような、形の影を慕《した》うような、伊織と楓の在《あ》りようである。若い夫婦はそれだけで頰笑《ほほえ》ましいものだが、二人の場合はときどきそれが度を越し、おふくや家の者の微苦笑を誘った。

楓が嫁いできて三月《みつき》ばかりが過ぎた。花が花を呼んだか、今度は采女を目がけて花がとんできた。その日の夕方、久しぶりに訪ねてきた惣兵衛と囲碁を一局打ち、やがて二人の酒となったところで、いきなり惣兵衛が切り出した。

「小山田さま、おしゅんのことですが、どうなさいますので」

「おお、縁談がきておるとか申しておったのう。で、決まったか」

「いえいえ、それが決まらないのでご相談に上がりました」

「なんぞ、不都合でもあったか」

「はい。おしゅんが、言い交わした人がある、と言い出したのです」

「なに、言い交わした？　ふうむ、それは知らなんだ。で、誰なのじゃ」

「それが小山田さま、なのだそうでございます」

「なにっ、わしが」

采女の酒杯からわずかに酒がこぼれた。が、惣兵衛は真顔である。

「なんでも、一人前になったら嫁に迎えてやる、そういうお約束になっているとか」

「おいおい惣兵衛どの、さようなこと、戯言《ざれごと》に決まっておろうが」

「そこはようくわかっております。ですが小山田さま、受け取るほうがそれを戯言と受け取らなければ、それはまことの約束になってしまいます。おしゅんの心はそのままことです。どうなさいますので」

「どうもこうも……惣兵衛どの、いまわが家は倅に嫁を迎えたばかりじゃ。なのに、今度はわしが倅の嫁よりも若い女子《おなご》を娶《めと》って、母と呼ばせようとてか。八丁堀中の嗤《わら》いものぞ」

「そこもようくわかっております。なにもいますぐにとか、この家に迎えてもらいたいとか、そういうことではないのです。こう申してはなんでございますが、小山田さまも早晩お役を退かれましょう。せめてそのあたりのお話なり、お約束なりをいただかないと、おしゅんがかわいそうです」

「おいおい惣兵衛どの、それじゃおしゅんはわしの、隠居の世話係ではないか。それこそかわいそうというものであろうが。おしゅんはあの通りよい娘じゃ。せっかく縁談があるのなら、先へ話をすすめてくれ。わしの戯言はしょせん戯言。そこをよくよく説いてくれ」

「小山田さま、そこは手前《てまえ》とてよくよく説きました。諭しました。叱りもしました。それでもどうにもなりませぬゆえ、こうしてご相談に上がったのです」

「ふうむ。わかった、わしが説こう」

その夜、おしゅんの話はそこで終わった。数日後、采女が手嶋屋へ赴《おもむ》き、おしゅんを説いた。が、おしゅんは「小山田さまは私を嫁御に迎えてくださると言いました。お役人さまに嘘はないはずです」と、頑として受け容れない。その日から采女の心に花が咲いた。男なぞいくつになっても他愛ないものよ。そう自嘲する心の裏で、おしゅん花が揺れる。

ほどよい秋となった。空がうら悲しいまでに蒼《あお》く高く澄んでゆく。が、家に花あり心に花ありの采女は、張りのある日々である。そこへ、突如として「あんなこと」が起きた。そして、一方の花があっけなく散った。

彼岸会《ひがんえ》のその日、楓は実母の墓参りに出かけた。「下女を供《とも》に」というおふくの言葉を遮《さえぎ》り、一人で出かけた。もはや泉下の母は中嶋の家とも、小山田の家とも無縁、楓一人だけの母……その思いからである。

実母の墓は愛宕山《あたごやま》・真福寺にある。八丁堀から半刻（一時間）足らずの距離《みちのり》にすぎない。が、昼を過ぎ、八ッ（二時）をまわっても楓は戻らない。心配になったおふくが中嶋の家に下女を走らせ、楓がいないことを確かめたうえで、下男を愛宕山へ走らせた。が、それと入れ替わりに、真福寺から悲報がもたらされた。

その日の昼過ぎ、楓が母の石塔を抱くようにして死んでいるのを、真福寺の寺男が見つけたという。ザックリと割られた背中から、血が川のように流れていたという。

見るも忍びないほど落ち込んだ伊織をよそに、采女は即座に岡っ引、下っ引を総動員して聞き込み、探索にあたらせた。が、十日経ってもなんの手がかりも得られなかった。ただ、下手人《げしゅにん》はおそらく武士、それもかなりの手練《てだ》れ、そして十中八九は左利《き》き……それだけはほぼはっきりしている。

楓は背中の左下から右上にかけて、袈裟《けさ》に斬《き》り上げられていた。おそらく、左手一本で逆手に斬り上げられたものであろう。そんな芸当は左利きの手練れでなければできるものではない。斬り口の角度と走りが左利きであることを、表面を剃刀《かみそり》のように、深部を鉈《なた》のように斬った疵口《きずぐち》が手練れであることを語っていた。が、それだけで下手人の目星がつくはずもない。

采女は真福寺の檀家を虱潰《しらみつぶ》しにあたっていった。町家《ちょうか》は岡っ引に任せ、みずからは武家を聞き込みにまわった。が、彼岸会の七日間、ほとんどの檀家が墓参りに出かけているのに、不審や異変に気づいた者はいなかった。誰しもふだんの暮らしを離れれば、不審を不審と気づきにくい。まして墓地ともなれば、そこにいる者はすべて墓参りと思い込みやすい。そこが盲点となった。

誰が、なんのために、楓を殺《あや》めたのか。見知りの者の仕業《しわざ》か、それとも見知らぬ者の手か。流しの偶発か、恨みや何かの企てか。何ゆえ、背後からバッサリなのか。何もわからぬままに時日だけが過ぎてゆく。これは最悪の事態と言っていい。かかわり合う者の心に、死者への疑念と自身への呵責《かしやく》が生ずるからである。

すでに伊織の心はその二つに苛《さいな》まれ、くたびれ果てている。おふくでさえ、供をつけなかったことを悔やみ、常の明るさを失っている。これはまずい、と思いつつも、采女もまたそこを免れているわけではない。八丁堀の宿命とはいえ、もしやして誰ぞの恨みを買ったのではあるまいか、その恨みが楓に向かったのではあるまいか、その思いが不意に襲ってくる。それは中嶋石見とて同様である。

さらに憂慮すべきは、楓の不慮が小山田、中嶋両家の不幸にとどまらないことである。下手人像が定まらない限り、それは八丁堀に対する報復と見做《みな》されても仕方ない。それだけに、解決が長引けば長引くほど、奉行所の威信にもかかわってくる。

さすがに采女の焦慮は深い。

五

日一日と晩秋が寂《さ》びてゆく。

これは長引く……采女の勘がそうささやく。その勘に従って、采女が探索の方向を変えた。やみくもに動けば動くほど、核心から遠ざかる。そのことは長年のつとめでわかっていたはずなのに、やはり楓の死が焦りを呼んだと言っていい。もう一度、真福寺からやりなおすしかないと采女が肚《はら》をくくり、檀家の武家中に左利きの手練れはいないか、そのあたりのさぐりに入ったところで、伊織がとんでもないことを言い出した。

「父上、お役を辞《じ》したいと思います」

伊織の唐突は常のことだが、事が事だけに采女も面喰った。

「辞する？　辞《や》めてなんとするのじゃ」

「楓を殺めた下手人をさがします。お役をつとめながらではそれができません」

伊織はいま、吟味方《ぎんみかた》下役同心の末席につらなる内役で、日々、奉行所へ出仕《しゅっし》しなければならない。

「伊織、楓の一件は根気と時日と地道な探索を要する。そなたが動きまわってどうこうなるものではない。わしら定廻りに任せておけ」

「父上、そうではないのです。私はただ、楓のために何かしたい、何かしなければならない、そう思っているだけです」

「その思い、わからぬでもないが、焦りは禁物じゃ。下手人は必ずどこかにおる。要はそこへどうやってたどり着くか、それだけのことよ。わしに任せておけばよい」

「父上……。毎夜、楓の夢を見ます。あれは、いつも淋しげです。楓のために何かしなければ、いいえ、していなければ、私自身、己れの心を支えてゆけませぬ」

膝に置いた伊織の拳《こぶし》が震えている。不憫《ふびん》なやつよ、采女の胸に熱いものがこみあげてくる。

「相わかった。そなたが楓のために何ができるか、どのように動けるか、わしもとくと考えてみよう。その間、早まったことはするなよ。長くは待たせぬ」

父が子に言った。


「なんと、伊織どのがさようなことを」

中嶋石見が酒杯の手を止め、目を剝《む》いた。新川一ノ橋、菊屋の二階である。下の通りを三味《しゃみ》の音《ね》が流れてゆく。

「倅はあの通り融通の利かぬ不器用者。楓どのを喪《うしな》って、生きあぐねておるようです。誰がなんのために楓どのを殺めたか。そこにケリがつかぬ間は、あれの心があすに向かうことはありますまい。それならばいっそ、楓どのの一件はあれの手に委《ゆだ》ねるべきか、そのようなことも考えております」

「したが、たった一人の跡継ぎに奉行所を辞められては、困るであろうが」

「それは困ります。で、思案してみました。中嶋さま、力添えをお願いできませぬか」

「わしにできることはなんでも致す。で、その思案とは」

「伊織の役替えです。倅を定廻りにしていただきたいのです」

「なに、定廻り」

石見が言葉尻を呑んだ。無理もない。二十代の若さで定廻りになった者の例《ためし》はない。定廻りは市中取締りの重任であり、世情に通じた分別と、経験に培われた練達を要する。ゆえに四十、五十の古参《こさん》の役どころであり、北町六人、南町六人と門戸も狭く、若輩の割り込む余地はない。采女とて、比較的早い定廻りではあったが、それでも三十五のときである。

「伊織どのが定廻りへ役替えとなれば、望み通り例の一件の探索にあたれる。また、奉行所を辞めることもない。そのわけか。たしかに、一石二鳥は一石二鳥だが、しかし……」

石見の言葉が渋る。そこへすかさず采女が言葉を重ねた。

「中嶋さま、こたびは少々汚い手をつかいます」

「んっ、汚い手？」

「はい。この一件はいずれ八丁堀の、いや、奉行所の威信にかかわって参ります。そうなってはわれらに不利。が、いまはまだわれらに同情があります。その同情を逆手にとって、中嶋さまに御奉行や与力の要路へ根まわしをしていただきたいのです。して、その要路へ私がたっぷりと金を配ります」

「それは、賄賂《まいない》ということか」

「賄賂です。で、その根まわしと賄賂が効いてきたところで、私がお役を辞し、隠居致します」

「なにっ、奉行所を辞めると言わるるか」

「辞めるというより、倅に譲りたい……その思いです」

「なんと。辞めずとも、まだまだ臨時廻りの道も残されておろうが」

「それでは、倅のために空《あ》きをつくったことになりますまい」

「相すまぬ、小山田どの。わしが楓を、疫病神《やくびょうがみ》を押しつけたばっかりに」

「何を申されます、中嶋さま。楓どのは申し分のない嫁御にございました。あのようなことになり、当方こそ相すみませぬ」

「なんの。相わかった、小山田どの。そなたがそこまで申されるなら、わしも手伝う。根まわしの件、しかと引き受けた。伊織どのの定廻り、成るやもしれぬ。根まわしに賄賂、そして致仕《ちし》と三つ揃《そろ》えば、よもや不可はあるまい」

「忝《かたじけの》うございます、中嶋さま。これで、ひとまずは安堵致しました」

「したが、小山田どのは大した策士よ。わしなぞ考えもつかぬわ」

「いささか汚い策に加担を願い、申しわけございませぬ。なにとぞ親馬鹿と思って、お許しくださいませ」

「なんの。わしとて義理とは申せ、ひとたびは伊織どのに父と呼ばれた身。親馬鹿の策に加担するは当然のことじゃ。しかし、子は三界《さんがい》の首枷《くびかせ》と申すが、まさに首枷じゃのう」

「同感にございます。いくつになっても子は子、心配のタネは尽きませぬ。とくに男は、いつまで経っても頼りなくていけませぬ。その点、女子《おなご》は嫁に出すまでの間。ところで、椿どのの話、決まってございますか」

「それがのう、破談になってしもうたわ」

「えっ。まさか、あの一件が禍《わざわ》いしたとでも」

「むろん、それであろうよ。が、妻は落胆しておるが、椿は喜んでおるわ。実のところ、わしも安堵しておるのじゃ」

「良縁と聞き及んでおりましたが」

「たしかに良縁ではあったが、椿があまり乗り気でなかったのじゃ。わしとしても楓の一件が片づかぬうちは、その真相が判明せぬうちは、椿を嫁に出したくなかった。わかるであろう、小山田どの。楓の二の舞いはご免じゃ」

　その思いは采女とて同様である。楓の一件が采女を恨む者の凶行とすれば、伊織に再び嫁を迎えても同じことは起き得る。また、石見を恨む者の凶行とすれば、どこへ嫁ごうと椿も狙われかねない。八丁堀与力、同心の宿命である。

　この夜の約束を受けて、石見がさっそく動いた。小山田父子の決意と心情を訴え、要路要路へ楔《くさび》を打ち込んでゆく。そこへ采女が金員《きんいん》をバラ撒いてゆく。その金を出したのはむろん、手嶋屋惣兵衛である。

こうして伊織の定廻りがほぼ内定したところで、采女がつとめを退いた。と同時に家《か》督《とく》を伊織に譲り、八丁堀を出ておしゅんとの暮らしに入った。その素早い転身に周りはあっけにとられたが、こういうことは誰にも口をさしはさませぬ迅速と手際を要する。采女がそれを首尾よくしてのけた。

ほどなく伊織の定廻りが決まった。異例ずくめの定廻りである。が、それは義父・石見の根まわし、陰の父親・惣兵衛の金、養父・采女の致仕と引き替えの定廻りである。

そしていま、伊織は臨時廻り佐々木文三《ぶんぞう》の教導を受ける日々である。

六

八丁堀は東を亀島川、西を楓川、北を日本橋川、南を京橋川の下流に劃《かく》された四角地である。その四川のうち、京橋川を東の海へつなげた下流の掘割が八丁（約八百七十二米《メートル》）あったところから、誰言うともなくこの四角地を八丁堀と呼んだ。

八丁堀は寛永の頃まで寺町として発展し、四十三箇寺を数えた。が、市域の拡大とともに、玉圓寺一宇《いちう》を残してことごとく芝、浅草方面へ追い出された。その跡にできたのが町奉行所与力、同心の組屋敷である。

当初、組屋敷は本所二ッ目にあった。それが日本橋大坂町に移り、八丁堀に移り、呉服橋御門内の北町奉行所へも、数寄屋橋御門内の南町奉行所へも、小半刻足らずの近さになった。

その組屋敷を南北に貫く大通りが地蔵通りである。通りのほぼ中間に地蔵橋が架かっているからである。石の小橋だが、かつてその脇に地蔵が立っていたという。その地蔵橋の手前を右手に折れ、一丁（約百九米）も行けば小山田屋敷である。

その夕刻、なつかしそうに左右へ目を配りながら、地蔵通りをゆるゆると流してゆく采女の姿があった。提《さ》げた風呂敷包みのなかは幾世餅である。八丁堀を出て半年ばかりにすぎないが、やはり生まれ育った町はなつかしい。

采女が地蔵橋の手前を右に曲がった。

「まあ、旦那さま。なんとお久しい。よっぽど松枝町《まつえちょう》のほうが居心地よろしいんですね。八丁堀はすっかり見捨てられてしまいました」

玄関に膝を落とすなり、おふくが不満と恨みごとを放った。相変わらず肉づきよく太っている。

「久しいのう、おふく。また一段と痩《や》せたようじゃのう」

采女がしゃらっと返した。

「あれぇ、いきなり皮肉っ、あてこすりっ。気にしてるのにぃ。もう……憎たらしい旦那さま」

おふくが小娘のように身をよじる。

「まだ誰もきておらぬか」

「はい、まだです。若さまは夜と言っておりましたけど」

「んん、それでよい。で、こっちのほうはできておるか」

采女が指をまるめてクイッと呷った。

「はい。そちらのほうはお任せください。いま、みんなで肴をつくっていますから」

「そうか。それはよい。で、きょうの肴はなんじゃな」

「それは皮肉のたっぷり入った鍋《なべ》に決まっています」

「ほほ、皮肉がたっぷりか。それはますますよい。おふく、幾世餅を買ってきた。みなで食べよ」

「まあ、幾世餅。いただきます。ありがとうございます」

おふくの顔がほころぶ。その前に采女が風呂敷包みをトンと置いた。おふくがそれを解《ほど》く。菓子折りが三つ重なっている。

「一つはそなたへ、もう一つはおしゅんへのみやげじゃ。預かっておいてくれ。残りの一つはいまから佐々木どのへ届けて参る。包んでくれ」

おふくがふた折りを脇へ寄せ、残りのひと折りを包み直して采女に手渡す。

「旦那さま、佐々木さまのところでお酒はダメですよ。今夜はみなさん待っていますからね」

「わかっておる。すぐに戻る」

采女が風呂敷包みを手に玄関を出てゆく。


「文《ぶん》さん」

木戸門を入ろうとした佐々木文三の背に、采女がとろりと声をかけた。

「おお、采《うね》さんじゃないか。久しいのう。いましがた、お倅どのとそこで別れたばかりじゃ。会《お》うたかな」

「いえいえ。きょうは久しぶりに八丁堀へ参りましたゆえ、ご挨拶《あいさつ》に伺いました。文さん、倅めがなにかとお世話になっており申す」

「なんの、なんの。お倅のおかげでわしも毎日張っておられる。世話になっておるはわしのほうじゃよ。采さん、ともかく上がってくれ」

佐々木文三は采女より三つ年上である。臨時廻りとなって二年余になるが、その前は二十年も定廻りとして鳴らした老練者である。その歳月の多くは采女と重なり、互いに駆け出しの頃から「文さん」「采さん」で通してきた仲でもある。

臨時廻りは定廻り、隠密廻りと並ぶ三廻りの一つだが、長年定廻りをつとめた者の上がり役と言っていい。役向きは定廻りと大差ないが、先輩格ゆえに定廻り同心の指導役、相談役でもある。采女も奉行所を致仕しなければ、今年あたりは臨時廻りであったかもしれない。

「采さん、さっそく酒にするかね」

文三も酒好きである。若い頃から互いの家を行き来し、呑み合い、語り合った二人である。

「そうしたいのはやまやまだが、きょうはわしが前につかっていた手先が集まることになっておるのじゃ」

「んっ、前の手先？　采さん、なんぞあってか」

さすがに文三の鼻は鋭い。采女が一瞬迷う。が、文三に内緒で伊織を動かすわけにはいかない。

「実は文さん、ちょいと厄介なことが持ち上がっておるのじゃ」

采女がおふさの一件をかいつまんで語ってゆく。文三にはそれで十分通ずる。

「ふうむ。そのような一件がのう。先日お倅が、二、三日一人歩きを……と申して参ったが、それゆえであったか。したが采さん、すこし嫌な予感がするのう。ただの色事とも思えぬ」

「文さん、わしもそこのところがひっかかっておるのじゃ。存外、底が深いかもしれぬ。

それだけに、慎重のうえにも慎重を要する。文さん、わしはこの通り隠居の身、伊織を動かすしかテがない。しばらく倅めを貸してくださるまいか」

「おお、よいとも。いや、采さん、邪魔でなければわしも手伝おうぞ」

「なに、文さんが。これはありがたい。いや、忝《かたじけな》い。実は、伊織だけでは心許《こころもと》ないゆえ手先を集めたのじゃが、文さんが乗り出してくれるとあらば鬼に金棒じゃ。礼を申す」

「なんの、礼を申すはわしのほうじゃ。おかげで張り合いがまた一つふえた。采さん、存分につこうてくれ。で、さしあたりわしは何をすればよい」

「ほほほ、まさか。文さんには文さんのやり方がある。そのやり方で思うさま、おやりくだされ」

「だが、いまのところ手がかりは三つ。いや、お倅が御数寄屋町を潰したとなれば二つじゃ。谷中《やなか》八軒町と徳の市とか申すその座頭。わしはどっちへまわればよい」

さすがに文三は打てば響く。ツボをはずさない。

「文さん、徳の市にはヘタに触《さわ》れぬ。まして八丁堀がいきなり手を下すわけに参らぬ。当分は岡っ引を張りつけておくしかあるまい」

「その通りじゃな。では、わしは谷中か。采さん、まっことわしのやり方でよいか」

「むろんのこと。で、先ほどは倅めを貸してくだされと申し上げたが、文さんが出張《でば》ってくれるならその要はない。伊織は文さんにお任せ申す。とっくりと定廻りのありようを見せてやってくだされ」

「それはいっこうにかまわぬが、親父どのが見せてやる機会でもあろうぞ」

「文さん、わしはもう隠居じゃ。どうにもならぬ」

「ふふ、隠居か。采さん、当初はみながそなたの潔い進退に感心しておった。が、近頃はそうでもない。あれは若い女子と暮らしたかったからじゃという声もあるぞ」

「ほほほ、そのような声がのう……。実は文さん、わしも倅のための致仕であったか、若い女子のための致仕であったか、判然としないのじゃよ」

「ふふっ、これはこれは。まあ、よいわ。お倅のことはしかと引き受けた。なかなかに見どころのある若者じゃ」

「いやいや、要領は悪いし融通は利かぬし、まったく頭の痛い倅よ」

「采さん、そこがよいのじゃ。近頃はつとめよりも先に手抜き、要領を覚えたがる若僧が多すぎる。それではモノにならぬ。若いときほど愚直にまっすぐに、それでなければ本当の手抜きも要領も身につかぬ。その点、お倅はまっすぐじゃ。それゆえ、わしも存分に心を鬼にできる。先がたのしみじゃ」

「文さんにそう言ってもらうと、なにやら心が軽くなる。なにぶんにも頼み入り申す」

「こう申してはなんじゃが、お倅は己れがなんのための定廻りか、そのために親父どのがどのような犠牲を払ったか、そのあたりはよう弁《わきま》えておる。若くても目途《もくと》とするところがあれば、おのずと他に異なる。采さん、あのようなことがあって、気の毒な若者ではあるが、頼もしい若者でもある。心配無用じゃ」

文三は心根のやさしい男である。が、嘘のない男でもある。文三の言う通りであってくれればよいのだが……その思いが采女の心を領してゆく。

「ところで采さん、松枝町であったな。訪ねてもよいか」

「おお、いつでも遊びにきてくだされ」

「いやいや、遊びではない。谷中の結果を耳に入れずばなるまいよ。まっ、そのときは若い妻女《さいじょ》にも会いたいがの。評判では大層の美形と聞くが、いまだ誰も会《お》うたことがないそうじゃ。ふふふ、わしが一番手柄になるやもしれぬ」

「文さん……」

友とはよいものよ。そんな思いを胸に、采女が文三宅を辞した。すでに日が落ち、夕闇があたりを包んでいる。

七

「おお、米松父っつあん。そなたもきておったか。どうじゃな、めし屋のほうはうまくいっておるか」

采女が米松に声をかけながら胡坐《あぐら》を落とした。伊織、捨吉、長助と揃っている。が、今夜の集まりに声をかけられなかった米松は面白くない。長助から聞いて押しかけてきたのである。

「旦那、めし屋の話できたんじゃありませんよ。あっしだけ除《の》け者《もの》ってえわけですかい」

「ほほほ。父っつあん、ひがんでおるか。そなたに声をかけなかったのは、まだそなたの出番ではないからじゃ。よい役者、強い相撲取りはあとから出てくるもんだぜ、父っつあん」

「てっ、またそれだ。その口に殺《や》られて二十年。よくよく食われちまったものさ」

米松の物言いに、座がドッと崩れた。米松も五十を過ぎたが、采女よりは五つも若い。それが「父っつあん」と呼ばれるようになったのは、二年前ひょっこり現われた娘夫婦と、八丁堀岡崎町にめし屋を開いてからである。それまでは誰もが米松を独り者と思っていたし、娘があろうなどとは知る由もなかった。

米松は若い頃、遊び人だった。女房が愛想を尽かして娘とともに姿を晦《くら》まし、それっきりとなっていた。が、その女房が死んで、娘が父親を頼ってきたのである。相談を受けた采女は、娘の連れ合いが包丁を捌《さば》けると聞いて、めし屋を開かせた。同心は手先の老後を立ててやらねばならない。それでなければ誰も命を的《まと》に働きはしない。めし屋は米松の老後を兼ねてのことである。

「しかし父っつあん、実に間のよいところへきてくれた。ちょいと事情が変わってな、そなたを呼び出さねばと思っておったところじゃ。こたびは初端《しょっぱな》からつとめてくれ」

「そうこなくっちゃ。で、事情が変わったとは」

「んん、佐々木どのが助《す》けてくれることになったのじゃ」

「えっ、佐々木の旦那が。そりゃあ十人力だ」

米松がパシッと膝を打った。そこへ、長助がむっつりと口をはさんだ。

「旦那、まさか佐々木の旦那に手柄をさらわれる、伊織の旦那の手柄にならねえ、そんなこたあねえでしょうねえ」

長助の口がとんがる。と、すかさず「長助、おめえは黙ってろい」と、米松の怒声がとんだ。

長助は五年ほど前、米松が連れてきた手先である。采女は会った瞬間、これは米松がどこぞにつくった倅に相違あるまいと直感した。米松の若いときにそっくりだったからである。が、そのことは采女も問わず、米松も語らずいまに至っているが、長助は若さに似合わず、一端《いっぱし》の岡っ引になりつつある。

「長助、心配するな。佐々木どのはそのような御仁ではない。それに、こたびの一件は手柄になりにくい。みなもあらましは伊織から聞いておろうが、今回はあくまでも人助けのつもりでつとめてくれ。むろん、その過程で大きな鼠《ねずみ》でもかかれば手柄にもなろうが、そこは考えるな。常同様、丹念に慎重にあたってくれ」

采女が言葉を切るや、一同の頭がスッと下がった。すでに采女は隠居の身を忘れ、同心の顔になっている。この屋敷で何度となく繰り返された光景である。

「では、一件に入る。わかっておろうが、これは三悪党にたどり着くための探索じゃ。して、その手がかりは徳の市と谷中八軒町の二つ。谷中は佐々木どのが引き受けてくれた。伊織、そなたは佐々木どのにつけ。すべて佐々木どのの指図に従えばよい。ただし、佐々木どののやり方、手の内はしっかりと見ておけ」

「わかりました」

「次に米松、そなたは長助とともに徳の市を徹底的に洗ってくれ。言うまでもないが、万に一つも気取《けど》られてはならぬ。気取られたが最後、必ず三悪党に注進《ちゅうしん》がとぶ。そうなっては終《おわ》じゃ。それともう一つ、あやつはあくどい金貸しのほかに、女衒《ぜげん》まがいまでしておる。叩けば必ずや埃《ほこり》が立とう。が、小さな埃では意味がない。あやつの首がとぶような、震え上がるような埃をさぐり出せ。そこのところ、わかるな」

「へい。そやつが三悪党の正体をてめえから白状せざるを得ねえ、といって注進もできねえ、そこへ追い込む、でござんしょう、旦那」

「んん。それゆえどでかい奴でなければならぬ。米、少々でっち上げてもかまわぬ。どでかいのを頼む。あやつはしょせん毒虫よ。この際、痛い目に遭わせておくも世のため人のためじゃ」

「ひひ、こりゃあ面白《おもしれ》え。旦那、どでかいのを釣って参《めえ》りますぜ」

「頼む。で、捨吉は徳の市に張りついてくれ。あやつがどこへ行くか、何をするか、一瞬たりとも眼を離すな。とくに、どこで誰に会うか、そこを見逃すな。おそらくそのなかに三悪党も含まれておるに違いない」

「わかりやした」

「したが、座頭の勘と耳を侮ってはならぬ。捨、履《は》きものは毎日替えろよ」

「心得ておりやす」

捨吉も采女の手先となって十余年、脂《あぶら》の乗りきった岡っ引である。若いときはかなりの悪党で、喧嘩の果てに三人を疵つけ、八丈送りとなった。召し捕ったのは采女である。

通常、喧嘩口論上の刃傷《にんじょう》は中追放が定法である。が、捨吉は三人も疵つけたうえに、博打《ばくち》や強請《ゆすり》などの余罪が露顕し、重罪に問われた。しかし、博打は現場を押さえぬ限り罪に問えぬし、強請も訴人がない限り罪に問えない。むろん捨吉は博打打ちであり、強請、たかりの常習ではあったが、現場を押さえられたわけではない。

身から出た錆《さび》とはいえ、捨吉にはやや厳しい仕置となった。が、それは吟味方の裁断であり、定廻りが口をはさめることではない。捕えてはみたものの、釈然としないものが采女に残った。そのことがその日、采女を永代橋に向かわせた。流人《るにん》を乗せた小船は永代橋を出る。そして沖合で流人船に引き継ぐ。

「捨吉、ヤケを起こすんじゃねえぜ。望みを持てとは言わぬが、諦めることもねえ。おめえは落ちるところまで落ちたんだ。あとは這《は》い上がるばっかりよ」

采女がそう言って、捨吉の帯の間に五両ばかりはさんでやった。島の暮らしは厳しい。大方の流人は身寄りからの仕送りに頼って生きている。が、捨吉はその名の如く身寄りがない。

七年が過ぎた。運に恵まれたか、捨吉が御赦免《ごしゃめん》となって江戸へ戻ってきた。その日の夕方、小山田屋敷の前に凝然と立ちつくす捨吉の姿があった。采女が捨吉に手札《てふだ》を与え、手先としたのはそれから間もなくのことである。

岡っ引、下っ引の大方は悪党上がりである。それだけに、裏世間の事情や悪党の在りように詳しい。定廻りにとっては蛇《じゃ》の道を知るヘビも同然であり、探索には欠かせない要員である。が、根が悪党だけに暴走するし、悪事も働く。公儀《こうぎ》も黙許しがたく、たびたび岡っ引使用禁止令を発するが、効き目はない。岡っ引の働きなくしては、江戸の治安を保てないからである。

市中取締りの一線に立つのは三廻りである。が、その員数は南北両町奉行所を合わせて隠密廻り四人、定廻り十二人、臨時廻り十二人にすぎない。たったの二十八人で江戸の悪と対峙《たいじ》できるはずもない。岡っ引の使用は毒をもって毒を制する苦肉の策である。それだけに同心の眼力が問われる。

米松、長助、捨吉の三人は、采女の眼力にかなった岡っ引であり、ゆえにそっくり伊織へ引き継いだのである。

「さて、本件はこれまで。あとは酒盛りじゃ。今宵は存分に呑《や》ってくれ」

采女が一同を見まわしながら言った。

八

このまま初夏へなだれこむのではないか、そんな錯覚を誘う暖気がつづく。その日の昼過ぎ、伊織と文三が松枝町を訪ねてきた。

「采さん、谷中のほうはほぼ終わったわ。案の定、おふさのあとには絵師一家が住んでおった。悪党め、おふさに逃げられてかなりあわてたようじゃ」

「と、いうと」

「おふさが姿を消した翌々日、さっそく町人風の一人が大家《おおや》のところへきて、急の事情で引っ越すことになった、家財はいっさい処分してくれ、そう言うてふた月分の店賃《たなちん》と礼金を握らせ、やつらもいっせいに谷中から消えたそうじゃ」

「ふうむ。グズグズしておったら逃げたおふさから足がつく。そのことか、文さん」

「大方、そんなところであろうよ。ふふ、かなりうしろ暗いやつらのようじゃ」

「で、大家はおふさのあとに新しい店子《たなこ》を入れたというわけか」

「家財はことごとく売り払い、がらくたは焼き捨てたそうじゃ。が、これだけは焼き捨てるわけにもいかず、残してあったわ」

文三が脇に置いた風呂敷包みを膝の前に出し、解《ほど》いた。古い位牌と新しい位牌が並んでいる。おふさが置いて逃げた両親《ふたおや》の位牌であろう。

「おお、よかった。焼かれずにすんだか。この二つは子の手に返してやろう。文さん、わしが預かってもよろしいか」

「よいとも。そのつもりで持参したのじゃ」

文三がツッと風呂敷を采女のほうへ押しやった。采女が位牌を二つ軽く押し戴き、脇へ立てる。

「ところでのう、采さん。ちょいと気になることがあるのじゃ。やつら、いまだにおふさのことを諦めておらぬ。何ゆえであろうか」

「諦めておらぬ、とは」

「実は、ときどき大家のところへ与太者風の男が立ち寄るらしい。して、おふさが位牌を引き取りにこなかったか、誰かおふさのことを訊きにくる者はなかったか、そのあたりをしつこく尋ねてゆくそうじゃ。やつらがいまだにおふさの行方を追うておることはたしか。のう采さん、これはやつらがまだおふさに未練があるからか。それとも、おふさの口から何か洩れることを恐れてのことか」

「わからぬ。が、おそらくその二つであろうよ。したが、危ないのう。谷中にはまだやつらの眼が光っておったか」

「それは間違いない。それゆえ、わしも女をつこうたのじゃ」

「女？ 文さん、なんのことじゃ」

「おいおい、采さん。わしらがいきなり乗り込んだら、やつらに八丁堀が動いておることを教えてやるようなものであろうが」

「おお、さようであったわ。で……女か。ふふ、お甲《こう》をつかったかな、文さん」

「あの女にはたんと貸しがあるからのう。だが采さん、お甲のやつ、今回はきっちりと返してくれたわ。ふふ、おふさの叔母になりすましおって」

「おふさの叔母？」

「おおよ。おふさの叔母よ。親父の与五の妹で名はおつま。木更津《きさらづ》のほうへ嫁に行ったが、十何年ぶりかで与五、おふさに会いにきた。そういう筋立てじゃ」

「ほほほ、それは面白い」

笑いながら采女がツッと伊織に目を移した。その目が、「これが佐々木文三のやり方じゃ。しかと見届けたか」と問うている。その目に伊織も、「とくと拝見しました」と目で返す。

「しかし、あのお甲がおふさの叔母とはのう。ふふ、わしも見てみたかったわ」

「采さん、わしがいま申したことはすべてお甲の働きよ。大家もすっかり信用したゆえ、この位牌を託したのであろう。たとい悪党どもの耳に入ったとしても、よもや警戒されることはあるまいよ」

「その心配はまずあるまい。さようか、お甲がやってくれたか」

お甲は女だてらに掏摸《すり》である。いまものうのうと稼いでいられるのは、長らく文三が目こぼしをしてきたからである。ときどき手先としてつかってきたからである。そのことは他の同心も知っていて、見て見ぬふりをしてきた。

采女もその一人である。町なかでお甲を見かけても、「おお、掏摸の姐御《あねご》か。近頃どうだい、こっちのほうは」と、右手の人差指でクイッと鉤《かぎ》をつくり、からかう程度で見逃してきた。そのたびにお甲は、「旦那、掏摸呼ばわりは迷惑だねえ。わっちはとっくに足を洗ってますさ」と伝法《でんぽう》を残して消えたものである。

掏摸はその現場を押さえない限り罪に問えない。逆に、現場を押さえた以上、召し捕らなければならない。采女がからかったのは、わしの目の届くところでは稼ぐなよ、という意味である。

掏摸の罪は大して重くない。掏《す》られるほうにも隙《すき》あり、油断あり、と見做《みな》されるからである。だが、常習はまた別で、四度捕まれば死罪である。初度から三度までは敲《たた》きに入墨、増《まし》入墨ですむが、四たびとなれば死罪を免れない。文三の目こぼしがなければ、お甲はとっくに死罪となっていたはずである。

お甲は小股《こまた》の切れ上がったなかなかの縹緻《きりよう》である。それが噂を呼んだ。口さがない同心は、「お甲と文三は情を通じた仲さ」と言って憚《はばか》らなかった。采女が心配してそれとなく注意を促すと、いかにも文三らしい答えが返ってきた。

「おお、それはよい噂じゃ。采さんもその噂、広めてくれ。決して打ち消してくれるなよ。わしと情を通じた女子とあれば、ほかの同心連中もちっとは目をつぶってくれよう。そうなれば助かるのはお甲じゃ。采さん、わしは女子を縛るなぞ、まっぴらじゃよ」

その後、文三がときどきお甲に手先の真似事をさせるようになったのも、その心からにほかならない。佐々木文三とはそういう男である。が、そのお甲がいま、見事におふさの叔母を演じてのけたという。采女にも感慨ひとしおのものがある。

「文さん、谷中のこと、忝《かたじけな》かった。礼を申す。あとは徳の市が尻尾《しっぽ》を出すのを気長に待つしかあるまい」

「そうよのう。しかし、座頭は目が見えぬ分、用心深い。不用心なのは五体満足な者だけじゃ」

「ほほほ、まことまこと。ところで文さん、きょうはよいであろう。間もなく妻《さい》が帰ってくる。泥鰌《どじょう》があるのじゃ。それで一杯、どうかのう」

「泥鰌か。ちっと日は高いが、呑《や》るか。きょうは何を措《お》いても、采さんの若い妻女を拝んで帰らねばならぬわ」

「ほほほ、位牌も揃っておることとゆえ、とくと拝んでくだされ」

老人の乾いた笑声《しょうせい》がカラカラと流れてゆく。そのやりとりを伊織が黙って心に刻んでゆく。

九

采女の足が弁慶橋の上でハタと止まった。手に提げた風呂敷のなかは位牌二つである。はて、本町へ行ったものか、向嶋へ行ったものか、采女が迷う。

いきなり向嶋へ行っても、惣兵衛がおらなんだらおふさを驚かせることになろう。それに、その後のおしまのことも気になる。はたして惣兵衛はおふさのことを打ち明けたであろうか。そこも確かめずばなるまい。やはり、本町が先じゃな。采女が橋を南へ渡った。

弁慶橋は松枝町と岩本町の間にあって、藍染川《あいぞめがわ》が左右へ鉤《かぎ》の手に分かれるその鉤の部分に架かっている。本来なら三本の橋が要《い》るところを、一本で兼ねたため横橋に縦橋が重なり、三方に欄干を持つ三叉橋《みつまたばし》となっている。江戸にも二つとない奇観の橋で、大工の棟梁・弁慶小左衛門が架けたところからその名がある。

日本橋本町は薬種商の町である。彫りの美しい立派な置き看板がずらりと並ぶ。そのほとんどが溝《どぶ》の外に立つ。ゆえに公儀の許可を要するが、それがまた薬種商の勢威を語って余りある。采女が紺地に「てしまや」と白抜かれた日除け暖簾《のれん》を入った。

あいにく惣兵衛は他出《たしゅつ》である。そそくさと出てきたおしまに、「惣兵衛どのは向嶋かな」と采女が問う。

「いえいえ、近くでございます。小山田さま、すぐに呼びにやりますから、どうぞお上がりくださいませ」

「近くか。ならば待たせてもらおうかのう」

采女がおしまのあとから座敷へ上がってゆく。

「小山田さま、この間はとんでもないお願いに上がりまして、お見苦しいところをお目にかけました。あんまり恥ずかしくて、お礼にも伺えないありさまです。お許しくださいませ」

おしまの両手が畳に落ちた。

「なんのなんの。では、あの話は片がついたのじゃな」

「はい。主人《あるじ》がすっかり打ち明けてくれました。小山田さま、私はなんという早とちりを。なんという悋気《りんき》がましいことを。恥ずかしくて恥ずかしくて、顔から火が出ます」

おしまが小娘のように身をよじって恥じ入る。

「小山田さま、あのことは、私がお願いに上がりましたことは、内緒にしてくださいましよ。主人には言わないでくださいましよ。この通り、後生《ごしょう》ですから」

おしまが掌《て》を合わせて采女を拝む。それが采女のいたずら心を誘った。

「お内儀、それはちっと難しいかもしれぬわ」

「えっ、なぜでございましょう」

「ほれ、わしは知っての通り口と腰が軽い。酒でも入ろうものならズンと軽くなる。惣兵衛どのとわしは酒の友じゃ。酒のうえでうっかり……いや、酒の肴話にうっかり、ということもあろうぞ」

「小山田さま、またそのようなおとぼけを」

おしまの眉《まゆ》が波を打つ。きょうのおしまは怒ったり拝んだり、恥じ入ったりと忙しい。

そこへ「お茶をお持ちしました」と声がかかり、襖《ふすま》が開いた。廊下に若い娘が膝を落としている。その姿を目にした瞬間、采女の直感が「おふさだ」とささやいた。娘がなかに入り、襖を閉め、采女の前に膝を折って一礼を落とした。

「おふさ……じゃな」

お茶を差し出す娘に采女が声をかけた。と、娘の肩がビクッと上がり、その面《おもて》に恐怖の色が走る。しまった、采女があわてる。そこへおしまがサッと割り込んだ。

「心配ありませんよ、おふさ。こちらは小山田さまです。いつも話している、おまえのためにお骨折りくださっている小山田さまです。お礼を申しなさい」

おしまの言葉に、娘の顔がみるみるやわらいでゆく。

「ありがとうございます。お助けいただいております」

おふさが改めて一礼を落とす間に、采女も態勢をととのえてゆく。

「いやいや、驚かせてすまなんだ。実は、そなたに渡すものがあってのう。それでつい、急ぎすぎた」

そう言いながら、采女が風呂敷包みを解いて位牌を取り出し、おふさのほうに向けてトンと立てた。おふさの視線が位牌と采女の顔の間を二度、三度、行き来する。その視線に采女が大きく顎をひく。と、いきなりおふさが二つの位牌を胸に抱きしめ、「お父っつあん、おっ母さん」と泣き崩れた。采女が位牌を取り戻した経緯《いきさつ》を語る間も、おふさの涙はとめどない。

「よかったねえ、おふさ。お位牌のことばかり気にしていたものねえ」

もらい泣きしながらおしまが口を添えた。

「ところでのう、おふさ。そなたが爪判を捺した証文のことじゃが、いまだに訴えは出ておらぬ。おそらく証文のどこかに嘘、偽りがあって、訴えるに訴えられぬのであろう。安心してよいぞ」

「ありがとうございます。私はそれが怖くて、恐ろしくて」

「んん、んん。が、心配ない。証文はきっと取り戻す」

「えっ、取り戻せるのですか」

「もちろんじゃ。それゆえ、いまみなで例の三人をさがしておる」

「小山田さま、一人は御数寄屋町のお茶の師匠です。名前は伊東一九です」

「それじゃがのう、おふさ。御数寄屋町に伊東一九なぞおらなんだ。でたらめであったわ」

「まあ、嘘だったのですか」

「そなたを騙《だま》したようなやつらじゃ。本当のことは言うまいよ」

「小山田さま、もしかしたらお寺の和尚さんではないでしょうか」

「んっ、どうしてそう思うのじゃ」

「抹香《まっこう》です。いつも抹香の匂いがしました」

「それだ。でかしたぞ、おふさ。きっとそれに違いない。なるほど、茶ではなく寺の坊主であったか。これでうんとさがしやすくなった。おふさ、ほかの二人についてもなんぞあったら教えてくれぬか」

采女がせっつく。が、それはおふさをその気にさせ、辛かったことから目をそらさせようという采女の配慮である。さすがに元同心の技にぬかりはない。つられたか、おふさの小首が傾《かし》ぐ。

「あのお侍さまはとても怖い人でした。顔のここのところに大きな疵痕《きずあと》があり、からだ中が疵だらけでした。いつかも五、六人と斬り合ってきたとか言って、二の腕から血を流していました。それを手当てしたことがあります」

「ふうむ。かなり暴れ者のようじゃのう。で、その侍は浪人者か」

「それはわかりません。いえ、いつだったか、旗本だ、三男坊だ、そう言っていました」

「なにっ、旗本じゃと」

采女の声が上ずった。無理もない。町方は浪人以外、武家にはいっさい手出しできない。旗本はむろんのこと、御家人にすら「不浄役人」呼ばわりされている。が、そんなことをおふさが知るはずもない。

「もう一人は町人です。自分では大店《おおだな》の主人だと言っていましたが、とても働いている人の手には見えませんでした。でも、遊び人にしては立居《たちい》や言葉つきが丁寧、というか、そんなに乱暴ではありませんでした。よくわかりません」

「大店とは、なんの商いじゃな」

「それは言いませんでした」

「ふうむ。三人が三人とも胡乱《うろん》の翳《かげ》があるようじゃ。で、ほかになんぞあるかな」

「とくには。あっ、小山田さま、徳の市さんです。あの座頭さんに訊けば何もかもわかると思います」

「おお、そうか。よいところへ気がついたのう。さっそくあたってみることにしよう。おふさ、役に立ったぞ。あとはわしらに任せておけばよい。そなたは心配せず、一日も早くここの暮らしに馴れることじゃ。よいの」

「はい。ありがとうございます。よろしくお頼み申します」

おふさが一礼を残し、位牌を胸に出てゆくのと入れ替わりに、「お待たせ申しました」

と惣兵衛が入ってきた。この間よりも数段、顔色がよい。

「小山田さま、きょうはごゆっくりできましょう?」

「これか?」

采女が囲碁を打つ仕種《しぐさ》をつくった。

「それもありますが、実はよい酒が手に入ったのです。久しぶりにいかがでしょう」

「おお、それはよい。わしは昔から、そういう誘いは断らぬことにしておるのじゃ」

「ほほほ、それはそれは。おしま、聞いたな。さっそく仕度にかかってくれ」

「はい。すぐに」

おしまが口許を押さえながら立ってゆく。その背に采女が「きょうの酒は口を重くして呑まねばならぬのう」と投げた。と、おしまの足がツッと止まり、振り返りざま采女をひと睨《にら》みして出てゆく。ほほ、女子はいくつになってもかわゆいものよ、采女がひょいと首をすくめた。

「小山田さま、口を重くしてとは、なんのことでございましょう」

「ほれ、よい酒だと申すから、心して呑まねばならぬ、その謂《いい》よ。ところで、おふさはいつからこっちじゃ」

「もう十日余りになりましょう。手前が小山田さまをお訪ねした翌日からです。あの夜、おしまに経緯を話したところ、すっかりおふさに同情しまして、翌朝にはさっそく自分から向嶋へ出向き、おふさを駕籠《かご》で連れてきてしまいました」

「ほほ、お内儀がのう」

「はい。小山田さまの申された通りです。やはり、女子は女子同士のところがあります。おかげでおふさもすっかり元気になりました」

「んん、小春日のようなよい娘じゃ。実は、わしも会うまではいささか心配だったのじゃよ」

「と、申されますと」
「惣兵衛どの、わしは妾《めかけ》奉公の女子を何人も知っておる。どうしても崩れるのじゃ。心のほうから崩れてゆくのじゃ。ましておふさはのう、騙されたといえ同時に三人。崩れても仕方のないところよ。そこを心配しておったのじゃが、会って安堵したわ。あれなら、一件が落着すれば前向きに生きてゆけよう」
「おしまもそう言っております。自分の傍《そば》に置いて、仕込んで、おしゅんちゃんのようによい人を見つけて嫁に出す、そう言っております」
「それはまた……ほろ苦い」

月明かりのなかを采女が帰ってゆく。その足どりが覚束《おぼつか》ない。心のなかもあっちへふらり、こっちへぶらりで、いっこうに句が形をなさない。

思うはやはりおふさのことである。心の崩れがなかったことに安堵はしたが、新たな難題も浮上した。僧侶は寺社方、旗本は目付《めつけ》の支配である。その二つの支配違いをどう乗り越えたものか。そこの思案もいっこうにまとまらない。が、おふさが舐《な》めた辛酸、流した涙、そしてあすへつなぐ命を思えば、そこはどうしても突破せざるを得ない。

おやっ、采女の千鳥足がゆるりと止まった。右手の塀なかからささやきが聞こえた……ような気がしたからである。が、人のささやきではない。キョッキョ、キョキョ、キョキョと洩れた。はて、時鳥《ほととぎす》にはちと早いが。采女の耳がそばだつ。が、それっきりである。時鳥は昼夜を問わず啼《な》く、ささやく。ふうむ、空耳であったか、と思った瞬間、句が成った。

しのび音《ね》に　泣く日もあってか　ほととぎす

できた。采女がにんまりと月に微笑《えみ》を投げる。その月がおふさの顔に重なってゆく。

第五章　夏　雲

一

采女《うねめ》とおしゅんが盤上を睨《にら》むところへ、「ごめんくだせえ」と店先《たなさき》に声がかかった。

捨吉の声である。あれ以来、捨吉がちょくちょく探索の経過を報《しら》せに立ち寄る。

「捨《すて》か。上がってくれ」

立ちかけたおしゅんを制し、采女が奥から放った。

「お茶ですか。それともお酒?」

おしゅんが小声で問う。

「とりあえず茶にしてくれ。あとは成り行きじゃ」

おしゅんがこくりと頷《うなず》き、台所へ立ってゆく。采女が石を崩さぬようにそろりと碁盤《ごばん》を脇へ寄せたところへ、「お邪魔致しやす」と、捨吉がのっそり入ってきた。怒ったような顔つきである。が、それは何かをつかんだときの顔つきでもある。

「捨、何かわかったようじゃのう」

「へい。あの野郎、とうとう尻尾《しっぽ》を出しやした」

「なに、出したか。で、どのような尻尾じゃ」

「女です。あの野郎、他人《ひと》の女房と乳繰《ちちく》り合っておりやす。旦那、間違《まちげ》えなくコレですぜ」

捨吉がトンと首筋に手刀を立てた。密通は人倫に悖《もと》るがゆえに罪が重い。男も女も共に死罪である。が、男のほうには獄門が付加され、首は四尺高い板の上に二夜三日晒《さら》される。俗に「六尺高いところ」と言われるが、柱の二尺分ばかりは土中に埋まっており、実のところは四尺ほどの高さにすぎない。

「ふっ、座頭の密通か。ありそうな話よ。捨、間違いないな」

「へい。とことん調べやした」

「よおし、手柄じゃ。大手柄じゃ。ふふ、あやつの泣きっ面《つら》が目に浮かぶわ。捨吉、詳しく話してくれ」

捨吉は根気よく、風のように徳の市にまとわりついた。そして八日ばかり経《た》った三日前、徳の市がいつもと違うことに気づいた。座頭のくせに、着物を小意気な子持縞《こもちじま》に替え、心なしか浮き立つように道を急ぐ。捨吉が即《つ》かず離れずそのあとを追う。

小半刻《こはんとき》（三十分）も歩いたか、徳の市が池之端仲町《いけのはたなかちょう》の出合茶屋・川中島にひょいと消えた。その時点では、捨吉も徳の市の媾曳《あいびき》を疑ったわけではない。せいぜい、客筋の揉療治《もみりょうじ》に呼ばれたのだろうと思った程度である。

一刻（二時間）ばかりあって、御高祖頭巾《おこそずきん》の女が出てきた。呼んだ駕籠《かご》に乗ろうとする寸前、女がうしろを振り返った。その視線の先に徳の市が立っている。目明きならば明らかに見送りの図である。その瞬間、捨吉のなかで何かがはじけた。

駕籠はいったん広小路に出て、御成《おなり》街道を南へ向かった。捨吉がそのあとを追う。女が駕籠を降りたのは筋違橋《すじかいばし》の手前である。大した距離《みちのり》ではない。駕籠舁《か》きが遠ざかるのを確かめて、女が御高祖頭巾をはずした。

齢《とし》の頃は三十前後、あだっぽい男好きのする顔立ちである。さりげなく左右に目を配って、女が筋違橋を渡ってゆく。渡りきれば、江戸城外曲輪《そとくるわ》の一つ、筋違御門である。日本橋と上野をつなぐ要衝にあって、渡り櫓《やぐら》を備えた堂々たる枡形門《ますがたもん》である。

その門をくぐれば、いきなり広大な火除け地である。そこから八方に道が延びるところから、八ツ小路とも八辻《やつじ》ヶ原《はら》とも呼ばれている。女がその一つ、連雀町《れんじゃくちょう》への道をとり、同町から多町《たちょう》へ抜けてゆく。そしてほどなく古手《ふるて》・茜屋《あかねや》と染め抜かれた暖簾《のれん》をくぐった。と、なかから「お帰りなさいませ」と女の声がかかった。その前を捨吉がゆるゆると流してゆく。店《たな》のなかは吊《つ》るされた古着で溢《あふ》れ返っている。

そこから捨吉の丹念な聞き込みが始まった。女の名はおもん、三十一である。十九で茜屋に嫁いできたはいいが、娘が生まれて間もなく、十三年上の亭主が病の床につき、以来六年も寝たきりである。

潰《つぶ》れるかと思われた商いも、おもんの踏ん張りで持ちこたえた。その無理と心労が祟《たた》ったか、おもんも三十を前にしてからだに変調をきたし、亭主同様、鍼《はり》や灸《きゅう》に頼るようになった。そのとき頻繁に出入りしていたのが徳の市である。

間もなくおもんは体調を回復し、前にもまして商いに身を入れ、いまや茜屋の身代《しんだい》はゆるぎない。使用人も男二人に女四人とふえて、七つになる娘と合わせて九人の所帯である。

そこまで調べ上げるのに、捨吉は三日も要した。が、聞き込みを焦ってはならない。岡《おか》っ引《ぴき》が嗅《か》ぎまわっていることをおもんに察知されたら、それっきりである。ヘタな聞き込みはかえっておもんに注進がとぶ。そこが聞き込みの難しいところであり、技も金も要《い》る。が、捨吉にぬかりはない。

すでに捨吉は徳の市とおもんの密通を確信している。そうなった成り行きもほぼ読めている。きょうはそのことを確かめるべく、客のふりをして川中島へ乗り込んだ。

「おっつけおもんという女がくる。きたら上げてくれ。その前に酒を頼む」

いきなり捨吉が女将《おかみ》風の女に「おもん」を投げた。が、波紋は生じない。ふふ、こんなところで女が名前を明かすはずもないか、捨吉が苦笑しながら二階へ上がってゆく。

ほどなく年増《としま》女が膳《ぜん》を運んできた。

「ちょいと訊《き》きてえんだが、いいかい」

捨吉が年増女に一朱金を握らせた。

「まあ、こんなに。ありがとうございます。気前のよい旦那だねえ。毎日こうだと私しゃ蔵が建ちますよ」

「ふふ、蔵か。そりゃあいい」

「で、旦那、何が訊きたいんです」

「ちょいと小耳にしたんだが、ここへちょくちょく座頭《ざとう》がいい女を連れ込むってなあ、本当の話かい」

「ああ、あの按摩《あんま》さんねえ。それならみんな知ってますよ。女のほうはここじゃ評判ですからねえ」

「そんなにいい女かい」

「いいえ、その評判じゃなくて、声ですよ。声が大きいんですよ」

「怒鳴るのかい」

「いやですよ、この旦那は。女の声といったら、あの声しかないじゃありませんか」

「おお、その声か。違《ちげ》えねえ。で、そんなにでかいのかい」

「でかいのは本人の勝手だけどさ。ただ、ここで働いてる者は大抵独り者でしてねえ、気の毒ですよ。からだに毒ですよ。あの二人がきたときは、誰も近寄りませんのさ」

「ふふ、なるほどねえ。いっぺん聞いてみてえもんだぜ」

「まあ、いやな旦那だよお。あんなもの聞いたって一文の得にもなりゃしませんよ」

「ふっ、まったくだ。で、しょっちゅうくるのかい」

「そうさねえ。月に二、三度ぐらいかねえ」

「二、三度か。それじゃ、それほど好き者ってえわけでもねえな」

「あの女はどこかお店《たな》の若後家だね。私しゃそう見たよ。ただねえ、相方が相方だからねえ。女は見られる心配がないと、どうしても羞恥《はじらい》を忘れちまうものさ。それにほれ、按摩さんはツボをはずさないだろうしねえ」

「ふふ、面白《おもしれ》え。おめえの言うことはいちいちもっともだぜ。昔はさぞかし男を泣かしたんだろうよ」

「おお、いやな旦那だこと。私しゃ泣かされたほうの口ですよ。いえ、いまでも泣かされておりますのさ」

「そりゃあいいこった。泣かすも泣かされるも相手あってのこと。おれのような独り者は泣くにも泣けねえよ」

「ほほ、危ない危ない。男はみんなそう言いますのさ。旦那、訊きたいこと、まだありますか。あんまりお客の座敷に長居すると、叱《しか》られますのでね」

「おお、すまねえ。面白え話を聞かせてもらったぜ。ありがとよ」

「いえいえ、私のほうこそありがとうございました」

年増女が一朱金を隠したふところのあたりをポンと叩《たた》いて出てゆく。

語り終えて、捨吉が采女を見上げた。

「旦那、いけやしょうか」

「むろんじゃ。これで徳の市は網にかかった魚《うお》も同然、もはや逃れられぬ。あとは網を引き上げるだけよ」

「それじゃ、いよいよ出陣ですね」

「出陣？」

「旦那、敵は川中島ですぜ」

「ふふ、川中島か。したが捨吉、わしは隠居じゃ。いまさら信玄、謙信ともいくまいよ」

「では、伊織《いおり》の旦那で」

「そうよのう。が、網は引き上げるときが肝心じゃ。しくじれば、そなたがせっかく追い込んだ大魚を逸する。それに、川中島への根まわしもある。伊織にはちと荷が重いかもしれぬ。やはり、ここは文さんに助《す》けてもらうしかあるまい。捨吉、いまから八丁堀へゆく。佐々木どのに会う。そなたもいっしょにきてくれ」

「へい。合点《がってん》で」

二人が同時に腰を上げた。

二

八丁堀岡崎町のめし処「鶴亀」は、采女の命名である。めでたい名だが、実のところは米松の娘おつると、その婿《むこ》、亀次郎の名前をくっつけたにすぎない。この夜、鶴亀はいつもより早く提灯《ちょうちん》の灯《ひ》を落とした。が、なかからは明かりが洩《も》れ、人の影もある。

「そういうわけで、ひきつづき佐々木どのに助《す》けてもらうことになった。佐々木どのと捨吉は徳の市に張りつく。伊織は米松、長助とともにおもんに張りつけ。くれぐれも感づかれるな。いまはただ、遠くからその足どりを追うだけでよい。いずれ二人は川中島へ向かう。そのときを待つのじゃ。ここまでくるのにちと手間どったが、こういう一件は動き出せば速い。そのことはみなも知っての通りじゃ。気を抜くな。油断するな。頼んだぞ。それだけじゃ。なんぞ質《ただ》すこと、あるか」

采女が言葉を切って一同を見渡した。伊織、米松、捨吉、長助の顔ぶれである。

「なければ酒としよう。父っつぁん、頼む」

米松が「へい」と受け、拍手《かしわで》を二つ打った。と、おつるが酒肴《しゅこう》を運んでくる。そして酒盛りになった。


張りついて四日目、おもんと徳の市が動いた。その日の昼過ぎ、「行《い》ってらっしゃいませ」と送られて、おもんが茜屋を出た。伊織、米松、長助の三人が即かず離れずそのあとを追う。筋違橋を渡ったところで、おもんが御高祖頭巾を着し、駕籠を拾った。その意味するところは明らかである。

「長助、先まわりしてくれ。いま頃は徳の市も川中島へ向かっておろう。佐々木さまへつないでくれ」

伊織が小声でささやく。長助が小さく頷き、尻を端折《はしょ》って裏道に消えた。

同じ頃、徳の市も下谷長者町の長屋を出た。

「あやつ、着物を替えたな」

文三が捨吉の耳に小さく投げた。

「へい。この間のときもあの着物でございやした」

「ふふ、これであやつの行き先は決まったたな」

文三がニタッと崩した。杖を先に立て、徳の市が池之端仲町へ入ってゆく。尾行《つけ》る二人に長助が合流した。

「女のほうはもうなかか」

「いいえ、おっつけきます。駕籠できます」

「そうか。それじゃ、わしらは裏手から入るとしよう」

徳の市がなかに消えるのを見届けて、文三が言った。すでに川中島とは話がついている。川中島としても八丁堀の意向には逆らえないし、商売がら八丁堀に恩を売っておいても損はない。

女将《おかみ》の手引きで三人が中二階の小部屋に陣取った。客の出入りがよく見える。そこへ御高祖頭巾がふっと現われ、例の年増女に案内されて廊下を渡ってゆく。やがて伊織と米松が裏口から入ってきた。

「佐々木さま、二人はすでになかですね」

すぐにも踏み込まんばかりに伊織が気負い立つ。無理もない。伊織にとっては初めての捕物である。

「伊織、焦ってはならぬ。仕上げを過《あやま》たば、すべてぶちこわしじゃ。相手は座頭。ヘタに踏み込んで、揉 療治《もみりょうじ》だと言い抜けられたらなんとする」

「えっ、揉療治ですか。佐々木さま、そのテ、ありましょうか」

「ないとは言えぬ。それゆえ、こたびはその現場を押さえる。いささか目の毒かもしれぬが、それもおつとめのうちじゃ。みなもその心づもりで頼む」

文三が一同の気を引き締める。文三としても失敗《しくじり》は許されない。本来なら、この場に采女の姿があってもおかしくないのだが、それがない。そこに采女の遠慮があり、倅《せがれ》を頼むという思いがある。その心は百も承知の文三である。

ややあって、例の年増女が中二階へ上がってきた。

「旦那方、あの二人は桔梗《ききょう》の間です。両隣りも、そのまた両隣りも空いています。ご存分に、女将がそう言っています」

「そうかい。配慮してくれたか。女将に礼を言ってくれ。で、二人の様子はどうじゃ」

「女のほうは湯に行きました。男は酒を呑《や》っています」

「そうかい。もそっと先か。なんぞ変わった動きがあったら知らせてくれ」

「かしこまりました」

年増女が軽く会釈を落とし、立ち去ろうとして一同に目を流したところで、捨吉の姿を捉《とら》えた。

「おや、この間の旦那じゃありませんか。やっぱりねえ、親分さんでしたか。どうもそんな気がしていましたよ」

「なあに、隠してたわけじゃねえ」

「いいんですよ、そんなこと。でも、よかったですねえ、親分。あんなに聞きたがってた声を、きょうはたっぷりと聞けますよ。ほほほ、ほほ。始まったら合図を送りますからね」

「おお、頼む。そうしてくれ」

「あいよ」

年増女がポンと胸を一つ叩き、階段《きざはし》を降りてゆく。


桔梗の間へ踏み込むなり、伊織が風のように走った。徳の市が頭をもたげかけたところを、間髪《かんはつ》を容《い》れず十手《じって》で首筋を押さえつけた。そこへ文三が「密通の現場、しかと押さえた。神妙に致せ」と放った。と、おもんが「あっ」と悲鳴をあげ、徳の市をはねのけてくるりと背を向け、そのまま突っ伏した。

「だっ、誰だ。何しゃあがるんでい」

押さえつけられながらも、徳の市が毒づく。

「八丁堀だ。ジタバタするんじゃねえ。騒ぎ立てて恥をかくはおめえたちだぜ」

文三が徳の市の頭上に重い声を落とした。

「はっ、八丁堀……。おもん、本当か」

徳の市が十手の下から喘《あえ》ぐように問う。が、おもんは突っ伏したまま顔を隠して動かない。長襦袢《ながじゅばん》だけがガタガタ震えている。

「捨吉、長助、その女を別の部屋へ連れてゆけ」

文三が命じた。おもんがいなくなれば、目の見えない徳の市はいよいよ不安になる、そう踏んでのことである。捨吉と長助がおもんの両脇を抱えて出てゆく。案の定、徳の市から力が抜けた。それを確かめて、伊織が十手とねじりあげた腕を放した。

「米松、そやつをふん縛れ」

文三が白縄をポンと投げた。米松がそれを「へい」と受け、裸の徳の市に着物をかけ、その鼻先に褌《ふんどし》をぶら下げた。

「褌ぐらいてめえで締めろ」

徳の市がそれを奪うようにして締めたところへ、米松が流れるように十文字縄をかけてゆく。

「おめえ、露顕すりゃコレだってこと、知っての間男《まおとこ》かい」

文三が徳の市の首筋にトンと十手を当てて言った。

「ちっ、違う。間男じゃねえ」

「ほう、それじゃこのザマはなんだ」

「知らねえ客だ。揉みに呼ばれて、誘われて、成り行きで、間男じゃねえ」

「じゃ、あの女はゆきずりの客ってわけかい」

「初めての客だ。知らねえ女だ」

「そうかい。だがなあ、徳の市」

文三が初めて徳の市の名を口にした。そのとたん、徳の市に胴震いが走った。

「おめえに知らねえ女だと言われりゃ、さぞかし茜屋のおもんは怒るだろうぜ」

「あわ、わっ……。そっ、そっ……」

口はわなわな震えるが、言葉にならない。

「そんなに驚くことあるめえ。おめえだっていま、おもん、と呼んだじゃねえか」

「だっ、だが、間男じゃねえ」

「おいおい徳の市、おもんはれっきとした亭主持ちだぜ。おめえ、知らなかったのかい」

「知らねえ。聞いたこともねえ」

「そりゃおかしい。おめえ、去年頃までその亭主に鍼、灸を施してたじゃねえか。寝たきりのようだが、死んじゃいねえぜ。忘れちまったのかい」

文三がしんねり、ねっちり追い込んでゆく。言い抜けの根拠を失ったか、徳の市に言葉がない。が、次第にからだの震えが大きくなってゆく。文三がそれを見逃すはずもない。

「まっ、忘れたものは仕方ねえ。いずれ、茜屋の使用人がお白洲《しらす》で思い出させてくれるだろうよ」

「おっ、お白洲……」

縛られた徳の市の上体がツイッと浮いた。

「案ずるな。どんな悪党でもいきなり首を刎《は》ねるなんてことはねえ。吟味、お白洲と手順を踏んでからじゃ。おお、そうだ。ここの使用人にもお白洲へ出てもらおう。そうすればおめえが言ったように、初めての客か、知らねえ女か、立ちどころに判明しよう。徳の市、おめえこの半年ばかり、月に二、三度、ここでおもんと密会してるそうじゃねえか」

「ええい、畜生。なっ、なにもかも」

「そうだ。なにもかもだ。すべて調べ上げたうえでひっくくったのじゃ。もはや逃れられぬ。観念しな」

「畜生。畜生、畜生」

徳の市が膝《ひざ》をこすって身を揉む。

「徳、悪党にしちゃ往生際が悪いぜ。おめえがおもんを亭主持ちと知っていたかどうかにかかわりなく、他人《ひと》の女房と一度でも情を通じたら、それは立派に密通だぜ。亭主と相対ずくの私和《しわ》なら、大判の一枚程度ですむかもしれねえが、いったんお上《かみ》の知るところとなった以上、おもんは打首、おめえは打首に晒しっ首よ」

「そっ、そんなバカな。冗談じゃねえ。死んでたまるか」

「バカでも冗談でもねえ。それが御定法《ごじょうほう》よ。この首は間違いなく晒し台の上だぜ」

文三がまた徳の市の首筋に十手を当てた。と、徳の市がクシャッと顔を潰し、「まっぴらだあ。なんでおれが、なんでおれが」と泣き、喚《わめ》く。

「泣け。喚け。おめえのあくどい金貸しと取り立てに苦しめられた者ら、あげくの果てに妾《めかけ》奉公や女郎に落とされた女子《おなご》らは、もっともっと泣いたであろうよ。さあ、もっと泣け。もっと喚け。それができるのも、この首がつながってる間だけのことじゃ」

文三の十手が三たび徳の市の首筋にすわった。と、そこへ米松が、「旦那、危ねえ。汚《ひ》ねえ。野郎、小便《しょんべん》を洩らしてやがるぜ」と叫んだ。文三があわてて二、三歩、身を退く。と、徳の市が正座する周りの畳がみるみる濡《ぬ》れてゆく。目から涙、鼻から鼻汁、口から涎《よだれ》を流しながら、徳の市が小便のなかでからだを震わせている。文三と米松がどちらからともなく目を交わし、ニタッと崩した。伊織が呆然《ぼうぜん》と立ちつくす。

三

「父上、父上」

声高《こわだか》に呼ばわりながら、伊織が店先《たなさき》に駆け込んできた。小間物を仕分けしていたおしゅんの手が止まる。が、伊織は挨拶《あいさつ》もどかしげに、「おしゅんさん、父上はいますね」と言うなり、雪駄《せった》を「ハ」の字に脱ぎ捨て居間へ上がってゆく。あわてておしゅんがその背に、「伊織さま、旦那さまは庭です。お手入れです」と放った。伊織の足が一瞬止まり、向きを変えて客間から縁側へ出てゆく。と、采女が牡丹《ぼたん》のひと叢《むら》に腰を屈《かが》め、その大輪に見入っている。そこへ伊織が畳みかけた。

「父上、すみました。終わりました。首尾は上々です」

その意味するところは明らかである。采女の眼が光った。

「終わったとは、座頭の一件じゃな」

縁側に腰を下ろしながら采女が言った。

「はい。徳の市です。動いたのはきょう。完璧《かんぺき》に追い込みました」

「んん。で、落ちたか」

「はい。佐々木さまが見事に落としました」

「そうか。詳しく話してみよ」

伊織が興奮気味に一部始終を語ってゆく。無理もない。伊織にとっては初めての捕物現場だったのだから。

文三が徳の市を追い込んでゆく手際にも驚いたが、追い詰められて小便を洩らし、そのなかでガタガタ震える徳の市の姿にも衝撃を受けた。打首獄門の重さをたっぷりと目《ま》のあたりにした伊織である。が、その重さが事を迅速、かつ思惑通りに運ばしめたのも事実である。小便の海で絶望に溺《おぼ》れかかった徳の市に、文三がさりげなく冀望《きぼう》の糸を垂らした。と、たちまちその糸に徳の市がしがみつき、あっけなくなにもかも白状してのけた。

「では、例の三悪党のこと、わかったのじゃな」

「はい。やはり一九は寺の坊主でした。稲荷町は東光寺の住職で名は善照《ぜんしよう》。徳の市を通じて金貸しをやっているようです」

「なるほど、そのつながりであったか。ふっ、坊主が裏貸しとは呆《あき》れたものよ。で、他の二人は何者であった」

「父上が申されたように、侍のほうはやはり旗本の三男坊でした。家禄は二百八十石で、親父の加納丹膳《たんぜん》は腰物方《こしものかた》とか。丹三郎は本名のようです」

「旗本の倅が何ゆえ寺の坊主なぞとつるんでおるのじゃ」

「先生と呼ばれているから善照の用心棒ではないかと、徳の市はそう言っていました」

「坊主に何ゆえの用心棒なのじゃ」

「佐々木さまもそれを糺《ただ》されましたが、徳の市もそこまでは知らないようです」

「ふうむ、まだ奥がありそうじゃのう。したが坊主に旗本とは厄介じゃ。先が思いやられるわ。で、もう一人は何者じゃ」

「神田佐久間町の瀬戸物商・上総屋《かずさ》の主人で、本当の名は彦次郎。直次郎は偽名でした」

「やはりのう。が、その三人、どうしたつながりなのじゃ」

「そこまでは徳の市も知らないようです。ただ、丹三郎と彦次郎は東光寺に入り浸りのようで、徳の市が赴《おもむ》くたびに二人の姿を見かけた、いや、声を聞いたそうです。父上、坊主と商人《あきんど》と旗本の部屋住み、いかにも奇妙な取り合わせです。どのようなつながりなのでしょうか」

「おいおい伊織、わしがそれを問うておろうが」

「あっ、そうでした。これはどうも」

伊織が頭を掻《か》く。相変わらず一本道か、采女の心に苦笑と同時になつかしい感慨がわく。伊織は子供の頃から、一つの思いにとらわれると他を忘れる癖があった。

「まあ、よい。そこは探索すればいずれわかることじゃ。それよりも伊織、よもや徳の市がその三人へ注進に及ぶことはあるまいな」

「それはありません。いえ、ないと思います。徳の市はもはや佐々木さまの手の内です。そこから逃れようとすれば、先に待つのは打首獄門。到底あの座頭のなし得るところではありません。父上、徳の市はきょうから当分の間、病の床ということになっています。あっ、これがその証文です。口書《くちがき》です」

そう言って伊織がふところから二、三枚重ねた半紙を取り出し、采女の手に渡した。采女がそれに目を通してゆく。

「ふふ、二度と手荒な取り立ては致しませぬ、女衒《ぜげん》の真似も致しませぬ、か。よほど文さんにゆさぶられたようじゃのう」

「父上、佐々木さまの手際、まるで淀みない川の流れのようでした。徳の市はただ佐々木さまの手の平で踊っただけ。見事なものでした」

「そうか。それはよい技を見せてもらったのう。伊織、きょうのこと、忘れるなよ」

「はい。ですが父上、一つ尋ねてもよいですか」

「なんじゃ」

「ひとたび目こぼしの約束をしておきながら捕えるというのは、たとい相手が悪党であっても信義に悖《もと》ることでしょうか」

「徳の市のことを言っておるのか」

「はい。いまは三悪党に響きますから捕えるわけにいきませんが、いずれそこに決着がついたら捕える、というのはやはり武士として恥ずべきことでしょうか」

「むろんじゃ。相手が悪党であれなんであれ、一度結んだ約束を反故《ほご》にするは武士の恥、万座のなかで嗤《わら》われても仕方ない。場合によっては腹も切らねばならぬ。それが武士じゃ」

「では、徳の市との約束はどこまでも守らねばならぬと」

「いいや、そうではない。定廻《じょうまわ》りは武士でありながら、武士であってはならないのじゃ。というより、武士にこだわっていてはつとめを果たせぬ。伊織、われらが世に在《あ》るはなんのためぞ。江戸諸民の安心と暮らしを守るためであろうが。そのためならすこしぐらい武士の道を踏みはずしてもかまわぬ。ときに約束を反故にするもよい。が、それはあくまでも江戸諸民の安心と暮らしに資《し》する限りにおいてじゃ。伊織、われらが切米《きりまい》三十俵二人扶持《ぶち》は、上《うえ》さまから頂戴しておるように見えながら、その実、江戸諸民からいただいておるも同然よ。そのこと、忘れるな」

「父上、わからなくなってしまいました。このまま目こぼしすべきか、機を見て捕えるべきか。どのように徳の市を扱ったものでしょう」

「それはそなたの考え次第であろうが」

「えっ、私の考え?」

伊織がいよいよ迷う。采女の真意が奈辺《なへん》にあるか、推《お》し測れない。伊織が方向を変える。

「父上は目こぼしの約束を反故にしたこと、あるのですか」

「あるとも。何度もある」

「えっ、何度もですか」

「ただし、それは極悪人に限ってのことじゃ。小悪党なぞ改めて捕えるまでもあるまい。そなた、どうあっても徳の市を捕えたいようだが、何ゆえじゃ」

「それはむろん、おふさの無念を思うからです。徳の市を仕置せねば、おふさの無念は霽《は》れないと思うからです」

「小さい小さい。徳の市を仕置したところで、おふさが無垢《むく》の昔に戻れるわけではあるまい。いま大事なことは、おふさの軛《くびき》を断ち切ってやることじゃ。その後どのように生きてゆくかはおふさ自身のこと、他人の立ち入ることではない。よいか伊織、定廻りにできることはせいぜい、不幸の根を断つことぐらいじゃ。人に倖《しあわ》せをもたらせるなぞと自惚《うぬぼ》れてはならぬ。おふさにそれだけの運と器量があれば、倖せになれよう。われらとしてはそれを念じ、信ずるしかあるまいよ」

「父上、佐々木さまもそのように考えて目こぼししたのでしょうか」

「むろんそれもあろうが、それだけでもあるまい。伊織、そなたが徳の市を捕えるとして、その罪状はなんじゃ」

「それはもちろんきょうの一件、密通です」

「であろう。が、密通は相手あってのこと。徳の市を仕置に持ち込めば、茜屋のおもんも死罪を免れぬ。それでよいのか」

「えっ、おもん。おもんは……やむを得ません。密通したのですから」

「ほほ、これは情《じょう》のない定廻りどのじゃ。おもんが死罪になったら、寝たきりの亭主はどうなる。一人娘はどうなる。茜屋はどうなる。使用人はどうなる。みんな不幸になろうぞ。それでは根を断つどころか、不幸の種を播《ま》くようなものじゃ」

采女が突き放すように言った。と、伊織が「あっ」と声を呑《の》んで恥じ入る。その脳裡《のうり》を佐々木文三の姿が流れてゆく。先刻、長襦袢姿のまま打ちひしがれるおもんに、文三がとろりと声をかけた。

「おもん、もうよい。これを着て早く家に帰れ」

おもんの前にバサッと着物が落ちた。はじかれたようにおもんの顔が上がる。その眸《ぼう》が、本当に帰ってよいのですか、お咎《とが》めはないのですか、と問うている。

「おもん、こたびはなかったことにする。そなたも忘れろ。忘れて商いに励め。よいな」

「ありがとう、ありがとうございます、お役人さま」

おもんが着物を抱きしめてすすり泣く。

「だがおもん、徳の市とは切れろよ。あやつは悪党じゃ。悪党にかかわっておると、いつまたこのようなとばっちりを受けぬとも限らぬ。もそっと男を選べ」

文三がこともなげに言ってのけた。その言葉が驚きとともに、いまも伊織の耳に残っている。おもんの目こぼしはともかく、男を選べとは、まるで密通をそそのかしているようなものではないか。伊織は文三の心を推し測れない。

「父上、佐々木さまはなぜあのようなことを口にしたのでしょうか」

伊織が問う。が、采女は答えにくい。できれば父と子の間では避けたい話柄《わへい》である。しかし伊織のこれからを思えば、やはり伝えておきたい事柄でもある。

「伊織、文さんは男と女子《おなご》の間を広く、やさしく、おおらかに捉えておるのじゃ。おもんは気の毒な女子よ。不憫《ふびん》な女子よ。女子盛りだというのに、亭主は長年寝たきり、茜屋の切り盛りもその肩にかかっておる。そんなおもんの心にちょいと魔が差したところで、さほどにめくじらを立てることもあるまい。それが文さんの心よ」

「父上、そのようなもの、でしょうか」

「伊織、定廻りのつとめは罪人をつくることではない。むしろ、つくらぬことじゃ。そこを忘れるな」

「はい。では父上、佐々木さまは徳の市が二度と悪事を働かぬと見ているのでしょうか」

「そうではない。喉元《のどもと》過ぎれば熱さを忘れるのが悪党の常じゃ。そう見たゆえ、この口書をそなたに託したのであろうが」

「いいえ、それは父上に渡すようにと、佐々木さまから預かったものです」

「おいおい伊織、隠居のわしがこれを預かったところで、なんの役にも立つまいが。文さんとて同じこと、おっつけお役を退く。これを役立てるはそなたのつとめであろうが。徳の市が熱さを忘れそうになったら、これを読み上げてやつの耳に吹き込んでやれ。さすればたちまち喉元に熱さが戻り、悪事なぞ働けぬ。罪人をつくらぬとはそのことじゃ」

「それでは、その含みで佐々木さまは私にそれを」

「当たり前じゃ。さあ、これはそなたが預かっておけ」

采女が口書を伊織の手に戻す。それを受け取りながら、伊織の不満がつのってゆく。

「父上も佐々木さまも、どうして私にまっすぐ教えてくださらないのですか。私は含みや遠まわしは苦手です」

「ふふ、怒ったか。したが伊織、まっすぐは身につかぬ。人は悩み、考え、思いあぐねたものしか身につかぬ。その点、文さんは申し分のない師よ。ついでにもう一つ、教えておこう。今度はまっすぐじゃ。座頭の一件が無事片づいたのは長助、捨吉、米松の働きがあってのこと。そういうときはイの一番に向っ引を労《ねぎら》ってやるものじゃ。そのことも心得ておけ」

「父上、それは父上がそうでしたからよくわかっています。で、そのことを佐々木さまに申しましたら、そこはわしが引き受けた、まずは父上に報《しら》せよ……そう申されましたので、ひとまずここへとんできたのです。あの三人は佐々木さまとともに新川の海千楼《うみせんろう》です。私もあとからくるように言われています」

「おお、そうか。文さんがのう。ならば、そなたもゆくがよい」

「それでは父上、これで」

口書をふところに入れ、伊織が腰を上げた。と、采女が「待て、ちょっと待て」と制して縁側を上がり、居間へ消えてゆく。が、すぐに戻ってきて、「これをあすにでも三人に渡してやるがよい」と小判を三枚、伊織の前に置いた。

「父上、このくらいは私も持っています。これは父上がつかってください」

「よいのじゃ。こたびはこれでよいのじゃ。ただし、これはあくまでもそなたからであって、わしからではない。そのこと、くれぐれも間違えるなよ」

采女の口調に断固たるものがある。

「わかりました、父上。それではいただきます」

伊織が三両を手に取った。これでよい、采女の心に浅からぬ感慨がわく。この金は野ざらし銀次が伊織のために、いや、太郎吉のために残した五十両の一部である。伊織の初働きにふさわしい金である。

伊織と采女が同時に立って店先《たなさき》へ出てゆく。と、おしゅんがあたふたと追ってきて、「伊織さま、もうお帰りなのですか」と声をかけた。酒になるものと思って仕度にとりかかったばかりのおしゅんである。

「おしゅんさん、いまから新川へゆかねばなりません。きょうはこれでお暇《いとま》します」

そう残して伊織が大股《おおまた》に店を出てゆく。むろん、新川の意味などおしゅんにわかるはずもない。その肩に采女がトンと手を置き、二度、三度、軽くゆすった。よい、きょうはこれでよいのじゃ、と言わぬばかりに。

四

善照に捨吉を、丹三郎に米松を、彦次郎に長助を張りつけて以来、毎日のように誰かがやってくる。ときに二人、三人と重なることもある。そのたびに大抵は酒になるのでおしゅんが忙しい。が、客に肴《さかな》の味を褒《ほ》められればやはりうれしいし、料る励《つく》みにもなる。

「おしゅん、きょうは誰がくるかのう」

采女が盤上に白石を放ちながら言った。

「そうですねえ。この二、三日、長助さんが見えてないから、長助さんじゃないかしら」

そう応じながらも、おしゅんが真剣に盤上を睨んでゆく。何日ぶりかの囲碁である。

「それにしてもきょうくるヤツは実に運がよい。なにしろ初鰹《はつがつお》じゃからのう」

「はい。おかげで私も何にしたものか迷わずにすみます。こうして囲碁も打てます」

今朝《けさ》ほど魚河岸《うおがし》から鰹が届けられた。手嶋屋の新造《しんぞう》からだという。采女が狂喜したことは言うまでもない。初物を食《しょく》さぬは江戸者の恥である。とりわけ鰹は別格と言っていい。

鰹は「勝つ魚《うお》」に通じ、武家の好んで食するところであったが、やがて諸民の間に広がり、旬《しゅん》の頃ともなれば江戸中がハシリを求めてひと騒動が起きる。むろんその値も一本二、三両と凄《すさ》まじい。下女奉公の一年の給金が二両前後だから、鰹は下女をも凌《しの》ぐ。公儀《こうぎ》もたびたび禁令を発し、解禁は四月と定められているが、三月も十日を過ぎるあたりからハシリが出まわり、江戸の「初物喰い」に火がついてゆく。

「旦那さま、あんな大ぶりの鰹は初めてです。高いんでしょうか」

「そうよのう。いまの時季であの大ぶりなら、一両は下るまい」

「えっ、一両……ですか。それでは貧乏人は無理ですね。お金持ちしか食べられませんね」

「おしゅん、それがまるであべこべよ。金持ちは初鰹になぞ手を出さぬ。金持ちと 見くびってゆく 鰹売り……といっての、年季を入れた鰹売りほど金持ちのところへは立ち寄らぬものじゃ。あと十日、二十日もすれば、鰹は一分《いちぶ》あたりまで値を落とす。それからゆっくりと食すのが金持ちというものよ」

「まあ、それでは誰が初鰹を食べるのですか」

「むろん、貧乏人よ」

「えっ、貧乏人がどうしてそんな高いものを」

「それが江戸の貧乏人の心意気よ。威張り散らしても初鰹さえ食えぬ武士への面当《つらあ》て、義理かく恥かく汗をかくで財を築く上方商人への面当て、その二つであろうよ」

「でも旦那さま、初鰹を食べるお金があるのなら、貧乏人ではありません」

「いやいや、そうではない。貧乏人は貧乏人らしく、仲間同士や長屋ぐるみで買ったり、あるいは借金をして買うのじゃ。して、その借金のために半年も一年も苦しむ。だからこそ心意気となるのよ」

「まあ、半年も一年も苦しんで、それで心意気なのですか」

「ふふ、まあそこはよい。わしらはただ苦しまずに食すだけのことよ。で、あろう」

采女がひょいとおしゅんに上目を放った。と、おしゅんがほっこり頷く。

「はい。たのしみです。でも、手嶋屋のご新造《しんぞ》さまはあのことが、おふささんのことが何事もなくて、よほどうれしかったのでしょうね。あの鰹は過ぎたお礼です」

「おしゅん、あれは謝礼だけではない。わしに対する口止め料も含まれておるのじゃ」

「えっ、口止め料？　なんのことですか」

「おしまめ、ここへ相談にきたことを惣兵衛に内緒にしてくれろと、わしを拝みおったわ。ふふ、よっぽど悋気《りんき》を恥じたのであろうよ」

「まあ、そうだったのですか。それでは旦那さま、コレですね」

おしゅんがぷっくりと突き出した唇に人差指を立てた。


その夕方、誰がくるかと心待ちにしていたところへ、佐々木文三がひょっこり現われた。

「お内儀、采さんはご在宅かな」

文三が店先《たなさき》に控えるおしゅんに声をかけた。「お内儀」と呼ばれると、おしゅんはうれしくもあり恥ずかしくもある。

「はい、在宅です。どうぞお上がりくださいませ」

おしゅんが居住まいを改めるところへ、「おお、きょうは文さんか。いや、お待ち申しておった。ささ、上がってくだされ」と、采女が居間を出た。

「待っておった？　なんぞあってか、采さん」

「いやいや、待っておったはわしではない。鰹じゃ。初鰹がいまかいまかと文さんを待っておるのよ」

「おおう、初鰹か。それは待たせた。さっそく会わせていただこうかのう、お内儀」

文三が言葉尻をおしゅんに振った。

「はい。すぐに呼んで参りますから、どうぞ上がってお待ちくださいませ」

おしゅんも年寄りのとぼけたやりとりに負けていない。

江戸では鰹を辛子酢《からしず》か辛子味噌《みそ》で食す。が、おしゅんにはもう一つ、自慢のタレがある。大蒜《にんにく》を三月《みつき》ほど漬け込んだ醤油《しょうゆ》ダレである。手嶋屋のおしまから教わったものだが、香りといい風味といい、申し分ない。

「これは旨い。よいタレじゃのう、お内儀。鰹の味が一段と引き立つ。おかげで七百五十日ばかり長生きできそうじゃよ、お内儀」

文三が「お内儀」を連発しながらしきりに箸《はし》をつかう。おしゅんはタレを褒められたこともうれしいが、「お内儀」の響きが心地よい。

「ところで采さん、そろそろ大切《おおぎり》と思うが、どのように幕を引かれるのじゃ」

「それがのう文さん、どうにも気になって仕方ないのが例の旗本の小倅よ。米松の報せによれば、酒と喧嘩《けんか》と人斬《ひとき》りだけがたのしみの暴れ者のようじゃ。そんな化けものにくっついておられては、他の二人にも迂闊《うかつ》に手出しできぬ。いろいろに思案は重ねておるが、いまだに化けもの退治の手立て、思いつかぬのじゃ」

「やはりのう。わしもそのことで参ったのじゃ。采さん、わしの身内に目付《めつけ》の配下がおってのう、その者に加納家を洗ってもらった。どうやら丹三郎は下女腹のようじゃ。丹膳が下女に手をつけたものらしい。で、その下女は丹三郎を産んですぐに里へ追い返され、丹三郎は小さいときから義母や腹違いの兄たちにいじめ抜かれたようじゃ」

「なるほど、それで化けものが出来上がったというわけか」

「んん。すっかりひねくれたうえに、なまじ腕が立つから手がつけられぬ。丹三郎は一刀流目録《もくろく》の遣《つか》い手で、一時は二、三の道場で師範代などもつとめたようだが、粗暴と酒乱が禍《わざわ》いしてことごとく棒に振り、いまはまったくの無頼暮らしのようじゃ」

「ふうむ。したが文さん、丹膳はなぜそのような倅、義絶《ぎぜつ》せぬのじゃ。なんぞ事を起こされたら、それこそお家の存亡にもかかわろうが」

「それよ。丹三郎が事を起こすたびに丹膳が頭を下げ、金を積んで私和に持ち込んでおるようじゃ」

「なんと。それならばなおのこと」

「それは難しかろうよ。丹三郎の恨みは骨髄に徹しておる。義絶なぞ持ち出したら何をしでかすかわからぬ。そこを恐れておるのであろう。先頃、丹膳から隠居願いが出たそうじゃ。嫡男《ちゃくなん》に家督《かとく》を譲るまでは波風を立てたくない、それが本音であろうよ」

「親父がその弱腰では、化けものめ、いよいよつけあがろうに」

「とっくにつけあがっておるわ。事を起こさぬことを条件に、丹三郎は親父から毎月五両の遊び金をせしめておるそうじゃ」

「ふっ、本来なら部屋住みの身が月五両か。したたかな化けものよ」

「二百八十石のお家もひと皮剝《む》けば戦々恐々。寄ってたかって鬼をつくり、いまはその鬼に食われておる。自業自得とはいえ、あわれな話よ」

いつの間にか鰹が勢いを失い、しんみりとした酒になっている。が、年寄りにはそうした酒も悪くない。

五

采女がもどかしさのなかにある。米松、捨吉、長助の探索によって、ほぼ全容はつかめているのに、動くに動けない。寺社、旗本へ手出しできないこともさることながら、やはり丹三郎が喉に刺さったトゲと言っていい。

善照はその名に反して聞きしにまさる悪僧である。座頭への裏貸しは徳の市にとどまらない。そのうえ、あろうことか町方の手が及ばぬを幸いに、寺を博打場《ばくちば》として文字通り寺銭《てらせん》を稼いでいる。その博打場を取り仕切るのが丹三郎であり、そこへ客を運ぶのが彦次郎の役である。

彦次郎は上総屋の入り婿である。が、女房のとよ乃が男まさりの遣《や》り手で、怠け者の彦次郎にはいっさい商売への手出し、口出しを許さない。佐久間町界隈《かいわい》には宗、佐竹、藤堂など多くの大名家があり、上総屋はそこへの出入りも許されているが、主人《あるじ》でありながら彦次郎にはそれも無縁、商いに関しては使用人以下である。

それが面白くなかったか、彦次郎は次第に博打へのめりこんでゆく。といっても、とよ乃が彦次郎に渡す月々の宛《あ》て扶持《ぶち》はわずか二分（約三〜四万円）にすぎない。そんな端金《はしたがね》などひと晩《ひと》の博打で消えてゆく。が、行き場のない彦次郎は、博打場に入り浸って他人の博打を眺めているしか能がない。そんな彦次郎に、「上客を連れてきたら遊ばしてやるぜ」と丹三郎が声をかけた。

婿であろうと実権がなかろうと、世間から見れば彦次郎はれっきとした上総屋の主人である。その信用をもってすれば、博打好きの商人《あきんど》や小金持ちを誘い込むことなどわけもない。たちまち博打仲間がふえてゆく。そしてその符牒《ふちよう》は「東光寺の無尽講《むじんこう》」である。こうして彦次郎は博打金にありつき、丹三郎と善照は客増、寺銭増を享受《きようじゆ》し、三悪党の輪が出来上がってゆく。

徳の市からおふさの話が持ち込まれたとき、善照はそれほど乗り気ではなかった。というのも、すでに浅草阿部川町におりょうという女を囲っていたからである。で、その話を酒の席で彦次郎と丹三郎に振った。が、二人におふさの借金を負うだけの金があろうはずもない。

話はそこで立ち消えるはずであった。が、酒の勢いも手伝ったか、三人で一人の女を囲ったらどうなるか、というおぞましい方向に話柄《わへい》が流れ、三人ともその流れに溺れていった。そこにおふさのあわれがある。

「このままでは埒《らち》が明かぬ。あす、ともかくわしが仕掛けてみる。やつらがどのように出てくるか、そこを見きわめるしかあるまい」

八丁堀小山田屋敷に集まった一同を前に、采女が言った。今宵はいつもの顔ぶれに加え、佐々木文三の姿もある。

「どうであろうか、文さん」

采女が文三に同意を促す。

「そのときかもしれぬ。しかし采さん、どのように仕掛けるのじゃ」

「いきなり本丸からゆさぶってみようと思う。どうであろうか」

「東光寺のことか」

「どのみち東光寺は避けて通れぬ。ならばこの際、善照を瀬踏《せぶ》みしておくも悪くあるまい」

「それは危ない。おそらく本丸を守っておるは例の化けもの。そこはなんとするのじゃ」

文三が核心を衝《つ》く。そこは一同に共通する懸念でもある。と、そこへ伊織が割り込んだ。

「父上、私も共に参ります」

「ならぬ。支配違いじゃ」

采女がピシャッと畳んだ。と、今度は米松が口をはさむ。

「旦那、丹三郎は月央《つきなか》の十五日には必ず番町の実家へ帰ります。例の五両を受け取りに戻ります。あと四日しかねえ。そのときを狙ったほうがよかねえでしょうか」

「父っつあん、そこはわしも考えてみた。が、せっかく本丸へ乗り込むのじゃ。丹三郎を瀬踏みするよい機会でもあろうぞ」

采女が強気に出る。が、一同の懸念を消すことはできない。何も言わないが、捨吉も長助も心配顔を隠さない。そこを見てとったか、采女が言葉を足した。

「心配無用じゃ。わしとて無策で乗り込むわけではない。勝算はある。まずはわしの策を聞いてくれ」

采女がツッとひと膝詰めた。

六

翌日の昼下がり、采女が隠居然として東光寺の敷石を踏んでゆく。稲荷町は俗に新寺町とも呼ばれ、寺院の櫛比《しっぴ》する門前町である。博打場としてはもってこいと言っていい。

本堂の手前を右手に曲がり、開け放たれた庫裏《くり》に「ごめんくださいまし」と采女が声をかけた。ややあって、寺男《てらおとこ》と思《おぼ》しい初老がのっそりと現われた。

「手前は本所に住まいする善兵衛と申します。さる木綿店《もめんだな》の隠居でございます。ご住職さまに、善照さまにお願いがあって参りました。どうぞ、お取次をお願い申します」

采女が商人よろしく小腰を屈める。寺男が「すこしお待ちを」と残して奥へ消えてゆく。入れ替わりに五十がらみの僧形《そうぎょう》が出てきて、「私に何かご用とか」と応じた。下《した》瞼《まぶた》がたるみ、鼻の先が妙に赤い。見るからに生臭《なまぐさ》である。采女がズバッと切り込んだ。

「これは、ご住職さまでございますか。手前は善兵衛と申します。実は、おふさのことでお願いがございまして、突然ながらお伺い申しました」

おふさ……と聞いて、善照の下瞼がピクッと動いた。

「おふさ、どなたのことかな」

「お忘れでございましょうか。ご住職さまに面倒を見ていただいたおふさでございます」

「私が？　面倒を？」

「あっ、いえ、これは失礼を申し上げました。一九さまです。お茶人の伊東一九さまでございます」

「善兵衛さんとやら、そなたの話はよく見えぬ。が、立ち話もなんじゃ。ともかくお上がりなさい」

善照に促され、采女が庫裏を上がってゆく。通された座敷から覗《のぞ》く庭が荒れ放題である。荒れた庭を見るほど味気ないことはない。采女がツッと目を切って、持参した菓子折りを押した。

「これはほんのご挨拶がわりでございます。お納めくださいませ」

「おお、これはこれは」

とは応じたものの、すぐさま善照が口火を切ってゆく。

「善兵衛さんとやら、なぜ私がその一九とか申す茶人と重なるのじゃ」

「それは、おふさが見たからでございます」

「見た? 何を」

「実は、おふさの母親の墓も、やはりこのあたりのお寺なそうで、そこへお参りした折り、偶然にもご住職さまをお見かけしたとのことです。お茶人とばかり思っていたのに墨衣《すみごろも》なのですっかり驚き、ふらふらとあとを追ったところ、この東光寺へ入られた。で、門前の茶屋で尋ねたところ、ご住職さま、善照さまとわかった、そういうことでございます」

善照の下瞼がひくひく動き、その眼が妖《あや》しく光る。

「そなた、何者じゃ。おふさの身内か」

「いえいえ、手前はただの隠居、おふさとはなんのつながりもございません」

「ただの隠居が、何ゆえおふさを知っておるのじゃ」

「善照さま、手前は二年前まで、大伝馬町の木綿店・十字屋の主人でございました。いまは倅に跡目を譲り、本所の隠宅にひっこんでおります。先年連れ合いを亡くしまして、淋《さび》しい一人暮らしです。句の会や茶の会なぞへも足繁《あししげ》く通ってはおりますが、やはり家のなかに話し相手がいないのは淋しい限りです。とくに夜がいけません。一人で酒を呑んでもつまらないし、早々に床《とこ》につくのですが、年寄りのこととてなかなか寝つかれません。そのくせ、朝はとんでもなく早く目が覚めてしまいます」

采女が巧妙に話をずらしてゆく。案の定、善照が焦《じ》れる。

「善兵衛さん、そなたのことではない。おふさのことじゃ」

「はい、そのことでございます。で、夜の徒然《つれづれ》を慰めるために、夜釣りを始めました。船頭を雇って、三日にいっぺんほど船を浮かべております。そしてひと月半ばかり前の夜、おふさを釣り上げたのでございます」

采女が話を大きく振っておふさに戻してゆく。が、善照は呑み込めない。

「おふさを……。なんのことじゃ」

「かわいそうに、おふさは半ば死んでいました。身を投げたのです」

「なにっ、身投げっ」

「はい。袂《たもと》に石が詰まっておりました」

「で、どうした」

「幸い船頭に心得がありましたので、すぐさま水を吐かせ、手前の隠宅に運び、医者を呼び、かろうじて九死に一生を得ました」

「ふむ、助かったか」

「ですが、それからひと月ばかりは臥《ふ》せったきり、ろくに口も利《き》けないありさまでした。で、床に起き上がれるようになったのが十日ほど前、床上げをしたのが五日前のことでございます。そして、すっかり身の上を語ってくれました。あわれな話です。気の毒な話です」

采女がふところから汗ふきを取り出して目頭《めがしら》を押さえる。善照の顔が忌々《いまいま》しげに歪《ゆが》んだ。

「で、おふさのことで頼みとはなんじゃ」

「お願いでございます、善照さま。おふさを手前にお譲りくださいませ」

「譲る? 譲ってどうするのじゃ」

「この齢で恥ずかしい話ですが、手前の女房に致します」

「ほほ、女房か」

「善照さま、お笑いくださいませ。看病している間にすっかり情が移ってしまいました。それに、たとえ相手が病人であろうと、一人で暮らすよりは二人で暮らすほうがはるかに張り合いがございます」

「そのことをおふさは承知したのか」

「はい、承知してくれました。囲われの身は嫌だ、まして三人など死んでも嫌だ、そう言って泣いておりました」

「わかった。善兵衛さん、おふさは譲ってもよい」

「えっ、お譲りくださいますか。ありがとうございます、善照さま」

「ただし、その前に筋を通してもらいたい」

「と申されますと」

「おふさはわれらとの約束を破った。借金を踏み倒して逃げた。まず、本人がわれらの前に出てその非を詫《わ》び、借金を清算するのが筋であろう」

「ごもっともでございます。実は、手前もそのことは説きました。いっしょに詫びてあげるからと、何度も説きました。が、どうにもなりません。前に一度逃げて、死ぬほど折檻《せっかん》を受けたとかで、手前がその話をするとおふさは蒼《あお》ざめ、からだを震わせて怯《おび》えます。これ以上強《し》いれば、おふさはまた身投げしてしまいます。死んでしまいます。善照さま、それだけはたしかです。間違いありません。筋をはずして手前が一人で参りましたことは幾重にもお詫び申し上げます。なにとぞ、お許しくださいませ」

采女の顔が畳を舐《な》めぬばかりに沈んでゆく。きょうの采女はどこまでも町人である。

「善照さま、ここに四十両ほど持って参りました。おふさの借金は三十六両ばかりとか。筋はずれのお詫びも含めて、何卒この四十両でおふさをお譲りくださいませ」

采女がふところから取り出した袱紗《ふくさ》を善照に押し出す。善照の下瞼がだらしなく垂れ下がった。と同時に、その眼が狡猾《こうかつ》の色を帯びてゆく。

「承知した、と言いたいところだが、もう一つ難題がある」

「なんでございましょう」

「すこし待ちなさい。いま証文を持ってくる。まず、それを見てもらいたい」

善照が席を立った。が、なかなか戻らない。ふふ、悪党どもめ、打ち合わせておるか、采女の口許がゆるむ。と、そのとき、背後から凄まじい殺気がとんできた。はじかれたように采女がうしろを振り返る。が、襖《ふすま》は閉まったままである。化けものめ、とうとう現われおったか。采女が背中に神気《しんき》を集中してゆく。きょうの采女は身に寸鉄《すんてつ》も帯びていない。いきなり斬り込まれたらひとたまりもあるまい。そこへ善照が戻ってきた。

「いや、待たせた。どこへ仕舞《しま》ったか度忘れして、さがすのに手間どった。これがその証文じゃ」

善照が差し出す証文を受け取り、采女が丹念に目を通してゆく。案の定、あとから書

き加えられたと思しい一条がある。「但《ただし》　双方何《いず》れかに違背《いはい》あるに於《おいて》は　相応の過料《かりょう》あ
る可《べ》し」の墨の色が他の条々と異なっている。

「おわかりか。難題とはその一条のことじゃ」

「善照さま、この過料とはいかほどでございましょう」

「まずは百両」

「えっ、百両」

采女の手から証文がハラリと落ちた。それを見て、善照が言葉を足した。

「と、言いたいところだが、詫び料を加えて四十両持参したその心に免じて、その同額、
あと四十両でよい」

「あと四十両、でございますか」

采女が腕を組んでうなだれる。

「無理かな。おふさを諦《あきら》めるかな」

「いえいえ、おふさを諦めるなぞとんでもありません。あと四十両、たしかに承知致し
ました。ですが善照さま、あと二、三日、いえ四、五日、お待ちいただけませんでしょ
うか。五日以内には必ず四十両持参致します」

「あと五日、か。それはかまわぬが、金策かな」

「いえ、そのぐらいの金なら手前もないではありません。が、おふさと夫婦になったと

しても、早く死ぬのは手前に決まっています。そうなればあとに残るおふさが気の毒。おふさのためにすこしでも多くの金を残しておきたいのです。ですから、残りの四十両はなんとしても倅に出させます。ただ、倅は吝《しわ》いし、その嫁はなお吝いしで、説得に時がかかります。そのための四、五日です」

「ほほ、吝いか。が、せいぜい説いてみることじゃ。あと五日、待つ。それが期限じゃ」

「はい。たとえ倅のほうがうまくいかなかったとしても、五日後には必ずあと四十両、持って参ります」

「待っておる。この証文はそのときに渡すこととしよう」

善照がサッと証文を引き上げた。と同時に、采女の手もサッと四十両に伸びる。

「この四十両にあと四十両を加え、五日以内に八十両にしてまたお伺い致します。そのときはよろしくお願い申します」

采女が袱紗をふところへおさめようとしたところへ、案の定、善照の声がかかった。

「待て待て、その四十両は置いていきなさい」

「えっ、置いていくのですか。善照さま、なぜでございましょう」

「ほれ、おふさを譲る前金というか、いわば手付金じゃ」

「なるほど、手付金でございますか。わかりました。預かり証文さえいただければ置いて参ります」

「むろん、証文は書く。いま書いてくるからすこし待ちなさい」

善照がまた席を立ってゆく。ふふ、聞きしにまさる欲ボケよ、采女の顔に苦笑が浮く。しかし、その間も背中からビリビリと殺気が伝わってくる。善照の合図さえあれば、いつでも斬って出るというその殺気である。が、四十両と、さらなる四十両がその合図を封じた。欲は常に判断を狂わせる。

采女が預かり証文をふところに庫裏を出た。案の定、殺気がひたひたとあとを追ってくる。

七

采女が東光寺の山門を抜け、大通りへ出た。西の寛永寺と東の東本願寺を結ぶ稲荷町筋である。通りの両側はすべて寺社地であり、その門前に細く長く町地が張りつく。

采女が大きく背伸びして腰のあたりを二つ、三つ叩いた。善照とのやりとりにくたびれたわけではない。水茶屋の床几《しょうぎ》に掛ける伊織へ送った合図である。きょうの伊織は袴《はかま》、深編笠の浪人姿である。丹三郎が尾行《つけ》ている、手出し無用、気取《けど》られるな、その合図である。

采女が東に道をとり、浅草方面へ向けてとろとろと流してゆく。通りの両側はどこまでも門前町のたたずまいである。数珠《じゅず》屋に線香屋、団子屋に甘酒屋、そして水茶屋がつらなり、前垂《まえだれ》掛けの若い娘が「よい茶がわいたァ、あがらんかァ」と、頭のてっぺんから声を絞る。采女が右に左に目を流しながら急ぐふうもない。丹三郎と与太者が二人、即《つ》かず離れず尾行てくる。

采女の足が菊屋橋の手前で止まった。背筋を伸ばし、また腰を叩く。左手の水茶屋の床几に文三と捨吉の姿がある。それをやり過ごし、橋を渡り、東本願寺の門前を抜けてゆく。通りはやや狭くなりながらもまっすぐ東へ延び、やがて大川に突き当たる。

采女が大川の手前、駒形堂の四ッ辻を右手に曲がった。浅草橋の御門へつづく大通りである。その大通りを一丁（約百九米《メートル》）ばかり行ったところで、采女がいきなり左手に折れ、駒形町のなかに姿を没した。尾行の三人があわてて小走る。と、采女がゆっくりと船宿に入ってゆく。

「おい」と丹三郎が与太者の一人に顎《あご》をしゃくった。と、与太者が船着場のほうへ走ってゆく。船宿は船の客を送り迎えするだけではない。酒と小料理をたのしむところでもある。丹三郎がその両方に備えた。

斜向《はす》かいの蕎麦《そば》屋に陣取り、丹三郎ともう一人の与太者が、酒を呑みながら船宿の出入り口を睨む。暖簾《のれん》に「船甚」とある。かつて采女の手先をつとめた甚助の船宿である。

船頭は三人にすぎないが、女房のおとくの天麩羅《てんぷら》が評判を呼び、けっこう繁盛している。

が、そんなことを丹三郎が知るはずもない。

　半刻（一時間）ばかり経った。船甚になんの動きもない。酔いと焦れに丹三郎の心が次第にささくれ立ってゆく。と、そのとき、空《から》駕籠が一挺《いっちょう》、船甚の前で止まった。ややあって、采女がふらりと出てきて、駕籠の向こう側に身を沈めた。それを見て、丹三郎が相棒に顎をしゃくった。与太者があわてて蕎麦屋を走り出てゆく。船着場を見張る与太者へのつなぎである。

　駕籠が大通りへ出て左手に曲がり、浅草橋方面へ向かってゆく。丹三郎がそのあとを追う。そこへ与太者が二人、合流した。駕籠は浅草橋の手前で止まった。しかし、なかから出てきたのは采女ではない。米松である。尾行の三人が「あっ」と声を呑む。

「畜生、入れ替わりゃあがったか。あやつも仲間かもしれぬ。眼を離すな」

　丹三郎が米松のほうに顎をしゃくった。それを横目で流しながら、米松が小足を刻んで浅草橋を渡り、御門を抜けてゆく。三人が険《けわ》しい眼つきでそのあとを追う。間もなく御門前の広小路を突っ切ったところで、米松がひょいとめし屋に入った。なかから「めしを頼むぜ」という米松の声が洩れる。

　外の三人が目を交わし、それぞれに散って米松の出てくるのを待つ。しかし、小半刻を過ぎても米松は出てこない。しびれを切らして三人がなかへ入ってゆく。客は一人だけである。上がり縁台の衝立《ついたて》の陰で、町人が黙々と酒を呑んでいる。米松ではない。長助である。丹三郎の左頬《ほお》の疵《きず》が歪んだ。

「おい町人、先ほどここへ入ってきた老いぼれはどうした」

「老いぼれ？　ああ、あの年寄りなら裏から出て行きましたよ」

「なにっ、裏……」

三人が同時に裏口へ殺到してゆく。が、米松の姿があろうはずもない。

その頃、采女は猪牙舟《ちょきぶね》で大川を下っていた。丹三郎が尾行てくることははじめから勘定のうちである。初回の四十両で手仕舞《てじま》うか、次の四十両まで待つかは別として、悪党一味が「善兵衛」を屠《ほふ》り、おふさを連れ戻しにかかることは火を見るより明らかである。その裏をかき、猪牙が初夏の川風を切ってゆく。


その夜、一同が八丁堀の小山田屋敷に詰めた。采女が善照とのやりとりを逐一語ってゆく。だが、丹三郎をどう取り除くかの一点で話が膠着《こうちゃく》し、先へすすまない。一同が重苦しく沈むところへ、伊織が発した。

「父上、私なりに思案してみました。やはり丹三郎は斬るしかないと思います」

「斬る？　誰が斬るのじゃ」

「私が、斬ります」

そのとたん、一同の眼が伊織に集中した。その眼を非難と見てとったか、いつになく採女が昂《たかぶ》る。

「バカを申せ。八丁堀同心が旗本を斬って無事にすむと思うか。責めはそなただけにとどまらぬ。奉行所全体に及ぶ。もそっと考えてものを申せ」

「ちっ、父上、斬るといっても、斬るのは髷《まげ》だけです」

「髷？　なんのことじゃ」

「丹三郎の髷を斬るのです。丹三郎も武士、髷を失っては世間に出られません。再び結《ゆ》えるようになるまで、半年やそこらはかかりましょう。その間、丹三郎は悪事を働けません。で、半年経って出てきたら、また斬ります。そうすれば丹三郎の悪事を封ずることができます」

伊織がこともなげに言ってのけた。采女が呆れる。

「おいおい伊織、髷を落とすは首を落とすより難しかろうぞ。まして相手は化けもの、一刀流の目録じゃ。勝てる見込み、あってのことか」

「父上、きょう丹三郎を尾行て見切りました。私は何度もあやつの背中を斬りました。眼で斬りました。しかし、丹三郎は一度も私の送った殺気に気づきませんでした。父上を追うことだけに心を奪われ、背後はまるで無防備、到底化けものとは言えません。それに、駕籠を追いかけるあやつの背中は喘いでいました。酒と博打でからだが鈍《なま》ったか、すっかりキレを失っていました。いかに目録の腕でも、小手先だけの剣ではその力量、半減します。それは、父上の教えです」

伊織が痛いところを衝《つ》く。しばし采女が言葉を失う。むろん、一同に声はない。ややあって、采女が「それを貸してみよ」と、伊織の刀を指差した。小山田家伝来の相州《そうしゅう》物《もの》である。伊織が怪訝《けげん》そうに右脇に置いた刀を差し出す。と、采女がそれをスラリと抜いた。一点の曇りもなく、手入れが行き届いている。

采女が燭台《しょくだい》を引き寄せた。蠟燭《ろうそく》の炎が赭々《あかあか》とふくらんで燃える。采女が片膝を立て、相州を脇構える。呼吸《いき》をととのえ、「んっ」と発するや、風がかすかにヒュッと鳴き、相州が一瞬にして蠟燭を斬って過ぎた。斬られた蠟燭が刀の上で赭々と燃える。その間、炎はユラとも揺れない。

采女が再び「んっ」と発して相州を返すや、蠟燭がピタッと一本に戻り、何事もなかったように燃えさかる。采女も若い頃は八丁堀の龍虎《りゅうこ》と称された一人である。龍が文三、虎が采女である。

「やってみよ」

采女が伊織に相州を戻しながら言った。伊織が「はい」と応じ、構えに入って「んっ」と発したところまでは采女と同じだったが、斬って過ぎたのは蠟燭ではなく炎である。真っ二つに斬られた炎の火頭《かとう》が刀の上で燃え、火頭を失った蠟燭の炎は元に戻ろうともがく。そのもがきが形になろうとした瞬間、伊織の刀が風のように返り、火頭がピタッと元の台座に座った。そこに寸分の揺れもない。虎の目がツッと龍に流れた。その目が「いけようか、文さん」と問う。龍の目がそれに「采さん、いけるかもしれぬ」と応じる。一同が息を呑む。寂《せき》として声もない。

こうしてこの夜、丹三郎の髷斬りが決まった。

八

三日明ければ陰暦四月も月央《つきなか》十五日、心地よい風が追憶を誘うように渡ってゆく。文三、采女、伊織、三人の姿が番町法眼坂《ほうげんざか》にある。番町は坂と旗本屋敷が櫛比《しっぴ》する広大な武家地である。武家地の常として、暮らしの音もなければ、通りに人の影もない。辻々の辻番さえ初夏をまどろんでいる。

「この人通りのなさはありがたい。あとは丹三郎が日の落ちた頃、すこし暗くなってからきてくれればなおありがたいのじゃが」

文三が独り言のように言った。采女がそれに「んん」と応じながらも、心の波立ちはいっこうにおさまらない。

きょうの仕掛けは失敗《しくじり》を許されない。相手は旗本である。万に一つも斬ってはならないし、といって斬られるわけにもいかない。斬るはどこまでも髷ひとつ。が、そんな芸当は腕に相応の開きがない限り不可能である。はたして伊織にそれだけの腕があるか。その思いが采女の心に波を立てる。

丹三郎の実家、加納家は、法眼坂の途中を右に折れた裏六番町にある。稲荷町の東光寺から半刻（一時間）ばかりの距離《みちのり》である。暮れ六ッ（六時）前、沈む夕日を追いかけるように長助が駆け込んできた。

「旦那方、野郎が牛込御門を抜けました。間違《まちげ》えなくこっちへ向かってます」

長助が喘ぎながら言った。汗だくである。

「長助、ご苦労だった。これを呑め」

伊織が竹筒を差し出す。長助が喉を鳴らしながら竹筒の水を流し込む。やがて西空に朱が散って日が落ちた。そこへ、今度は捨吉が駆け込んできた。

「丹三郎がきやす。間もなく坂にかかりやす」

一同が左手の小路に身を隠し、捨吉が塀の角から坂下を睨む。薄暮が次第にあたりを包んでゆく。ややあって、捨吉が「きやした」と低く放った。一同に緊張が走るなか、伊織が静かに編笠を着してゆく。

「伊織、心してかかれ」

采女が声を抑えて言った。伊織が小さく頷き、小路を出てゆく。きょうの采女は二本差しである。伊織が不覚をとった場合、たとえ相手が旗本であっても斬り捨てねばならない。

坂を下ってゆく伊織と、上ってくる丹三郎の間がみるみる縮まってゆく。本来なら互いに相手の右側をすれ違うべきが武士の作法だが、伊織が逆に相手の左へ抜けた。その瞬間、両者の鞘《さや》がガシッと鈍い音を発した。

「待ていっ」

案の定、丹三郎が先に放った。伊織がゆるりと振り返る。

「そのほう、鞘咎《さやとが》めを仕掛けたか。さような古いテをつかわずとも、喧嘩ならいつでも受けてやる。なんぞわけあっての仕掛けか」

丹三郎が酔眼《い》を据えて言い放った。

「これは異なことを聞く。たしかに鞘は当たった。が、それはおぬしが酔っておるからじゃ。本来ならその首、即座に刎《は》ねておるところだが、酔っぱらいを斬っても自慢にならぬ。それゆえ見逃してとらそうと思ったに、呼び止めるとは何事ぞ。相応の詫びなくば、この場を立ち去らせるわけにゆかぬ。詫びか首か、覚悟して返答せい」

「なにい、わしの左を抜けておきながら詫びだと。覚悟だと」

「拙者《せっしゃ》がおぬしの左を抜けたも、おぬしが酔って右へふらふら、左へふらふら、足どりが覚束《おぼつか》なんだゆえじゃ。武士たる者、いかに酔ってもまっすぐ歩むが心得。その心得も忘れたか、愚か者め」

伊織の挑発がつづく。丹三郎の左頬の疵がひきつった。「愚か者」と言われては無理もない。

「若僧、よくぞほざいた。その一言が今生《こんじょう》のほざきおさめじゃ」

丹三郎がグイッと腰を割った。いつでも抜き放つ体勢である。が、伊織は応ずる体勢もとらず、ただ飄《ひょう》と立つ。そして静かに、気づかれぬように、からだの重みを爪先《つまさき》へ移してゆく。地の利は坂上の丹三郎にあるが、それは伊織の選んだ策でもある。

睨み合うこと数瞬、丹三郎の右手が動意を帯びるや、電光石火の抜き打ちが横走った。が、それよりも一瞬速く、伊織のからだが六尺余りも跳《と》んで丹三郎の頭上を過ぎた。伊織が振り返りざま丹三郎の背後にトンと着地したとき、その手に抜き身が握られていた。即座に丹三郎が体勢を返す。が、今度は丹三郎が坂下にある。

「若僧、すこしは遣《つか》えるようじゃのう」

丹三郎がニタッと崩し、一剣を地ずりに構える。坂下にある者の構えと言っていい。が、その瞬間、伊織の刀がパチンと鞘におさまった。

「おぬしはどこまでも愚か者よ。勝負はすでに決しておる。さっ、これを持って立ち去れ」

言うなり、伊織が地を蹴《け》った。と、黒い塊《かたま》りが丹三郎をめがけてとんでゆく。丹三郎がそれをひょいと避《よ》けた瞬間、髪がバサリと解《ほど》けて落ちた。「あっ」と声を呑んで、丹三郎が地に落ちた髷に見入る。そこへ伊織が厳と言い放った。

「さらにとあれば、次は台座がとぶ。髪は生《は》えもしようが首は生えぬ。命だけはくれてやる。早々に立ち去れい」

丹三郎の顔が醜く歪む。が、髷を斬られては、それに気づかぬようでは、どうにもならない。「ぬぬう」と残して丹三郎が腰を引き、足を引き、そして一目散に坂を駆け上がってゆく。いよいよ暮色が深い。


二日明ければ善照と約束の五日目である。昼めしをはさんでおしゅんとの一局を終えたところで、采女が腰を上げた。そこへ、文三と伊織が駆け込んできた。

「采さん、丹三郎が死んだよ」

開口一番、文三が言った。

「死んだ? 丹三郎が? どうしたことじゃ、文さん」

「加納の家から、三男・丹三郎病死との届けが出たそうじゃ」

「なんと、病死……」

病死と聞いただけで、三人とも筋は読める。旗本が禄と家名を守るために、蜥蜴《とかげ》の如く尻尾を切って生き延びる事例は珍しくもない。丹三郎はその尻尾にされたのであろう。

「あの丹三郎が、病死か」

採女が顎を突き出して腕を組む。おそらく、髷を失った丹三郎を見て、家人は容易ならざるものを、お家にとって不吉なものを、感じとったに違いない。あとは酔わせて襲ったか、寝込みを襲ったか、家人が寄ってたかって殺したに違いない。丹三郎もちっとあわれよ……采女に一抹《いちまつ》の感慨がわく。

「で、文さん、そのことは善照にも伝わっておろうか」

「それよ。なにしろ丹三郎が死んだは二日前、届けが出たはきょう、とても伝わってぉるまい。で、とんできたのじゃ。善照が丹三郎の死を知っておるか否かで、采さんの出方も変わるはずと思ってのう」

「それは変わる。大いに変わる。そうか。坊主め、まだ知らぬか。文さん、ここは知ってから乗り込むほうが得策かもしれぬのう」

「坊主のあわてぶりを見てからでも遅くあるまいよ」

「よしっ、伊織、きょうの東光寺行きはとりやめじゃ。ひとっ走りして三人にそのことを伝えてくれ」

万一に備えて米松、捨吉、長助の三人を東光寺界隈《へんがい》に配してある。が、事情が変わった。丹三郎が死んだと知れば、善照の出方も変改を余儀なくされよう。そこをじっくり攻めればよい。

「それでは父上、行って参ります」

伊織の膝が立つ。それを采女が「待て待て」と制した。

「東光寺はとりやめだが、三人には別に動いてもらう。よいか、三人を手分けして噂を流させるのじゃ」

「噂? なんの噂ですか」

「丹三郎病死の噂に決まっておろうが。東光寺あたりはもちろんのこと、彦次郎や博打仲間の近辺にも流せ。噂を耳にしたらばやつら、必ずや浮き足立つに違いない。善照なぞは羽根をもがれた蜻蛉《とんぼ》も同然よ。そこをきりきり舞いさせてくれるわ」

「父上、噂の件、よくわかりました。では、行って参ります」

伊織が勢いをつけて起《た》った。采女と文三がその背中を見送る。髷斬り以来、伊織がすこしは大きく見える。年寄りにとって、次の世代が育ちつつあるのを見るほどうれしいことはない。

九

四日後、采女が四十両をふところに東光寺の山門を入った。先の四十両も今回の四十両も、出どころはすべて手嶋屋惣兵衛である。が、その八十両を一挙にひっくり返す秘策を胸に、采女の善兵衛が敷石を踏んでゆく。

「善兵衛さん、約束の期日を四日も過ぎておる。なんぞ不都合でもあってかな。それともおふさを諦めたかな」

善照が揶揄《やゆ》をまじえて言った。その瞬間、善照は丹三郎の死を知っている……と、采女は確信した。おそらく常の善照であれば、四日も遅れたことを口実に、さらに四十両ぐらいはふっかけたに違いない。

「お許しくださいませ、善照さま。不都合どころかとんでもないことが起きまして、きょうの日まで遅れてしまいました。ですがこの通り、お約束の四十両はお持ち致しました。なにとぞ、これでおふさの証文をお譲りくださいませ」

采女が袱紗を善照の前に押し出し、畳に頭をこすりつけた。

「ほほ、この四十両でだいぶ苦労されたようじゃのう。倅どのを説くのに手間どったか」

「はっ、はい。なにしろ倅めは吝《しわ》くできておりまして」

「ほほ、そう言っておったのう。しかし、こうして四十両も出してくれたのじゃ。やはり親思いの倅どのであろうよ。さっ、これがおふさの証文じゃ」

善照が采女の前に証文を置いた。采女がそれに目を通してゆく。たしかに先日の証文である。

「これでおふさと当方はなんのかかわりもない。むろん善兵衛さん、そなたともじゃ。

それでよろしいな」

善照が念を押す。その眼が小狡《こずる》そうに光る。

「はい、それはもう。では、この証文は頂戴致します」

「善兵衛さん、茶の一服も差し上げたいところだが、生憎《あいにく》いまから他出《たしゅつ》でのう。許されよ」

四十両さえ手に入ればあとは用なしとばかりに、善照が畳みにかかる。が、そうはいかない。勝負はこれからである。善照が四十両をふところに起《た》ちかけたところへ、采女の両手がバサリと畳に落ちた。

「お願いでございます、善照さま。教えてくださいませ。お智恵を貸してくださいませ」

采女が畳を舐めぬばかりに平伏《ひれふ》し、悲痛を絞る。その豹変《ひょうへん》に善照の膝がまた落ちた。

「どうしたのじゃ。智恵とは、なんの智恵じゃ」

「おふさを思いとどまらせる、その智恵でございます。なにとぞ、教えてくださいませ」

采女の声がいよいよ切羽《せっぱ》詰まってゆく。が、なんのことか、善照にわかるはずもない。

「おふさに、何を思いとどまらせたいのじゃ」

「奉行所です。おふさが奉行所へ訴えると言ってきかないのです。それでは手前が困ります。善照さま、なんとしたものでございましょう」

「奉行所？　何を訴えるのじゃ」

「それはもちろん、善照さまのことでございます」

「私のこと？　私の何を訴えるのじゃ」

「それが、その、まことに申し上げにくいのですが、お寺の坊さまが女子と通じたら罪となるはず、それを訴えると、おふさがそう言ってきかないのです」

そのとたん、善照の顔つきがあからさまに変わった。

「なにい、小癪《こしやく》な。町人の分際で出すぎたことを。われらは寺社奉行さまのご支配じゃ。町奉行所なぞに訴えたところで取り合ってもくれぬわ。町奉行はせいぜい数千石の旗本、それにひきかえ寺社奉行は万石以上の大名、到底話にならぬ」

「善照さま、それは手前とて重々承知してございます。おふさにもそのことは懇々《こんこん》と諭《さと》しました。しかしおふさは、町人の訴えるところは町奉行所しかない、町奉行所から寺社奉行さまへ訴えていただくと、その一点張りでどうにもならないのです」

「なにっ、町奉行所からだと。おのれえ、おふさめ。だが善兵衛、おふさがいくら訴えても証《あかし》があるまい。証のないものなぞどこも取り上げてくれぬわ」

「いえ、この証文が証になると、おふさがそう言うのです」

「ふん、その証文の相手は伊東一九じゃ。わしではない。そこの証はなんとするのじや」

「善照さま、そのことも説きました。よくよく説きました。しかし、おふさは耳を貸しません。一九さまのお顔は谷中八軒町の人たちが知っている、大家さんが知っている、その人たちに請人《うけにん》になってもらえばすぐにわかる、どこまでもそう言い張るのです」

「ぬぬう、おふさめ。畜生め」

善照の顳顬《こめかみ》に、青筋が走る。が、膝に置いた手は衣を握りしめ、かすかに震えている。采女がそれを見逃すはずもない。

「善照さま、なんとかしてくださいませ。おふさに訴えられては手前が困ります。世間の信用も立場も、なにもかもなくしてしまいます」

「信用？　立場？　隠居にそんなものはあるまいが」

「何をおっしゃいます、善照さま。手前はようやく句の仲間、茶の仲間ができたばかりでございます。なのに、せっかく娶《めと》った女房が妾奉公上がり、それも犬畜生も同然の三人が相手なぞと、そのようなことが世間に知れたら、手前は嗤《わら》いものにされてしまいます。仲間はずれにされてしまいます」

「それならおふさに訴えを思いとどまらせるしかあるまいが」

「ですからこうして、お願い申し上げているのでございます。善照さま、実はお約束の期限に遅れましたのも、そのためです。倅が金を出し渋ったからではありません。きょうのきょうまで、おふさを説きました。諭しました。頭も下げました。が、おふさは頑として聞き入れません。あれは芯《しん》の強い女子でございます」

「芯？　ただの強情であろうが」

「いえいえ、芯が強いから、見つかれば殺されることを覚悟で逃げ出したのでございましょう」

「ふん、しゃらくさい。だが善兵衛、おふさに勝手をさせてはならぬ。おまえもおふさも恥をかく。そんなことがわからぬ女子でもあるまい」

「それが、実は、お許しくださいませ、善照さま。手前が不用意なことを言ったばかりに、すっかりおふさの心を頑《かたく》なにしてしまいました」

「何を言ったのじゃ」

「おふさを安心させるために、先の四十両と今度の四十両のことをうっかり口にしてしまったのです」

「それのどこが不用意なのじゃ」

「おふさは三十六両の借金としか思っていません。そこは仕方ないと諦めていたようです。が、八十両と聞いて逆上してしまったのです」

「逆上？　なぜじゃ」

「おふさの心には騙《だま》された、いじめられた、辱《はず》かしめられた、その思いしかないようです。泣きながら手前に訴えました。支度金のはずが立替金に変わっていた、一人のはずが三人になっていた、お父っつあんが死んで暇《いとま》を申し出たら、逆に証文で縛りつけられた、逃げようとしたら死ぬ目に遭《あ》わされた、それなのに今度は八十両。どこまでもどこまでも私を踏みつけにする。そう言って泣きじゃくりました。あわれな話です。が、その涙で心を固めたのでございましょう。もはやおふさの心が梃子《てこ》でも動かぬことは、この四日でよおくわかりました」

「ふん。では、どうしても訴えるというのじゃな」

「おそらく。一度は死のうとした女子です。やりかねません」

「それもよかろう。門前払いが関の山よ」

善照がうそぶく。が、手の震えはいよいよ大きい。そろそろ頃合いと見たか、采女が仕上げにかかってゆく。

「善照さま、手前もそう願いたいのです。ですが、本当にそうなりましょうか。心配でなりません。若い女子が証文を持って、恥を忍んで訴えたら、あるいは話だけでも聞く、聞けば同情する、同情すれば調べに動く、そうなっては困るのです。手前は世間の嗤《わら》いもの。おふさは世間の爪弾《つまはじ》き。まさかとは思いますが、善照さまにもご迷惑が及ぶかもしれません」

「なにい。善兵衛、わしを威《おど》す気か」

「めっ、滅相《めっそう》もございません。そのようなことにならないために、お願いでございます、善照さま。お助けくださいませ」

「虫のよいことを言うな。おまえがおふさを助けたりなんぞするから、こういうことになるんだ。畜生、そのまま死んでおればよかったものを。しかし、困った。なんとしたものか。ええい、腹の立つ女子じゃ」

善照がしきりに爪を嚙《か》む。それを見て、采女の両手がまたバサリと畳に落ちた。

「善照さま、手立てが一つ……一つだけございます。なにとぞ、お聞き届けくださいませ」

「おお、あるか。なんじゃ。言ってみよ」

「ひゃっ、百両、おふさに百両、くださいませ」

「百両？　なんのことじゃ」

「ですから、百両くだされば、おふさは訴えを思いとどまります」

「なっ、なにっ。百両、よこせだと」

善照がバシッと膝を打ち、その膝をいきなり胡坐《あぐら》に組み替え、貧乏ゆすりを始めた。

「善照さま、怒らないでくださいませ。三方が安心できる手立てはこれしかないのです。なにとぞ、お聞き届けくださいませ」

「やい善兵衛、それはおまえの悪智恵だな」

「とっ、とんでもございません。おふさがそう言ってきかないのです」

「ふん、おふさは百両なぞ見たことも触れたこともあるまい。そんな金高《きんだか》をよこせというバカがおるか」

「いえいえ善照さま、おふさの頭にある金高はたったの二十両です。手前が二度にわたってお持ちした八十両に、その二十両を加えたにすぎないのです」

「なにい、八十に二十を加えただと。おのれえ、おふさめ。わしが女子にしてやったというに。ええい畜生め、売女《ばいた》め、あばずれめ」

善照が憎々しげに悪態を並べ立ててゆく。

が、勝負はすでに決している。

十

采女が東光寺の山門を出た。だいぶ日が西に傾きつつある。稲荷町筋は寛永寺、東本願寺、浅草寺を結ぶ大参道であり、きょうも参詣客の往来で賑《にぎ》わう。そこへ水茶屋の娘たちが赤い声を浴びせ、客を引く。

采女が上野方面へ足を向けた。と、右手の水茶屋に、浪人態《てい》の伊織と捨吉の姿がある。

采女がつかつか寄って、二人の横に掛けた。

「父上、首尾のほうは」

伊織が通りに眼を据えたまま、小声を放った。

「上々よ。ふふ、おふさの威し、だいぶ効いたようじゃ。坊主め、震えておったわ」

采女の顔がにんまりと崩れる。

「旦那、うしろは」

やはり正面を向いたまま、捨吉が低く問う。

「きょうは尾行てこないようじゃ。もっとも、丹三郎を失ってはそれもできまいよ」

それっきりやりとりは途絶え、三人がそれぞれに茶を含んでゆく。その間も東光寺を出てくる人影はない。やがて三人が床几を立った。上野のお山が夕日に染まっている。

「二人は先に戻って長助と父っつあんを呼んでおいてくれ。それから文さんにも声をかけてくれ。わしは手嶋屋へおふさの証文を届けてから戻る」

日本橋本町にさしかかったところで、采女が伊織と捨吉に言った。二人が「では」と残して去ってゆく。富士が朱をまとって中空に浮いている。采女が手嶋屋の暖簾をくぐった。

「小山田さま、心配しておりました。ご無事でなによりでございます」

采女が座敷に膝を落とすなり、惣兵衛が身を乗り出して言った。

「おお、心配をかけた。したが惣兵衛どの、事はうまく運んだ。こちらの思惑通り運んだ。まだすべてが片づいたとは言えぬが、大きな山は越えた。あとはさほどのこともあるまいよ」

「それでは、おふさの身は、証文のほうは」

「そこはすっかり片づいた。惣兵衛どの、ここに百両ある。うち八十両はそなたに用立ててもらったもの。で、残りの二十両は、そうじゃのう、おふさが嫁入るときにでもつかってくだされ」

采女がふところから取り出した百両を惣兵衛の前に置いた。惣兵衛の目がその百両と采女の顔の間を怪訝に行き来する。

「小山田さま、よく呑み込めません。手前の用立てた八十両は、あれは、おふさの証文を買い戻すためだったのでは」

「むろんその八十両で証文は買い戻した。惣兵衛どの、詳しい話は後日じゃ。それまでその百両は納めておいてくだされ。きょうはこれから最後の詰めをせねばならぬ。長居できぬのじゃ。すまぬがおふさを呼んでもらえぬか」

「はい。すぐにも」

納得のいかぬ面《おも》もちで惣兵衛が起ちかけたところへ、おふさが茶を持って入ってきた。

「いらっしゃいませ」と指を立て、茶を差し出すおふさの立居《たちい》に、おどおどしたところがない。

「おふさ、だいぶお店《たな》に馴れたようじゃの」

　采女が茶を引き寄せながら声をかけた。

「はい。みなさんに親切にしていただいております」

「そうか。それはよかった。おふさ、これは一九から、いや、さる寺の坊主から取り戻してきたそなたの証文じゃ。間違いないな」

　采女が差し出す証文を驚きの眸《ぼう》で受け、おふさが目を通してゆく。と、その手が震え、肩が震え、両の目から涙が溢れ落ちる。こんな紙きれのために私は……悲運と理不尽にもの申すように涙がとめどない。

「おふさ、泣くな。苦労したことであろうが、それももうおしまいじゃ。証文が戻ってきたいまは、何も案ずることはない。誰はばかることなく生きてよい。その証文はそなたに預けておく。あすからは倖せに向かって生きるのじゃ。よいな」

　采女の言葉にいちいち頷きながらも、おふさは涙に阻まれて声が出ない。

「よいよい。もう下がってよい」

　おふさが証文を握りしめ、涙ながらに座敷を出てゆく。


「ざっと以上じゃ。とりあえず証文は取り戻したが、善照をこのまま野放しにしてよいものかどうか。それと、彦次郎をどうするか。残るはその二つじゃ」

采女がいよいよ詰めの段階に入ったことを告げてゆく。その思いは一同も同じである。

「ところで、彦次郎に子はあるか」

采女が彦次郎の探索にあたった長助に問う。

「あります。上が六つで女の子、下が四つで男の子、二人おります」

「そうか。まだ頑是《がんぜ》ないのう。で、彦次郎は根っからの悪党か」

「いえ、ただの遊び好き、怠け者、小悪党です。それも根っからかどうか」

「どういうことじゃ」

「旦那、ありゃあ女房がよくねえ。商いには手を出させねえ、月々の宛て扶持はたったの二分、これじゃ飼い殺しみてえなもの。いくら入り婿でもくさりますさあ」

「ふふ、飼い殺しか。よおし、長助、彦次郎の始末はそなたに任せた。当分、いや、できれば二度と悪事に手を出さぬよう、震え上がらせてこい。縮み上がらせてこい。場合によっては金を巻き上げてもよい。そのあたりの分別はそなたの器量に任せる。存分にやれっ」

采女が煽《あお》るように言った。「へっ、へい。やって、みます」と応じたものの、さすがに長助の表情は硬い。だが、それが采女のやり方である。そのやり方で米松も捨吉も腕っこきの岡っ引になったと言っていい。長助も手先となって五年、そろそろその時期である。が、その采女の心を知ってか知らずか、伊織が口をはさんだ。

「父上、いくら悪党でも、金を巻き上げては強請《ゆすり》同然となってしまいます」

「同然ではない。強請そのものじゃ」

「父上……」

「伊織、小悪党のたった一つの恃《たの》みは金じゃ。金があるから遊ぶ、博打に手を出す、そこを断つも小悪党の跋扈《ばっこ》を制する一法ぞ。月二分とはいえ、彦次郎がそれすらも失ったらどうなる。そこを思え」

「あっ、なるほど。いや、しかし父上、彦次郎が金欠に嫌気さし、より大事《おおごと》に手を染めるようなことはないでしょうか」

「大いにあり得る。そこが小悪党と大悪党の分かれ道じゃ。それゆえ、大悪党へ追いやらぬように始末をつけられるかどうかが長助の器量よ。んん、よい機会じゃ。そなたも長助とともに彦次郎にあたってみよ。それから父っつあん、そなたも二人についてやってくれ。伊織に小悪党の扱い方を教えてやってくれ」

「へい。合点承知」

そうこなくっちゃ、と言わぬばかりに米松が膝を打つ。

「したが米、出すぎるなよ。彦次郎の始末役はどこまでも長助じゃ。そこを忘れるな」

「そこも合点承知。旦那、あっしは出すぎと呑みすぎが大《でえ》っ嫌《きれ》えでござんすよ」

「ふふ、それはよい。したが米、おつるが泣いておったぞ。一日の稼ぎをお父っつあんがみんな呑んじまう、ってな」

「てっ、そんな話、聞いたこともねえ。旦那、あっしだって近頃《ちかごら》あ控《ひけ》えておりますよ。なにしろ、旦那に負けねえぐらいの若え女子《わけ》を女房にして、もうひと花咲かせにゃなりませんからねえ」

「ほほ、それはますますよい。父っつあん、せいぜいがんばることじゃ。さて、次は例の坊主、善照のことじゃが、なんとしたものであろうかのう、文さん」

采女が文三に言葉尻を振ってゆく。

「そうよのう。百両、いや、二十両で野放しというのはいかにも癪《しやく》に障る。女犯《によぼん》に博打に金貸し、僧職にあるさえ許せぬやつよ」

「わしも二度会って、あやつの性根はしかと確かめた。文さん、善照は僧というより、色と欲が僧に化けたようなやつじゃ。僧職どころか、娑婆《しやば》にあるさえ許せぬやつよ」

「それなら采さん、娑婆から放逐するしかあるまい。といって坊主ではのう、髷斬りというわけにもいかぬし。はて、なんとしたものか」

「文さん、テが一つある。善照が町なかで女犯に及ぶ現場を押さえてひっくくる、というのはどうであろうか」

「それなら言うことなしじゃ。町なか、女犯、現場……その三つが揃ったらなんの支障もない。わしの知る限りでも二、三、例はある。というより、その三つが揃わない限り、坊主には手を出せぬ。したが采さん、揃うか、その三つ」

「揃う。きっと揃う。文さん、善照は迂闊《うかつ》にもわしの前で、おふさを女子にしてやったと、そうぬかしおった。それがすべてよ。坊主ということもあろうが、あやつはそういう心でしか女子に接しておらぬ。そこがつけ目とわしは見た」

「つけ目？」

「んん。女子にしてやったとは、裏を返せば、女子によって男にされたということでもあろうよ。善照は間違いなくそういう坊主じゃ」

「ふふ、男にされた坊主か。なるほどのう。では、いずれ女子を求めてほろほろと町なかへ出てくるというわけじゃな」

「間違いなく。捨吉、善照が阿部川町に囲っておる女子、その女子とはまだつづいておるな」

「へい。このところおふさや丹三郎のごたごたで、やや足は遠のいておりますが、切れちゃいません」

「そうか。捨吉、善照から眼を離すな。やつは必ず阿部川町へ赴く。わしの勘では二、三日中にも動く。で、文さん、徳の市につづいて生臭い現場となろうが、やってくださるか」

「生臭いのはいっこうにかまわぬ。が、こたびはわしではない。伊織、そなたがやってみよ」

文三がいきなり伊織を名指した。が、それを采女が制した。

「文さん、こたびばっかりは失敗《しくじり》を許されぬ。しくじれば善照は寺に籠《こも》ってしまおう。そうなっては手の下しようがない」

「いや、しくじってもよい。伊織に失敗が許されるはいまのうちじゃ。やがて窮屈になってゆく。若いときにしくじっておくのも悪くあるまい。それに、善照が寺に籠ったとしてもひと月と辛抱できまい。いずれ女子恋しさに寺をさ迷い出てこよう。そこを狙えばよい。きょうは実によいことを教わった。女子によって男にされた……か。ふふ、采さんは女子だけでなく、男にも通じておるようじゃ」

「文さん」

こうして、善照の始末は伊織の手に委《ゆだ》ねられた。

十一

日本橋の南詰《みなみづめ》は江戸の臍《へそ》と言っていい。大通りをはさんで西が高札場《こうさつば》、東が晒場《さらしば》である。石垣土台に庵《いおり》屋根の高札場には、江戸諸民の守るべき条々や心得が、七枚の木札《きふだ》に墨書《ぼくしょ》されて立つ。一方、東の晒場を賑わすのはもっぱら女犯僧《にょぼんそう》や心中未遂の者たちだが、むろんしょっちゅうあるわけではない。それだけに、晒しがあると野次馬が押し寄せる。

陰暦四月も終わりに近づいたその日、久方ぶりに晒しが行われた。二重にめぐらされた縄張りの外を、大勢の野次馬が取り囲む。菰《こも》屋根に三方が莚《むしろ》張りの小屋に、鷹羽返しに縛られた僧形が柱につながれて座る。その手前の左右に番人が陣取り、縄張りの内側に捨札《すてふだ》が立つ。

「天永山東光寺住持善照　此者《このもの》　俗塵《ぞくじん》を離る可《べ》き僧職に有乍《ありながら》　妾《しょう》を囲い色欲に耽《ふけ》りたる段重々不届《だんじゅうじゅうふとどき》　仍晒置者也《よつてさらしおくものなり》」

善照がややうつむきかげんに目を閉ざし、置物のように晒されている。そこへ「やい、色ボケ坊主」「善照たあ聞いて呆れらあ」「勤行《ごんぎょう》より夜業に励んだか」などと野次がとぶ。そのなかにまじって、先刻から善照にじっと眼を据える二つの饅頭笠《まんじゅうがさ》がある。采女とおふさである。

「もう、よいか」

采女が小さく言った。おふさの饅頭笠が大きく頷く。二人が野次馬の輪を抜け、日本橋を北へ渡ってゆく。きょうも日本橋川は種々の荷船、乗合船を浮かべて賑わしい。

「おふさ、善照はあの場に三日晒されたのち、八丈送りじゃ」

「まあ、島流しですか」

「ただの坊主なら、退院といって、僧籍をはずされるぐらいですんだかもしれぬが、寺持ち坊主ともなれば、それだけ罪が重いのじゃ。それに、善照はほかにも数々、悪業を重ねておったらしい」

「八丈は、遠いのでしょうね」

「伊豆の下田から六十四里、鳥も通わぬ海の彼方じゃ。善照もあの齢では、二度と江戸の地を踏めまいよ」

善照を捕えたのは伊織と捨吉である。浅草阿部川町に張り込み、おりょうと同衾《どうきん》の現場を押さえた。伊織の初手柄である。

「おふさ、そなたにもう一つ見せたいものがある。ちょいと足を延ばすが、よいか」

本町の辻にさしかかったところで采女が言った。

「はい。お供します」

饅頭笠が二つ、さらに北へ向かってゆく。和泉橋を渡れば、神田川に沿って佐久間町が左右に四丁、細く長く延びる。

采女が町なかをひょいひょい抜けて、通りに面した料理屋へ入った。「女将《おかみ》、ちょいと上を借りるよ」と声をかけ、二階の小座敷に上がるなり、通り側の小障子《こしょうじ》を半分ほど開けた。ここは長助が彦次郎を見張った部屋である。

「おふさ、見てみよ」

采女が下の通りに顎をしゃくった。おふさが小障子の脇から下を覗く。そして「あっ」と声を呑んだ。

「心配ない、おふさ。あやつはもう、借りてきた猫も同然じゃ。なんの悪さもできぬ」

そう言われても、やはりおふさの心は騒ぐ。その心を知ってか知らずか、采女がとろりと話を継いでゆく。

「おふさ、あれは直次郎ではない。彦次郎じゃ。あの上総屋の入り婿でのう。家つきの女房にまったく頭が上がらぬそうじゃ」

「まあ、お婿さんだったのですか」

「で、根が怠け者で小心者だから、商いに与《あずか》らせてもらえぬうえに、月々の小遣いも二分ぽっきり。それが面白くなかったか、小博打に手を出したところを岡っ引に見つかり、肝っ玉が縮み上がるほど威され、六両もふんだくられたそうじゃ」

「えっ、威されたのですか。お金をとられたのですか」

「んん。しかし、六両といえば彦次郎の小遣いの一年分じゃ。そんな金なぞあろうはずもない。で、このままではうしろに手がまわるというので、女房に事情を打ち明け前借りを頼んだところがけんもほろろ。それどころか、夫婦別れの話まで持ち出されたそうじゃ」

「まあ、夫婦別れ」

「で、彦次郎が働いて返す、商いを教えてくれ、と女房に泣きを入れたところ、丁稚になったつもりで励むならとなって、一応おさまったというわけじゃ。その結果があれよ」

采女がまた下に顎をしゃくった。彦次郎が店先《たなさき》で瀬戸物を荒縄で縛り、それを横手から裏へ運んでゆく。ときどき手拭《てぬぐ》いで汗を拭《ふ》き、肩や腰を叩く。おふさがそれを食い入るように見つめる。

「おふさ、あれはもはや直次郎ではない。二度とそなたに近づくこともない。安心してそなたはそなたを生きよ。よいな」

「はい。よくわかりました。あの人も早く商いに馴《な》れるといいですね」

おふさがわだかまりなく言った。

「ほほ、そうよのう。ところでおふさ、丹三郎の病死のことは聞いておるな」

「はい。旦那さまから聞きました」

「まだ若かったであろうに、酒の毒に害《や》られたようじゃ。それからもう一人、徳の市のことだが、あやつももうあこぎなことはできぬ」

「そのことも伊織さまから聞きました」

「んっ、伊織から?」

「はい。口書ですか。それを見せていただきました」

「そうか。ではもう、心配ごとはないな。わだかまりもないな」

「ありません。きょうですっかりなくなりました。いまはよくしていただいたみなさんに、ありがたい気持ちでいっぱいです。こんな日がくるなんて、夢にも思いませんでした。小山田さま、ありがとうございます」

おふさがひと膝退《ひ》いて両手を突いた。

「よいよい。そなたの心が癒《い》えればそれでよい。おふさ、奉公に励めよ。励んでおれば、きっとよいことがめぐってくるからの」

「はい。励みます」

「では、帰るとするか。惣兵衛どのが酒を前にして、いまかいまかと待っておろう」

二人が饅頭笠を片手に帰ってゆく。

もうおふさに笠は要《い》らない。

「いよいよ夏じゃのう、おふさ」

和泉橋の上で、采女の足がゆるりと止まった。

「はい。空があんなに真っ青です。空がこんなに青かったなんて……」

おふさの言葉尻がちぎれてゆく。そのちぎれに采女が思いを重ねてゆく。おそらくおふさの日々は、空の青さが目に映っても、心に映ることはなかったに違いない。

とろりとした頤《おとがい》を覗かせて、おふさが無心に空を仰《あお》のく。その黒く大きく張った眸《ぼう》のなかを、白い雲が流れて過ぎる。空に二つ、ふんわりと大小の雲が浮き、子雲が懸命に母雲を追ってゆく。

そして不意に、采女の心を句が襲った。

わだかまり
　捨てて浮きたり
　　夏の雲

解説

高橋千劔破《ちはや》

現在の東京の風景に、江戸時代の面影を偲《しの》ぶことはできない。江戸どころか、明治・大正といった近代の風物もほとんど失われてしまった。関東大震災・東京大空襲という未曾有《みぞう》の被害を被ったとはいえ、この百数十年間の東京の変貌《へんぼう》はあまりにも激しい。地名の多くが現在生きているとしても、今その地に立って往時を想像することはできないのだ。

江戸の町を舞台とした時代小説は花ざかりである。捕物帳の流れをひく時代推理もの、下町の人情を描く市井ものなど読ませるものが多い。だが、ストーリーは巧みであるものの、往時の江戸を彷彿《ほうふつ》とさせる作品は少ない。四季折々の江戸の風物詩を背景に織り込むことは、時代小説の基本の一つといえるが、昨今は季節感の乏しい作品が少なくない。

だがこの作品に限っては心配無用だ。本来の時代小説の面白さを存分に堪能させてくれる。

主人公の小山田采女《うねめ》は、もと八丁堀の同心だが、息子の伊織《いおり》に職を譲って隠居の身である。親子ほど年が違う妻のおしゅんとは、最近一緒になったばかり。親友の富商手嶋《てしま》屋惣兵衛《やそうべえ》は碁敵《ごがたき》でもある。そんな采女と彼をめぐる人々の、ある年の春先から初夏のころまでの数ヵ月間が、日本橋・八丁堀・向嶋《むこうじま》とその界隈《かいわい》を舞台に描かれる。だが物語は二重構造になっていて、登場人物たちの縁《えにし》が、回想シーンの中で綾《あや》をなして語られ、彼（彼女）らの二十年の来《こ》し方《かた》を浮び上がらせる。

現在形で描かれる数ヵ月間も、決して平板ではない。手嶋屋が永代橋で身投げしようとした娘を助けたことから、登場人物総がかりの大捕物へと話が進む。人情咄《ばなし》でもあり、時代ミステリーともなっていて、ストーリーを追うだけでも充分に面白いが、この小説を味わい深いものにしているのは、背景になっている江戸の季節感だ。五章に分かれているが、「初音」「月おぼろ」「春雨」「しのび音」「夏雲」という各章のタイトルからも、季節の匂いや自然の声が聞こえてくるではないか。鶯《うぐいす》の初音《はつね》にはじまり、春の朧月夜《おぼろづきよ》、菜種梅雨《なたねづゆ》を経て、時鳥《ほととぎす》の忍び音《しのね》、そして初夏の青空に浮ぶ白い雲――。

では、物語に添いつつ、江戸の風物詩を楽しんでみることにしよう。

まずは鶯の初音。向嶋の手嶋屋の別邸で、采女と惣兵衛が碁を打っていると庭から聞こえてくる。鶯は春告鳥《はるつげどり》であり、梅の開花期に鳴き始める。人々はその初音を聞いて、春の訪れを覚った。作者はあえて、作中に年月日を記さない。だが、この物語が、江戸時代後期のある年の早春から始まることを、冒頭でさり気なく暗示している。向嶋に富商などが別邸を築き始めるのは、化政期（文化・文政年間＝一八〇四〜三〇）ごろからのことだ。ちなみに、江戸の富商佐原鞠塢《さはらきくう》が、文人仲間の集いの場として庭園別荘（今の向島百花園）を開いたのは、文化元年のことである。

ところで向嶋とは、現在の東京都墨田区北西部の地名で、浅草側から隅田川（大川）を隔てて島のように見えたところから起こった。古来風光の地で、『伊勢物語』は在《あり》原業平《わらのなりひら》が東下《あずまくだ》りのときに立ち寄ったと伝え、謡曲『隅田川』で知られる梅若伝説の地でもある。業平が詠んだという、

「名にし負《お》はばいざ事《こと》とはむ宮《みや》こ鳥《どり》わが思ふ人はありやなしやと」

は、よく知られている。だが向嶋に江戸の市民が行楽に訪れるようになるのは、墨堤《ぼくてい》に桜の植えられた享保《きょうほう》年間（一七一六〜三六）以後のことだ。堤に桜を植えさせたのは八代将軍吉宗という。やがて向嶋は花の名所となり、牛島神社、三囲《みめぐり》神社、弘福寺、長命寺、白髭《しらひげ》神社などもあって賑《にぎ》わいをみせるようになった。江戸の後期には、葛西太郎（平岩）、武蔵屋、大黒屋、大七などの料亭が向嶋に店を構えていた。隅田川名物の紫鯉のあらいや鯉こくが売り物であった。隅田川でとれる鯉は、とくに紫鯉といわれ美味とされた。他にしじみ汁やとろろ汁、芋煮《いもに》なども出して各店が味を競った。

「向嶋　寺と鯉とで　飯を食ひ」

長命寺の桜もち（山本屋）も享保年間にはすでに売られていた。すぐ近くの言問《こととい》だんごは、幕末ごろの開店という。

本編にはまた、亀戸《かめいど》天神に藤を見に行く話が登場する。亀戸も、江戸時代の中期以降、江戸っ子に人気のあった行楽地の一つで、亀戸天神の一月の鷽替《うそかえ》の神事や二月の梅祭りには多くの人が訪れたが、何といっても人気の高かったのは藤棚だ。今も亀戸天神は藤の名所として知られる。五月のゴールデンウィーク前後が見ごろである。

藤の季節が終ると、そろそろ時鳥の時候だ。時鳥は、郭公《かっこう》などと共に南方から渡って来る夏鳥で、夏告鳥として農事暦などとも結びつき、古代からよく知られた鳥である。『万葉集』に詠まれた鳥のなかでは、時鳥が圧倒的に多い。二位が鶯である。時鳥は渡ってくると、まず忍び音をもらす。忍び音で時鳥が来ていることを覚えると、人々はその初音を待って夜通し起きていたりする。初音は暁闇《ぎょうあん》に聞かれることが多い。

そして、いよいよ「目には青葉山ほととぎす初鰹《はつがつお》」の時期となる。「聞いたかと問われて喰ったかと答え」という川柳がある。時鳥の声を聞いたかという問いに、初鰹を食ったかと応じている。高価な初鰹に夢中になったのは、金持たちではなく、貧乏人たちであったという話が、本編にも出てくる。

「初鰹妻に聞かせる値ではなし」

である。だがうっかりその値がばれて、

「初鰹女房に小一年いわれ」

と小言をいわれ続けることになる。

さて、与力・同心の組屋敷があった八丁堀については、本文中にも説明されているのでここでは省き、与力・同心について記しておこう。

町奉行配下の与力・同心は、「町方」また単に「八丁堀」とも呼ばれた。江戸の庶民は「八丁堀御役人衆」「八丁堀の旦那」などと呼んだ。与力は寄騎から出た語といい、従って何人といわずに何騎といった。定員は町奉行一人につき与力二十五騎・同心百二十人、南北の町奉行合わせて五十騎二百四十人であった。幕末に同心十八人ずつの増員があったが、これだけの人数でよく江戸の治安が守れたものだ。

与力・同心の役職は警察の仕事と同じように思われがちだが、決してそうではない。町奉行の職掌は、町方の司法・行政・警察の全てであり、その事務を与力とその下役である同心が担当していた。行政全般にわたる役所の仕事に加えて、裁判所・消防署・警察所・刑務所の役職をこなしていたのである。

与力・同心の仕事で最も多くの人員が当てられていたのが吟味方である。常時与力十騎、同心二十人がこの役に当たっていた。民事の審理と勧解（和解）および刑事の審査と刑の確定・執行に関わる事務担当者たちである。町火消人足改の役についていたのは与力四騎・同心八人、冬場は五騎十人に増員された。他にも多くの役があり、与力二騎同心四人、あるいは一騎二人が組みになって、それぞれの仕事をこなしていた。

このうち捕物すなわち犯罪捜査に関わったのは「三廻《さんまわ》り」の同心で、特に与力はこの役につかなかった。三廻りというのは、定町《じょうまち》廻り、隠密廻り、臨時廻りの三役で、いずれも市中パトロール役、事件が起こると犯人捜査や逮捕に当たった。隠密廻りは同心二名、町奉行直属の秘密探偵で最ベテランが勤めた。臨時廻りは同心六人、事件のときなど定町廻りを助ける役で、永年定町廻りを勤めた者がなった。

花形は定町廻り同心六人。単に定廻りともいった。三ツ紋黒羽織の着流し、髷《まげ》を小銀杏《いちょう》に結い、朱房の十手を後腰に差した粋なスタイルで、江戸っ子に人気があった。十手術や捕縄にも長《た》けた壮年がこの役に当たり、木刀を差した仲間《ちゅうげん》と小者と称する岡っ引を二、三人連れて江戸の市中を廻った。岡っ引は同心の私設雇人だが、奉行所の小者ということになっていて、房なしの十手と捕縄を預っていた。原則として無給だが、同心のお墨付である手形（身分証明）と十手を預かることで、充分にメリットがあった。女房名義で銭湯や小料理屋、また口入れ屋などを営んでいる場合が多く、仲間からも一目置かれ「親分」と称された。裏社会にも顔がきき、いろいろと実入りがあったらしい。

親分といわれるからには子分がいる。岡っ引は下っ引と呼ばれる子分を何人も抱えていた。八丁堀の近くに下っ引溜《だま》りがあり、彼らはそれぞれの親分から依頼された情報を収集し、また交換し合い、協同で江戸の町々を走り回った。同心による犯人の検挙率は結構高く、手配から三日ぐらいで犯人の居所をつきとめることが多かったという。岡っ引・下っ引の情報網があったからだ。

なお同心の身分は、お目見《めみえ》以下の一代抱えの御家人という建前であったが、実際には世襲であり、同心の嫡男《ちゃくなん》は十三、四歳ごろから見習いとして出勤し、親が引退すればその跡を継いだ。転役も転勤もなければ出世もないが、代々八丁堀に住んで役に励んだので、彼らは江戸の世情や市中の隅々にまで精通していた。本編の主人公の采女も、その役を継いだ養子の伊織も、そんな同心の一人ということになる。

本編にはまだまだ、早春から初夏にかけての江戸の風物詩や、人物や町方の種々層が、ストーリーに絡んで語られている。読者は改めて、時代小説の楽しさを満喫できたに違いない。願わくは、この作品に続いて、盛夏から初秋にかけて、中秋から時雨のころまで、暮から正月と、江戸の四季を織り込んだ「八丁堀春秋」シリーズを、ぜひ読みたいものだ。

この作品は二〇〇五年八月、集英社より刊行されました。

花家圭太郎の本

集英社文庫

暴れ影法師　花の小十郎見参

徳川二代将軍秀忠の世、秋田佐竹藩の家臣に問題児がいた。戸沢小十郎。大酒呑みの女好きで大ボラ吹き。そんな男が、佐竹藩とりつぶしの危機に、とんでもない計略を実行する。

荒舞《あらまい》　花の小十郎始末

秋田佐竹藩の戸沢小十郎、江戸表に着くなり辻斬りに出くわす！三つ葵の紋所、柳生の刺客、宮本武蔵の剛剣までがからみつき、八方塞がりの窮地に……。

乱舞《みだれまい》　花の小十郎京はぐれ

佐竹藩の名物男・花の小十郎が、「紫衣事件」に絡む密命を受け、京へ赴くことに。喧嘩の相手は海千山千の沢庵和尚。小十郎の口八丁は通用するのか!?

集英社文庫　目録（日本文学）

集英社文庫

八丁堀春秋《はっちょうぼりしゅんじゅう》

2008年８月25日　第１刷
2010年７月11日　第３刷

定価はカバーに表示してあります。

著　者　花家圭太郎《はなやけいたろう》

発行者　加藤　潤

発行所　株式会社 集英社
東京都千代田区一ツ橋2-5-10　〒101-8050
電話　03-3230-6095（編集）
03-3230-6393（販売）
03-3230-6080（読者係）

印　刷　中央精版印刷株式会社　株式会社美松堂

製　本　中央精版印刷株式会社

フォーマットデザイン　アリヤマデザインストア　　マークデザイン　居山浩二

ISBN978-4-08-746340-8 C0193